救贖

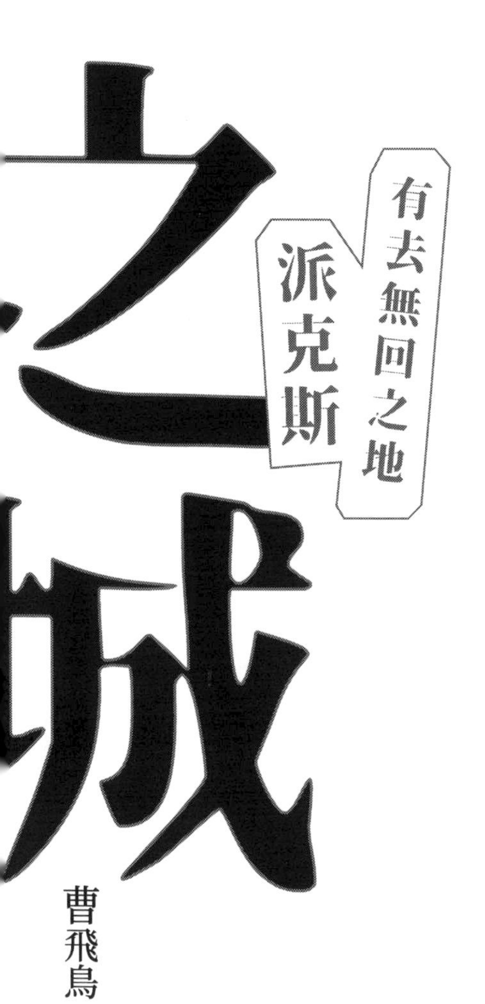

曹飛鳥——著
貓瞳——繪

目次

序章

「哈啊……哈……」

皎潔的月光映照下，冒險者的身影被逐步拉長，漸漸就蓋過了地上的血腳印。

究竟還要跑多久呢？他心裡沒有一個答案。他只是不停地向前跑著、不停地向前跑著，感受血液不斷從傷口中流失、感受死亡離自己越來越近。

然後，他終究是累得停下腳步，仰望無盡的月光灑落在地。

眼前駭然的景色，讓他明白自己又回到了同樣的地方。

「該死……誰快來……誰快來救救我吧……！」

絕望的哀鳴聲靜靜迴盪。不知從何時開始，他與世人都踏入了一場毫無真實感的夢境中。在那永無止盡的惡夢裡，太陽永遠不會升起、希望永遠不會到來，一切殘酷地像是攤開來只有痛苦而達不到結局的故事書。

「呼……呼……」

手中的劍刃早已經扭曲變形，指尖的鮮血也讓他握不住劍柄。原本他成為冒險者是嚮往英雄們的傳奇故事，那應該是光明磊落的，絕不是眼前這血淋淋的色調。

他氣喘吁吁望向遍地散落的同伴們。

神官因為看不見光明，而因此感受不到神的存在。
巫師因為光元素的匱乏，就此被魔法精靈給遺棄。
戰士因為伸手不見五指，始終沒有辦法保護同伴。
他們都在大展身手以前，就被黑暗中伺機潛伏的魔物吞食，僅有他一人帶著肩膀的傷逃了出來，卻離不開這沒有盡頭的小鎮，不管跑了多久都會回來這裡。
「哈啊、哈啊……」恐懼，讓他的呼吸變得急促。在看不見的黑暗深處，彷彿有什麼東西在竊竊私語著。他緊握不成模樣的鋼劍，身子因極度害怕而哆嗦。
嘻、嘻、嘻嘻……
「哇啊啊啊！？」
後面！？他轉身揮了一刀，什麼也沒有。
正面？擺首看去，只能看見無盡的黑暗。
危險的氣息越來越靠近，但他完全無法辨別敵人究竟藏在哪裡。答。他聽到彈舌的聲音，就好像某人捲起舌頭在他耳邊戲弄著，然後忽遠忽近，很快四周都是那種答答答的詭異聲響。
顫抖漸漸止歇，取而代之是「想放棄」的絕望感。為什麼自己會活在這樣的世界呢？冒險者慘澹地勾起嘴角。他知道最後的時刻來臨了，因為世界就是如此殘酷。
沒錯，這是一個太陽永遠不會升起，充斥著慘劇與戰亂紛爭的黑暗世界。
答！答！耳聞傷口上傳來的彈舌聲音，冒險者向著身後揮出最後一劍！
結局是什麼已經很明顯了。放眼於皎潔月光，他細數著自己的悲願。
「要是……救贖之城還存在的話……」

「那種東西——早就沒有了哦？」
女子的細語聲，使他淪落地獄。
答！答！

＊＊＊

很久很久以前，比秩序建立更早以前，這世界是一塊沒有光明的廢土，人類活在上頭，永遠是被魔物狩獵的一方。各種難以想像、慘絕人寰的事情不斷上演，直到那位神明注意到這個世界。
祂名叫吉爾‧哈斯特，奇蹟之神。如果要用一句話來形容祂，可以說是既輕浮又不盡責的。祂在天上諸神與八大原罪挑起戰爭的期間，率先將目光放往夾雜在天堂與地獄間的人類領域，而且還對此好奇不已。
就算沒有光，人類也能苟活至今，那如果帶給他們光明，究竟會變得怎麼樣呢？
好奇心驅使奇蹟之神進行一個實驗，祂將代表時間的巨大黃金鐘「煌之刻」帶往大地，只要煌之刻的指針轉向頂端，名為太陽的光熱體就會升起，也會抑制住魔物的力量。
「到時候人類變強了，就會感謝我、自然也會成為我族的助力吧？」
只可惜，被好奇心利誘的吉爾並不知道，祂的這個決定是錯誤的。
祂竊取煌之刻的行為，導致神靈方瞬間衰敗，魔族大舉入侵，一下子就主導了永恆戰局。吉爾為此飽受同族責難，但隨興又不盡責的祂卻選擇逃避，祂將自己藏匿於黑暗中，漸漸地失去了自我。最後，竊取光明的祂化為一座純白無瑕的城堡。

那座城堡挾帶著「煌之刻」編織而成的光明能量，定立於黑暗世界的正中心。對於神、對於魔、也對於人類而言，那天都是個重大的轉捩點。吉爾成為黑暗世界裡唯一的光芒，人類則對刺眼的光體敬畏不已。他們惶恐地接近光明，然後本能性擁抱它、接受它、崇拜它——

數百年後，以吉爾為中心，村落、城鎮、國家都因此而建立。

這便是「奇蹟之神」祂……所建構出的「萬分之一的可能性」。

因為這份可能性，光明無法抑制地向外擴散，漸漸地吞沒了永恆的黑暗。就像被賦予了勇氣般，人類趁勢崛起，他們以魔物為敵、以煌之刻為信仰，成為世上最強大的種族，並且他們也將那座帶給他們光明的城堡命名為——

「救贖之城」

至此，人類重拾了希望、獲得了勇氣，該是個皆大歡喜的結局。

然而故事總不會在最完美的地方畫下句點，因為我現在要說的——

是三名惡魔竊取了光、救贖之城因而瓦解後，世界重回黑暗擁抱的故事。

如你們所知，這是個沒有希望，充斥著慘劇與戰亂紛爭，卻又異常美麗的世界。

講到這裡，說故事的老者喝了口酒。燭光照在他紅潤的臉上，看起來有一股莫名的滄桑感。他搔搔鬍鬚，接著把故事說完：「救贖之城毀滅至今已有十五年，在這短短十五年間，我們人類大概被消滅了四成左右。」

只要太陽不會升起，人類就沒有任何未來性可言。原本世上還有數十個國家互相制衡，但在不知不覺間只剩下五個大國。這當中最主要的原因，就是魔物在黑暗世界裡有絕對的優勢性，讓人類只能做為被狩獵的一方。

酒館裡氣氛一片低迷。其實所有人都知道老者說的故事，但每當他提起時眾人還是會靜靜地聽。畢竟就連在故事裡，聽到人類曾經輝煌的日子都很值得高興。

「咳咳！然後啊——」

「等等……我不太懂，既然光明被壞蛋偷走了，那怎麼沒人試著把它偷回來？」

氣氛正逢哀愁時，某人不察空氣的言行卻阻斷了故事進行。剎那間，酒館裡外一片鴉雀無聲，所有酒客的目光都放到了那個人身上，使他錯愕地傻笑。

受到關注的人是名青年，他身披斗篷並以兜帽罩頂，似乎是不想引人注意，但如今顯然已經破功了。

「呃……我是說……」

青年似乎也沒料到自己的一句話會引起人們關注，才剛說完就感到後悔。他向眾人苦笑著擺手致意，動作間卻又不小心翻倒桌上的酒瓶。酒瓶破裂，在地面暈開漂亮的朱紅。

眼見越來越多人看向自己，青年乾脆嘆口氣將心裡話全給說完：

「你們難道不覺得，東西被人偷走，是件很不爽的事情嗎？」

環視在場所有人的目光，青年嘴角上揚，想以笑容博得認同。

他的笑容充斥著自信、也充斥著年少輕狂的氣焰。然而當此話一出口，酒館瞬間就被爆笑聲給灌滿了。四面八方激起的嘲笑讓青年無地自容，就連剛才說書的老頭也忍不住大笑。

「喔偉大的吉爾啊！你小子難道沒聽我說嗎？竊走光明的可是惡魔啊！惡魔！」

「就、就算是惡魔，也一定會有露出破綻的時候吧！像是——」

「像是他們窩在老巢玩『龍與地下城』的時候嗎？」又是一陣哄堂大笑，人們或坐或站，竟然不約而同為這句玩笑話乾杯。轉眼間，方才的低迷氣氛已一掃而空。

對於失去光明的人們，這是久違的歡笑了。受這樣的氣氛牽動，青年也無奈地陪大家笑出聲來。

放眼酒館外的世界，皆是無邊無際的黑暗深淵，正如說書老頭所言，救贖之城毀滅已有十五年，世間依然毫無起色，人們只能掙扎著活過每一天。

讓救贖之城光明斷絕的，正是故事裡提到的三名惡魔。

從祂們奪走煌之刻的那天起，代表性的陽光也離萬物遠去，人們努力對抗黑夜的同時，還得應付日漸高漲的魔物威脅。艱苦自然是艱苦，但頑強的人們依然積極在野外擴展生存空間……

這間彎刀酒館，正是其中一處。

酒館鄰近人類大城阿斯嘉特，是四方冒險者的聚集地，由於地勢險惡、路途中的魔物又多不勝數，能來此的冒險者多半有一定程度的歷練，而方才宛若丑角的青年也該是如此。

酒客們同時意識到了這一點，紛紛對青年的身手感到好奇。

「喂！小子，大話既然都說完了，總該露兩手來瞧瞧吧？是不是啊各位！」

火種還需點火之人，一聽到有人這麼提議，整間酒館頓時掀起催促的聲浪。

「是啊！小伙子！快上吧！」

「總不會沒本事吧！小鬼頭！」

「露兩手！露兩手！露兩手！」

「呃，露兩手……是嗎？」拗不過人群鼓吹，青年苦笑著搔搔臉頰。他開始抱胸沉思，好似在想該表演什麼……「喔！」終於，在眾目睽睽下，他恍然叫出聲來，惹得眾人一愣一愣。他們全都睜大了眼睛，專注凝視青年緩緩將手探出斗篷的舉動。

「鏘鏘鏘鏘——所謂露兩手，這樣子可以嗎？」

就字面上的意思，青年露出了自己的雙手。這看似愚弄人的行為，竟然沒有換得群眾叫罵，反倒所有人都目不轉睛地盯著青年瞧。

在青年裸露的臂膀上，掛著許許多多不同樣式的布包。看著那些布包，眾人心中漸漸湧現出一股既熟悉又古怪的感覺。

「啊！那是我的錢包！」

忽然間，某人驚呼喚醒了人群記憶。

「混帳！老子的錢包也在裡頭啊！？」

「啊！？你、你也是？可惡！是什麼時候——」

誰也沒料到，青年所展示的東西，竟是整間酒館內所有客人的錢包！不知從何時開始，那些本該掛在腰際的玩意，都已落入青年手中。對於青年的「露兩手」表演，酒客們頓時大驚失色，酒館內外更是吵雜不已。

眼見他們慌亂的模樣，青年不禁得意起來：

「哈，讓我重新介紹一下自己吧……」

「我操小兔崽子敢偷老子的錢！」

青年話都還沒說完，一把銳利的飛刀已經往他眉心擲來，他幾乎是倚仗著反射動作，才驚險地用兩排牙齒叼住刀刃。

青年愣了愣，隨即驚恐地冷汗直冒，感受刀尖抵在嘴唇上的冰涼觸感，他含糊地開口求饒：「燈燈！窩、窩迷有要偷尼們的錢——」

「廢話少說！」

失去錢包的醉漢們哪管得了那麼多，站最前排的半狼人怒吼了聲，二話不說拔出刻滿圖騰的巨斧，就往青年所坐的位置上砸。

「哇！？」青年眼見情況不對，趕忙吐掉嘴中匕首，隨即翻身脫離座位。在電光石火間，青年原本坐的椅子已化為一攤木屑。

砰轟！

青年瞠目傻望著飛散的椅子碎片，過片刻後才回神，他甩掉兩手上的錢包，同時著急地大喊：

「等等啦！我就說沒有要偷你們的錢了！你們是被人偷怕了還是怎樣——」

「他媽的！老子昨天才在阿斯嘉特被偷！」

「對！我也是！害我旅行的盤纏都沒了！」

「小偷都該死啦！只比史萊姆要好一點！」

好吧，看來這群人還真是被偷怕了。青年在心中暗自哀號。

酒館內所有長身人、半身人、矮人、地儒甚至是精靈，此刻全都團結一心地包圍住青年。要是在對抗黑暗時，眾種族能有如此向心力，一定能屢屢克服難關吧。

只可惜——錢！只有扯到錢錢錢！生物才會有如此強的團結能量，正所謂——有錢能使鬼推磨，青年的這個惡作劇，選在了最糟糕的時代。

所以他的下場只有——死路一條！

「聽我號令！打死這個小偷——」

「我一定能當選種族和平大使。」

眼見八族聯軍圍剿自己的浩大場面，青年突然覺得自己就像個歷史偉人，但這奢侈的妄想並沒有持續多久，金屬暴風雨便喚醒了他的求生本能。

唰！咻！砰！青年在拳打腳踢間持續穿梭，漸漸地還是被人群淹沒，沒過多久就再也看不見他的身影了。

如同真正的戰爭，酒館瞬間陷入極端混亂之境，瓶子與鍋碗瓢盆飛舞半空，砸在地面、打在牆上——原本只是為了教訓小偷，不知不覺又演變成打群架。對於這種情形酒館老闆娘早已經麻木不仁，她只是在被人撞到後，也拿起菜刀加入戰局。

嚓！老闆娘用刀背砍倒一名彪形大漢，隨即插腰怒斥酒客：

「打夠沒？一群傻大個——還不趕快拿回自己的錢包！？」

一經提醒，忙著互揍的酒客們彷彿大夢初醒，連忙分神撿回自己的錢包。但當所有人都七手八腳要回東西後，才驚覺鬧事的青年根本不在人群當中。

更甚至可以說——他憑空消失在這毫無死角的攻勢下，宛若一場悄然到來的魔術表演。

「人、人呢？」某人的疑問句，同時點亮了眾人心中的疑惑之情。

直到徐徐微風吹上顏面，大伙才發現酒館的窗戶正向外敞開著。方才的青年就坐在窗緣上，他原本罩在頭頂的兜帽已然鬆脫，讓他長至後頸的短馬尾顯露無遺。

「重新自我介紹一下吧。」

青年一頭海藍色亂髮，在皎潔月光下更顯得如沐深海。他琥珀色的瞳孔微微散發出笑意，雖然看似年少輕狂，卻讓人覺得他有某種程度的歷練。

酒客們全都傻愣愣地注視著青年，直到他以食中指擱置眉梢前，向眾人行了個輕浮的告別之禮。

「我叫做高泉，是個有點厲害的小偷。」

沒有人記得反應，數十雙眼全都直勾勾看著高泉翻出窗外。他的「露兩手」表演遠遠超出於眾人想像，但他沒有獲得喝采與掌聲，僅遺留大鬧過後的沉默餘韻。

這份寂靜，最終被檢查錢包的酒客們化解。

「啊，我少了二十瑪麗。」

「……我也是，剛好二十。」

「嗯，那個混帳，我也少二十。」

那天，高泉的收穫是二十瑪麗幣乘以三十一名酒客的零錢。

「誰叫他們都開不起玩笑。」夜色下，高泉咧齒笑著，拋了拋噹噹響的錢袋。

通往阿斯嘉特的螢石之路就在腳邊，走在鋪滿綠色石頭的道路上，微弱的螢光便從腳底升起，讓高泉有一種置身銀河的錯覺。

當世間光源消失後，這類自體發光的礦石全都要價不斐，所以時常有人偷挖阿斯嘉特的螢石之路。高泉從來不做這種事，因為這些人往往都是迎來自食惡果的下場，不是買賣螢石被政府處決、就是迷失在黑暗中被惡獸吞噬。

有時候就連生為小偷的他都不禁暗想，為何人們會貪心到拆除自己的活路呢？

果然人真是很奇怪啊。

「你才最奇怪，明明是個小偷還那麼招搖。」

思索間，不屬於高泉的稚嫩嗓音嘆息出聲，而那聲音竟然是源自於高泉的腰包內。耳聞腰包如此斥責自己，高泉也不意外地哈哈笑道：「誰說小偷一定要鬼鬼祟祟的？」

「唉，你高興就好唄！但是現在怎麼辦，計畫被你打亂囉？」

「啊！對喔……糟糕。」

被腰包裡的不明生物提醒，高泉才想起自己的目的。他原本是想在彎刀酒館打探某個組織的情報，卻不小心搞砸了白費力氣，而且這三年間高泉是第一次回到阿斯嘉特，人生地不熟的他根本沒朋友求助，簡直像無頭蒼蠅一樣漫無目標。

「現在回去跟酒館的大家道歉還來得及喔。」

「不，沒得打聽的話，就用盜賊的方式來找吧。」

高泉微微勾起嘴角，盜賊的習性他最瞭解了，卻沒想到會在此時派上用場。

追根究柢，高泉要尋找的組織也正好是群盜賊……更正確來說——是強盜。

那些人三年前被聯邦重金懸賞，但由於首領名聲太過響亮，敢真正去挑戰的人不在多數。他們被世人敬畏，偶爾還能聽到他們把聯邦軍打退的消息，也因此他們獲得了鄭重的稱呼——

席烏巴家族，野獸血脈的末裔。

最近，高泉聽說他們來到了阿斯嘉特。

而高泉追尋他們的腳步，也正巧邁入了第三年。

「……」仰望黑夜，高泉放眼於漫天星斗。他先從星辰分佈讀出季節，再從風向與土壤質地找出此季節適合定居的方位。鎖定好方位後，高泉看向延綿的山巒，從山坡高矮與樹林密集度，高泉冷冽的黃瞳已經瞄準好最矮小、且樹林分佈最平均的一座山丘。

「如果要過境的話，我會選那座山。」高泉指向矮山。

「不是更高的山才更好藏身嗎？」腰包疑惑地顫了顫。

「那是定居，如果只住一段時間，高山反而會成為阻礙。」

高泉蹲低身子，以手指輕捏泥土。在螢石的綠光下高泉審視碎土許久，再次起身時，他又多了幾分自信：「嗯，大約三天前，有馬群往那個方向跑，而且還都裝有馬蹄釘。」

一般來說商隊不用戰鬥，很少會為馬匹裝配軍式馬蹄釘，而冒險者的話也不會成群結隊那麼多人——那麼經過的只能是軍隊，又或者是武裝集團了。

凝望彼方的山峰，高泉沉默片刻後，突然尷尬地搔搔臉頰：

「呃，雖然失準的機率也不低啦……但、但我應該沒弄錯吧。」

「……為何要裝帥後又自己漏氣啊，我們就去瞧瞧吧，泉哥。」

「嗯。」

高泉笑著拍了拍鼓脹的腰包，接著他將斗篷拉高，昂首朝黑暗的彼方邁進。

唯有那一成不變的月光照在身上時，高泉會漸漸地感到厭煩。有時候高泉不禁去想——為何沒有英雄或勇者，像他在酒館插話時所說的那樣，去把煌之刻給搶回來呢？

記憶中那份溫暖的光芒，如今已離萬物越來越遠了。

每每有個衝動去追尋光明時，高泉卻都將之壓抑於心底。

因為他知道，自己不是英雄，僅是一名無足輕重的小偷而已。

但他卻不明白，屬於竊賊與強盜的故事，已然悄悄拉開序幕。

這是一個充斥著慘劇與戰亂紛爭，需要有人帶頭奪回希望的世界。

第一章「污名之徒」

嗄——嗄——

在太陽消逝以後，還能如此放肆鳴叫的鳥兒，多半都是些不吉祥的黑鳥，又或者根本是魔物。高泉從來不敢掉以輕心，就算是聽到小小鳥鳴聲，也會駐足隱沒於黑暗中。

「剛剛的是報喪鳥。」高泉說話同時，黑色大鳥騰空飛過。

「喔——」見高泉聞聲辨物的本領，腰包內傳來一語驚嘆。

高泉接著彎低身子，觸摸地上被翻動過的泥土，那些廢土在他眼中有著獨特的姿態：「有報喪鳥的地方就會有食屍鬼，嗯——這是牠們前往東方的足跡，右面別走比較好。」

從腳印、氣味到鳴叫聲，高泉多半都能抓出個大概，他就是像這樣子避開危險路段。雖然食屍鬼也沒什麼大不了的，但高泉一向能躲就躲，絲毫不戀戰。

俗話說的好——養兵千日用於一時，若高泉拔刀，一定是有必要的時候。

才剛這麼想著，高泉的刀便滑出刀鞘，險些在地上製造聲響。

「哇！？」高泉趕緊接住，並紅著臉將它插回刀鞘中。

「泉哥真的很有趣呢。」

「如果你風涼話講完了，就快點幫我探查周遭吧。」

高泉尷尬地揉揉眼，不堪回首的往事也一幕幕湧上心頭。

其實高泉雖然本領不錯，卻常常遇到一些無法應付的情況。好比被食人魔關到鐵牢籠裡、好比被軍閥要求做早餐不然就槍斃。為此，他學會了許多技能，從開鎖到抹果醬樣樣精通，雖然八成都不太實用。

「要不泉哥這一票收完，我們就去街頭賣藝算了。」

「嘿——值得考慮喔。」一人一腰包在夜裡有說有笑，看起來就像個神經病。

而高泉在外人眼中看來，也確實像個神經病。從剛才開始，席烏巴家族的斥候就躲在暗處監視著他，只見高泉不斷自言自語，不禁讓斥候有些害怕起來。

而且說來奇怪，高泉好死不死正朝著他們的據點走去，再不對他進行攔阻，勢必會進入警戒範圍中。

「該死，這小子是怎樣？為啥會來這種荒郊野嶺，而且還只有他一個人。」

一想到高泉方才自說自話的模樣，斥候剎時有種不明覺厲的恐懼感。他趕忙吹起聲似鳥鳴的賊哨，用以通報巢穴入口的警衛，卻在賊哨聲剛過，斥候就見高泉突然抬起頭來。

「啊靠，我好像被發現了，那哨音是『有個怪胎正靠近基地』的意思。」

做為小偷，高泉會吹點賊哨也沒啥好稀奇的。

「見鬼！」暗號莫名奇妙被人破解，斥後更是又驚又怕，但席烏巴家族好歹是橫行大陸南北的匪徒，哪能在此退縮！他二話不說拉滿弓，在一秒屏息後放出致命的一箭！箭矢挾帶破風之勢，於黑夜中冷不防射向高泉胸口——

「噢！」可是，高泉卻像未卜先知那般，縮身避開了絕命的箭矢。

「屁啦！？」

「泉哥可要感謝我唄，不然你差點就被幹掉了。」高泉的腰包內，傳來平淡又有些得意的男孩嗓音。

雖然剛才沒有解釋，但腰包有方圓五公尺的感知能力，這點斥候自然是半點也不知情。他還真以為高泉能在黑暗中躲過箭矢偷襲，這下子他是更慌張了，終於開始自亂陣腳。

「他、他這樣都能閃過……一定也能找到我，只、只好撤退了！」

一瞬間，高泉在斥候心中，化為了會自言自語又神通廣大的恐怖瘋子。他拔腿奔出草叢，卻因為如此，高泉才第一次察覺他的方位。

「啊。」高泉茫然看向黑夜裡落荒而逃的斥候背影，隨即搔了搔後腦杓：「雖然不知道是怎樣，但你好像幫大忙了耶。」他壞笑拍了拍腰包，然後追尋斥候逃離的方向，也跟著奔出迅捷步伐！

「別跑！」

黑夜裡兩道影子相互角逐不止，原本還有距離，但高泉速度明顯略勝一籌，很快就追上了斥候，並故作恐怖聲音嚇唬對方：「啊——救贖之城榕樹下——是我懷念的故鄉——」

「噫噫噫噫噫！」

為什麼要唱聯邦軍歌！？不明所以的恐慌感瀕臨極限，斥候只能連滾帶爬試圖逃離高泉，但高泉可不會放過這千載難逢的機會，因為他等這一刻等了足足三年！

「別跑！你是不是席烏巴家——」

啪嚓！在高泉與斥候僅差幾步距離時，強烈的激光突然從四方亮起，一下子就致盲了高泉的視覺。

「唔！」高泉驚訝地遮掩雙目，等待強光過後，他眼前出現一座形似窪地的小山丘，而在高處站著許多手持光具與火把的人影，幾乎照耀了整片樹林。

那是身穿虎皮裝束的列隊，輪廓各個粗野又強壯。他們全部手持兵器，以強光照耀高泉的同時，也已經拉滿弓弦蓄勢待發。

眼見數十支箭矢瞄準自己，耳聞陣陣奏響的號角低鳴，高泉渾身緊繃，嘴角的笑容也逐漸緊迫起來：「哈哈哈……真的假的……」

將雙手放到後腰上，高泉握住兩把刀的刀柄，隨後將它們緩緩地拔出刀鞘。

「找了三年終於找到了，席烏巴家族。」那是既興奮又緊張的複雜笑容。

沒錯，眼前的這幫人，正有著席烏巴家族的特徵。

席烏巴是虎血的末裔，如同狼人可以變形，純血的席烏巴子民也有著化身為虎的能力。雖然到了這一代純血的成員可說是少之又少，但身體能力還是比常人強悍許多，被打上一拳可不是鬧著玩的。

「嘿！你小子不像是迷路啊？來這裡有何貴幹哩？」

發聲者是站最前排看似首領的男子，他的顏面被老虎面具遮住了一半，只有那虎牙外露的嘴角微微散發笑意。

在男子講話期間，高泉警戒地環顧周遭，他稍微衡量了一下自己的處境——不就是被數十支弓弩指著、還被人海叢叢包圍而已嗎？

嗯，情況還不算很糟糕嘛。

「糟透了好唄。」腰包苦笑出聲。

「先別衝動……我來是想找你們老大『多特・席烏巴』敘舊，我是他的熟人。」

高泉誠實交代，同時也拿穩了武器。高泉的武器是兩把寒光四射的短刀，它們整齊地平行，刀口既輕盈又鋒利，可以說是一件藝術品。

「哼。」但即使造工再好，這種短小的武器也無法彌補此時的戰力差距。少當家多蘭・席烏巴就是如此認為的。

於是，披戴虎頭的他，絲毫沒有將高泉放在眼裡。

「老爸他……不見客啦！」多蘭揚手一揮，數十柄弓箭應聲齊放！

這些年來，席烏巴受到聯邦通緝，一路輾轉逃到阿斯嘉特，實在不敢擔下節外生枝的風險。所以，他們自然不會接受高泉這種莫名其妙傢伙的拜訪，最好是能將他打跑了，又或者直接讓他葬身於此。

畢竟活在黑暗的時代裡，誰手下留情、誰就得遭殃！

咻咻咻咻咻——

亂箭齊發的飛梭聲不絕於耳，數十支箭矢全部走在不同的軌道上。高泉冷汗直冒注視著這一幕，然而他不躲也不閃，因為他知道在亂箭中逃竄才是最危險的。

「腰包！」高泉決定要孤注一擲！

「好、好吧！可別讓我被射中喔！」

借用腰包的感知能力，高泉豎立原地，全神貫注凝視著前方的一百八十度箭雨。

他將後背交給腰包來顧，自己則用兩把短刀抵禦襲來的飛箭。這一切發生在短短三秒之內，第一秒高泉蹲身躲過兩支斜入的箭、第二秒高泉用單刀斬斷正面直射的箭，而第三秒——

高泉靠著過人的感知能力，回身削去背後突襲的冷箭。

啪！箭矢斷裂，在高泉臉頰上割出一道血口子，但除此之外別無他傷。所有人都目瞪口呆注視著這一幕，就連首領身分的多蘭也一時忘了反應，他訝異地張大嘴巴，過兩秒後才回神大吼——

「上、上箭！」

但這兩秒的差距，已經造就局勢改變。高泉將左手的短刀往土丘上投擲，此時眾人才看清楚，高泉的兩把刀刃上，都繫著銀閃發亮的鋼繩。當海賊刀刺入土丘壁面後，高泉輕輕牽動繩索，那機關鋼繩便將他的身體帶往刀柄處、也就是高處！

「明明是一群老虎，就別像禿鷹一樣待在上面啊。」語帶嘲弄，高泉站上席烏巴家族曾經俯瞰他的高度——在眾目睽睽之下，高泉已經和領頭的多蘭平行對立！

「來吧，小老虎。」高泉擺擺手，示意放馬過來。

「混蛋！」

持起槍矛，多蘭朝高泉猛然前刺，風聲猶如音爆！然而即便是如此刁鑽的攻擊方式，還是被高泉側身躲過，動作間他將右手的短刀投向多蘭，手則悄悄捏在飛出去的繩子上。

「嘖！」有了方才輕敵的教訓，多蘭深知高泉的刀子上有繩索機關，於是他閃過投刃，並伸手扯住了連接刀柄的鋼繩！

「這下子你逃不掉啦！臭猴子！」

「哈，逃不掉的可不只有我啊！」

多蘭絲毫沒想到，這看似破綻的繩索，竟是誘騙自己上鉤的魚線。高泉趁多蘭抓住鋼繩的瞬間，提起左手的刀刃就朝多蘭衝去。多蘭的武器是矛，若以單手控制威力自然銳減，相對高泉的海賊刀輕便又不需動用兩手，一下子優劣勢已然訂立！

「喔、喔喔喔！少——少主加油啊！」

刀光劍影四射，周圍的席烏巴匪徒們卻只能乾著急。現在出手他們深怕會誤傷少主，只能在旁邊吼叫著為多蘭喝采。

但在如此聲援之下，多蘭卻越發狼狽，他想放開抓住繩子的手，可是又怕高泉收回已經投出的刀刃，不管怎麼做都是死胡同！

這小子！比想像中難纏！再這樣下去——

「糟！」一念之間，多蘭因動搖而踉蹌，站穩時高泉已將單刀抵在他脖子上。

歡呼聲煞止，高泉苦笑著歪頭：「我想找你爸問點事情，沒必要舞刀動槍吧？」

勝負分曉，所有觀眾都啞然於如此結果。眼見多蘭少主落敗的窘境，眾強盜在數秒後爆出激烈的怒吼聲，聲音聽起來卻像是猛獸咆嘯。

那是一幕令高泉印象深刻的場景，席烏巴族人在月色下衣襟吱吱綻裂，身形也跟著越變越大。高泉明白，他們下一秒就要化為虎血的猛獸——

「連這種笨蛋都搞不定……老哥你們沒問題吧？」

卻在關鍵時刻，相對嬌蠻的嗓音澆熄了虎血怒火。

「咦？」高泉尋聲望向人群的彼方，但視線才剛捕捉到人影，銳利的破風聲就在耳邊響徹，隨即疼痛感迅速爆發！

「唔啊！？」高泉甚至來不及看清那是什麼，手臂上的皮肉已經被狠狠削掉了一大塊。剎那間高泉血流如注，滿手發麻的刺痛，也讓威嚇多蘭的刀子脫手而出。

「這一鞭算你搗亂的懲罰，接下來，還有你欺負我哥的帳還沒算。」

伴隨女孩的冷言與襲擊，四周激起雷動的歡聲。在眾人齊聲高呼「大小姐、大小姐！」的同時，高泉才終於看清來者的樣貌。

那是一名嬌小約莫一百五十幾公分的女孩，她有著健康的小麥色肌膚，頭頂燦金的髮絲則被她束成了漂亮的雙馬尾。雖然她長得如洋娃娃般標緻，咧開的嘴角卻散發出惡劣的氣質。

「泉哥，算命結果說……你今天有女禍和血光之災喔。」

聽腰包胡謅，高泉苦笑：「……這結果也發表的太慢了。」

女孩眨著一雙赤紅如寶石般的眼眸，微微噘起的嘴角與凌厲眼神都顯示了她的傲氣。她的臉蛋小巧而精緻，但在她右臉頰上，卻有一道明顯如獸爪般的傷痕，就像在展示野性般，女孩紫羅蘭色的罩衫上，也有一個形似虎頭的大徽章存在。

「大小姐！大小姐！大小姐！大小姐——」

「喔喔喔喔！小妹啊！妳來幫我了嗎！？」

眼見女孩到來，多蘭興奮地歡呼出聲。他頂上的虎頭因吼叫而歪斜，讓他趕忙將之扶正。在方才吃敗仗以後，多蘭的一舉一動都像個笨蛋，令女孩忍不住嘆氣。

「唉。」她用纖細手指示意傻哥哥退開點：「老爹要我來幫你，走開。」

「是。」多蘭委屈地退離五大步。

「哈，家族企業還真是麻煩啊。」

捂著滲血的傷口，高泉歪頭慘笑。他曾聽說「暴虎」多特・席烏巴膝下有兩名子女，一男一女，女的那個年紀雖然比較小，卻繼承了多特的強悍。只是現在那位女孩芳名為何，他倒是想不起來了，他只是吃力地重整態勢，並警戒注視著對手。

「嘖！好痛……」只可惜，劇烈的疼痛使高泉無法專注。接下方才那一擊，高泉神情間的餘裕可

以說是蕩然無存。他自己也知道，現在的劣勢怎麼看都凶多吉少。

「嗯？嗯——」察覺高泉的窘況，女孩微微勾起嘴角，眼神中充滿了戲謔之情。

「那麼藍猴子你又是哪位啊？聽我家斥候說『有個可怕的神經病闖進來』我還以為會是怎樣的大人物呢。」撥弄指甲，女孩不屑地補充：「結果，只是多蘭哥太爛了而已嘛。」

此話一出，高泉與多蘭都深受打擊。

「藍猴子！？神經病！？」

「哇！對不起！哥哥我超爛的！」

對於女孩的出言不遜，高泉一下子緊張感全失，他指著女孩生氣地叫罵：「雖然不期待多特叔的女兒會很有禮貌啦！但是對第一次見面的人說藍猴子也太沒家教了吧！？」

「咦！？哪、哪有……」

突然被提及家教問題，女孩面頰羞紅一時語塞。她先看看憤怒的高泉，再看看虎頭上滿布失落陰沉的多蘭哥，最後她乾脆提出一個挽救氣質的方法。

「等等！我其實超有禮貌的！自我介紹！我先報上名字總行了吧……聽好囉！我叫做多瑪——」

「有機可趁！」

抓準女孩說話的破綻，高泉拉緊刀柄鋼繩，將刀刃如槍桿般筆直地甩向女孩！

可是這一擊卻不在最好的時機，一陣銳利的響聲過後，刀刃瞬間被迅雷不及掩耳的速度打落在地。

女孩緩緩捲起手中的皮鞭，當皮鞭達到定位時抽出了悅耳的撕裂聲，還伴隨女孩憤怒的冷笑：

「我叫多瑪・席烏巴，請多多指教囉，藍猴子。」

「呃，我叫做高泉，請多指教。」

偷襲失敗，高泉尷尬地搔搔臉頰。

咻——啪！長鞭如紛擾的龍捲，濺起遍地沙塵之餘抽打向高泉！鞭子本身就是一種迅速又難以捉摸的武器，再配上多瑪高超的使鞭技術，就變成最麻煩的處刑用具了。

這次高泉沒辦法從容應付，他左躲右閃，視線卻漸漸跟不上越來越快的鞭速。

「怎麼啦？不是很會偷襲嗎？」

耳聞多瑪報復性嘲諷，高泉在心裡暗嘆女孩子心胸狹窄。然而高泉不只無暇回嘴，還得忍受五體上傳來的陣陣刺痛。亂抽的鞭子果然是無法完全避開的，高泉身上的傷口越來越多，四肢也越來越無力，視線更因動態疲勞而逐漸變得模糊不清。

「怎麼辦啊泉哥，這樣子我們會被活活打死喔？」風暴之響中，夾雜著腰包急切又擔憂的嗓音。

耳聞腰包這麼說，即使身處亂鞭的渦流裡，高泉還是微微一笑。

「腰包。」

「怎、怎麼啦？」

「小偷雖然是個躲躲藏藏的職業，卻從來不膽小。」

此話一出，腰包的感知能力即刻與高泉連動，在多瑪迅雷如雨的鞭舞中，他突然揚手，抓準鞭子抽打自己腦袋的瞬間，以刀刃向前阻隔！

不成功便成仁！只要高泉一失手，就會迎來五官都血肉模糊的結局吧？

但是……總得有人放手一搏！因為唯有如此，才能夠打破僵局！

「來吧！」

咻——啪！

長鞭抽打高泉的臉——不，更正確來說，是抽打高泉臉前的短刀。短刀如一根長棒般糾纏住鞭子，將它一圈又一圈地繞在刀身上。

「咦！？」

多瑪為此驚訝不已，正想著收手，高泉卻技術性捲動刀刃，讓鞭子與刀身纏得越來越緊。

「就、就這點程度而已——」多瑪咬牙切齒，使力時卻發現鞭子連動也不動。

沒錯，鞭子雖然是一種難以捉摸的武器，但只要「捉住」了，就沒有半點殺傷力可言。在多瑪惡狠狠的注視下，高泉壞笑出聲：「嘿，來比劃下力氣吧，多瑪小妹——」

話音剛落，高泉猛力將緊繃的鞭子向前扯，瞬間讓多瑪整個人踉蹌了幾步之遠！

「嗚……啊！」雖然繼承了虎血，但多瑪的強項並不是體能，她只能勉強保持住架勢，雙齒緊咬著與高泉對峙。

「大小姐！」眼見多瑪居於劣勢，周遭強盜們紛紛拔出武器，卻被她的背影給嚇得後退。那是魔力上升時所引起的氣流，多瑪在如此氣漩中金髮直豎。

「你這傢伙……你這藍猴子！別碰老爹送給我的禮物！」

一聲憤怒的低吼過後，被稱為禮物的長鞭散放出熱氣。

只是一瞬間，多瑪的氣質改變了。高泉馬上意識到不對勁的地方，便憑藉直覺主動放開多瑪的鞭子，與此同時，數尺長的皮鞭燃起烈焰，火焰就像薄膜般包覆住鞭身，甩動時又像一層又一層的火焰龍捲，令後退的高泉駭然驚呼。

「妳還是魔法師啊！？」高泉連連退逃，並慶幸自己沒有被這招給近身燒到。

「這叫法具好嗎？可惡……居然要動用它！」

正如多瑪所言，世上存在著許多名為法具的武器，它們或被詛咒或被祝福，最直接的就是拿特殊素材來製作。多瑪的皮鞭正是其中之一，它用炎龍皮革製成，上頭寄宿著火元素精靈——沙羅曼達。轟！

隨著多瑪的手部舞動，著火的皮鞭在半空中畫出絢麗火光。那閃耀的花火如流星雨般灑向高泉，使高泉被迫要退離五大步，也造就他不能趁勝追擊地縮短距離。

真糟糕。高泉摀著依然滲血的傷口跪了下來。

「喂，藍猴子，我不知道你是什麼來頭……」

炎龍皮做成的武器，有隨主人意念燃燒的效果，當多瑪的鬥志越是高昂，火焰就會越發旺盛，而此刻那泛紅的皮鞭早已燃燒至顛峰狀態！

「我也不想管你是誰，但我絕對不會讓你傷害到老爹一絲一毫！」

無意間，多瑪如浴烈火般的紅瞳，透露出守護家族與父親的決意。

一定是經歷了聯邦沒日沒夜的追殺，才造就她如此的心境變化吧。

理解她的覺悟，高泉自然也不敢怠慢地起身，「雖然妳誤會了……」

對懷有決心的敵人肅然起敬，高泉表情變得嚴肅。他將兩把短刀收起，耳聞腰包勸阻般的苦苦哀嗚，高泉毫不猶豫地踏出步伐。

為了尋找席烏巴家族，高泉足足耗費了三年時間。背負逃兵的罪名，他的決心絕不會比多瑪來得廉價，所以他也絲毫不會畏懼。

「我找妳父親多特——只是為了問清『那天』的真相。」

「聯邦軍也是為了『那天』而來的！你們鬧夠了沒有！」怒目緊盯高泉，多瑪低吼著，神情間卻流露出一抹悲傷。

曾幾何時，高泉不斷追尋「那天」的真相，但此時再見到多瑪的表情，他已經意識到這中間果然埋藏著什麼玄機。

高泉……多特叔叔，正是讓世界黯淡無光的罪人。

記憶裡，某人對高泉這麼說。

「老爹他——才不是讓世界失去光芒的罪人——！」

那天的那句話，與現實的多瑪吶喊相疊合，炎龍鞭則如同裁決般朝高泉降下！

火舌奔襲，照耀了大地、也點亮了高泉金燦的瞳孔。他的金黃眼珠就像曾經高掛的太陽。多瑪愣愣看著原地不動的高泉，他絲毫沒有要閃躲的意願，這下反而換多瑪著急了，因為她並沒有將此人殺死的打算，可火焰鞭笞既已出手就無法收回！

「我相信妳。」

烈焰的爆燃聲中，多瑪看見高泉平淡的唇語如此述說。

下一秒，赤紅的炎龍鞭砸在高泉身上，瞬間將他燃燒殆盡。

「…………」所有人都認為高泉完蛋了，卻只有腰包輕嘆口氣。陪高泉旅行那麼久，腰包知道他有個異於常人之處。曾經有個叫做「吉爾・哈斯特」的奇蹟之神，他輕浮的個性與高泉有幾分相似，不只如此——

「泉哥，你這樣有幾條命都不夠用喔。」

「……哈、哈哈，但這次也是我賭贏了啊。」

高泉……這個人類，也有著如奇蹟般的運氣。

本來應該命中的攻擊，落在高泉右側的地面上，刻出深深一道鞭痕。它竟然落空了！在最關鍵的時刻，那致命的打擊竟然落空了！說是運氣好也實在匪夷所思！

畢竟，高泉的這份「運氣」——可不是單單「好運」兩個字就足以形容的啊！

劫匪們啞然呆滯，同時也意識到高泉是刻意不躲開攻擊，來表達自己的誠意。

於是數秒之後，忽然有人為他歡呼出聲，其餘人也跟著大聲喊叫，本該是敵人的高泉，卻獲得眾人的敬佩與喝采。就連多瑪・席烏巴也瞪大眼睛，靜默凝視著毫髮無傷的他。

「謝謝！謝謝！」高泉傻笑著揮手致意，使方才的英勇形象宛如錯覺。

皺眉於這樣的高泉，多瑪忽然想起了，自己曾經聽過的另一個傳說——

神有神能，可以控制世界；魔有魔力，可以克制天神；而那弱小的人類，卻有著兩大種族都害怕的力量，那便是喚醒奇蹟的本能。

有人說，吉爾・哈斯特之所以幫助人類，並不單純出自玩心，也是基於人類具有無窮的可能性，才將光明投資給他們。

人類——擁有跳脫命運輪的無限可能。

正如高泉，他驗證了奇蹟確實存在。

「現在，可以換妳相信我了嗎？」

耳聞高泉詢問自己，多瑪默默回神。

搏命換取多瑪的信任，高泉表達了自己的最高誠意。他雖然有強大的運氣，但並不是每一次都管用，所以高泉此刻冷汗直冒，嘴角也不住哆嗦著。這一幕看在多瑪眼裡，先是讓她茫然地眨眨眼，隨後她忍不住噗哧一笑。

「你這傢伙……是笨蛋嗎？」

多瑪捲起皮鞭，既然高泉都如此表態了，自然沒有再戰的必要。

於是——這場戰鬥便在席烏巴族人的歡呼聲浪中，宣告終結。

＊＊＊

之後，多瑪先讓人沒收了高泉的武器，並與哥哥商量一陣，才決定一前一後監視高泉去見自己的父親，也就是「黃金暴虎」多特・席烏巴。

「跟我來。」多瑪走在前頭，冷冷回望高泉一眼便逕自走入樹林，多蘭則跟在高泉身後，高泉隨時可以感受到抵在背上的長槍。

「唉，結果還是犯人待遇啊？」

「沒把你五花大綁就不錯了，怨言別那麼多。」

多瑪頭也不回地說著，雙馬尾隨步伐左右搖曳。

高泉斜眼看向多蘭，神情上似乎是在說「你妹有夠冷酷」。多蘭則默默朝高泉聳聳肩，換來多瑪一陣如寒冰冷箭般的狠瞪。高泉在這樣尷尬的氣氛下穿越樹林，漸漸地看見不遠處有個石窟，那是一座純天然洞穴，洞口處有兩束火把的微光靜靜閃爍。

嗶——嗶——

藏於樹叢，多瑪朝石窟方向吹起賊哨。高泉大略能聽懂，是「我回來了，還帶著外人，若他做怪就把他押去餵老虎。」的意思。

為此，高泉神情複雜，但他沒有說任何話，僅是在多蘭押送下越過入口的兩名守衛，他們則像看飼料般目送高泉。

「媽的。」高泉暗罵。

但不管怎麼說，高泉覺得忍耐還是值得的。他為了尋找席烏巴家族，至少在三個大國間跋涉過，就連這次他都沒想到自己真能遇上他們。

跟隨多瑪的腳步，高泉慢慢走入石窟，放眼裡頭的景色，他忍不住驚嘆出聲。

「……你們的據點可真是講究啊？」

石窟內一片燈火通明，基礎照明的火把目測就有上百具，除此以外高階照明設備如「明石燈」也至少擺了十幾二十個。與螢石一樣，明石燈是一種自體發光的礦石，差別在於它能用魔力調節色彩與亮度，光是一個就價值好幾千瑪麗。

還有一點令高泉訝異的是，石窟內老弱婦孺不在少數。他們眼見高泉來到，紛紛表露出戒備而不信任的目光，高泉就這麼被人群盯著，一步一步走入石窟深處。

「我們要去哪啊？」

「……你問題也太多了吧？這麼想立刻去當飼料嗎？」

唰唰——伴隨多瑪的責罵，清脆水流聲傳入高泉耳中。

「是河嗎？」腰包悄悄地問，高泉則不確定地搖搖頭。

當高泉走入深層的石窟時，一座天然形成的瀑布映入眼簾。原本高泉就在猜測是不是瀑布什麼的，但當他親眼看見後，還是覺得頗為震撼。

大水不斷沖刷著洞窟石壁，規律的水流聲令高泉心情放鬆不少，也不知道這座瀑布存在多少年頭，但對高泉來說觀感頗佳。冰涼的空氣、篝火的溫暖、不時還傳來佳餚與酒水的香味……

這裡真是個好地方。高泉如此心想。

「吼！」

「哇！？」

思緒都還沒落定，身旁的野獸吼叫聲令高泉膽戰心驚。瀑布邊的石台上，蹲伏著幾隻毛色漂亮的大老虎，牠們狠狠瞪著高泉發出戒備低吼聲，似乎不是很歡迎這位來訪者。

「乖、乖。」多瑪見狀順手摸了摸牠們，老虎們頓時領會地安靜下來。眼見老虎們仍然緊盯著高泉，多瑪甜美一笑：「等會就把他送來陪你們玩喔。」

……這裡真是個壞地方。高泉改變了想法。

「泉哥……在你的印象中，多特・席烏巴是個怎樣的人？」

繞道穿越瀑布小徑時，腰包好奇地詢問。對於腰包提出的這個問題，高泉不免回憶起兒時過往。在他的記憶中，那猶如猛虎般強壯的大漢，就像一個令人嚮往的英雄指標。想到這個結論後，高泉平靜地回應：「是如同我父親般的人物，所以對於那些謠言……」

「是那女孩所說的謠言嗎？」

「嗯……多特・席烏巴刺殺國王，導致救贖之城淪陷的謠言。」

「欸，小妹啊，這小子一直自言自語，好恐怖。」聽見高泉一個人講得有說有笑，押送他的多蘭不禁起了雞皮疙瘩。

走在前頭的多瑪自然也聽見了，她狐疑地回望高泉，總覺得剛剛有兩種不同的聲音，但她無法分辨清楚：「你別自言自語啦。」

「啊！」高泉恍然回神，瞬間就想起腰包的聲音旁人聽不到，趕忙尷尬地哈哈傻笑：「沒有啦，我是那種『看到老虎就會緊張地自言自語差不多十句』類型的人。」

「……那是什麼類型的人啦，你別白癡了好不好？」

「是。」高泉訕笑著點點頭，隨即閉上嘴巴沉默不語。

席烏巴兄妹互望一眼，雙雙對這神祕的男人感到畏懼。

總算是脫離了曲折的小徑，瀑布邊的寬敞空間唾手可得。水流不停地沖刷著石窟，使那冰涼的清水中挾帶一絲獨特香氣。

高泉嗅了嗅，隨即暗自心驚，這是「黃泉」的味道，沒想到這座瀑布竟然是罕見的黃泉，它的每一滴水都含有酒精成份。

「不錯吧，這個地方。」

「呃！？」

還在眺望壯闊的黃泉奔流，爽朗的男人嗓音便傳入高泉耳中。那聲音對高泉來說頗為熟悉，只是還更粗啞了些。高泉回首望去，就見一名年邁不失氣度的老者豎立於瀑布邊，他跟高泉記憶中的模樣有些出入，畢竟十五年過去了，是人都會老。

「多特……叔叔……嗎？」

多特・席烏巴此時已經五十歲有餘，歲月沖刷在他的肌肉上，卻沒擊垮他頑劣的骨架。多特依然站得直挺挺的，就跟高泉印象中如出一轍。他的金髮花白，眼神中再無熊熊鬥志，但依然不影響他曾是個傳奇人物的事實。高泉總算是找到了他。

時隔十五年，這當中又尋找了三年，兩人再見面時世界已然黯淡無光。對高泉來說這是一種很遺憾的感覺，畢竟在歲月推移間，有很多事情都跟以前不一樣了。

「哈，好久不見啦……高家的小毛頭。」

不對。多特‧席烏巴的微笑，一直以來都沒有變過。

改變的僅有高泉對信念的疑慮，還有時間的殘酷磨合吧。

「高泉……多特叔叔他，正是讓世界失去『光明』的罪人。」

在高泉心中，那位朋友所說的話，再一次如墨汁傾倒般瀰漫開來。

第二章「獨眼之鴉」

世界失去光明後，人類被迫集居大城來強化對抗魔物的實力，但是在荒郊野外中也有像席烏巴這樣的盜匪團，他們多半有很強的韌性，才能在如此艱困的環境中潛伏至今。

十五年沒見過多特・席烏巴，高泉心裡明明有千言萬語，一瞬間卻什麼話也說不出口。他就這麼與多特持續對望著，看得多特兩名子女都不禁好奇起來。

「這小子的確是我的熟人，你們可以不用再繼續監視他了。」

「啊——瞭。」好奇歸好奇，但多瑪並不是個什麼事都問到底的人，而且高泉也只將目光放在多特身上，於是她便打著呵欠走離，只留多蘭在這裡等候命令。

「坐。」多特隨手一擺，接著看向自己的兒子：「多蘭，叫族人弄點酒來。」

「好喔，你們應該還有事要談？那我慢點回來。」

空曠的瀑布邊，很快就只剩下高泉與多特兩人，高泉看著水中的漣漪，心裡再次想起多特淪為強盜的原因。

三年前，由聯邦現任國王發布消息，指出救贖之城前將軍多特・席烏巴刺殺了先王，才導致救贖之城淪陷、才導致世界失去了光明。人們的獵巫行動很快就針對席烏巴家族展開，只要是體內流有虎血的，無一不被殘忍地殺害。

這件事高泉怎麼都不敢相信，後來——就有了這三年的旅程。

「多特叔，我……」

「我大概知道你想問什麼。」多特壯碩的輪廓與高泉一比，即使老邁還是看起來龐大許多。他摸了摸下巴，許久沒再說話，只是靜靜盯著高泉長大的模樣。

「你跟你爸越來越像了，他有事藏在心底也是這個樣子。」

「……是嗎，畢竟告訴我這件事的人是萊恩，我也很掙扎。」

咚。聽到萊恩這個名字，多特猛然起身，差點沒撞在高泉身上。高泉錯愕地看著他瞪大眼睛，神情就像是變了一個人。

「你見過萊恩了？那你有沒有遇到皇后？」

「皇后？」據高泉所知，現任國王應該還沒有成婚，他思緒頓了頓，才明白多特是在講先皇后瑪麗。高泉不知道多特為什麼提起這個名字，只是茫然地搖搖頭。

「沒有，我聽說她臥病在床？」

即使高泉這麼回答，多特的神色依然沒有平靜下來。他沉默地來回踱步，觀看高泉的眼神瞬間變得有些古怪。高泉正想問究竟是怎麼回事，他卻先一步將披風穿回身上，並且邁步離去。

「泉兒，我有件事情必須確認，你先和多蘭在這裡等我吧。」

「等等！？多特叔——」高泉想攔下多特，卻換來他親切的笑容。

「別急，你小子也累了吧，我這件事很重要，之後再慢慢跟你聊。」

「多——」

沒有理會高泉的叫喊，多特的背影越來越遠，最終消失於石窟中。多蘭回來時正巧與他擦肩而過，聽到父親要自己待客，他便向高泉晃了晃手中的陶瓷酒壺：「小哥賞個臉吧？我剛才可是被你打得落花流水呢。」

雖然還有很多話想要問多特，但他似乎真有急事，高泉也只好向多蘭微微一笑。

「運氣好而已，那就恭敬不如從命囉，我叫做高泉。」

「嘿嘿！多蘭・席烏巴！是這裡的下一任領袖！」

＊＊＊

強盜與竊賊，意外的就有很多話聊。

當高泉回過神來時，已經和多蘭不知道加了幾次的酒。雖然中間多蘭還請了幾位漂亮的席烏巴姑娘來為兩人盛酒，但高泉實在很不擅長應付女生，只好紅著臉與醉醺醺的多蘭閒聊著。

「……阿泉啊，你和我老爸是什麼關係哩？」

酒過三巡，多蘭終究是忍不住問了這件事。

「嗯……」被這麼一問，高泉微笑著婉拒了姑娘們的擁抱動作。他靜靜盯著杯裡的黃泉漣漪，不久後才在那片黃橙中淡然回應：「多特叔叔他，以前就像是我的養父一樣，我們都來自救贖之城。」

談話間，救贖之城的湛藍蒼空，彷彿就浮現於高泉眼前，深刻地令他感到懷念。

「老爸他嗎？」高泉的說詞讓多蘭訝異不已。

「多蘭，你小時候是不是不常見到多特叔？」

聽到高泉反問自己，多蘭思考片刻後點點頭：「嗯！」

「說來慚愧，多特叔是為了如包袱般的我，才將你們兄妹交給別人照顧。」回憶起過往，高泉尷尬地搔搔臉頰。算算那時多蘭大約五歲，多瑪也才剛出生，然而多特卻離年幼的親生子女數千里遠。

他待在救贖之城，只為盡力扶養高泉長大。

「……這就怪了，為什麼老爸要這麼做？」

「因為我死去的父親，是多特叔的摯友。」

沒錯，就因為摯友臨死前的託孤，多特拋家棄子也要完成約定。

這便是高泉為何如此敬重多特的原因，對他來說，多特就像是個英雄。

眼見高泉略帶歉意地垂下腦袋，多蘭在停頓片刻後，忽然大力拍了拍高泉的肩膀，並開懷笑道：

「原來是這樣！果然是老爸，我為這樣的老爸感到自豪哩！」

對於多蘭來說，父親重情重義的選擇，反而讓他對爸爸又多了幾分肯定。見多蘭是如此反應，高泉釋懷地微微一笑。

時間一分一秒過去，又幾杯黃湯下肚後，披戴虎頭的多蘭開始搖搖晃晃。明明是個虎血亞人，酒力卻似乎沒比高泉好，反觀高泉依然思緒清晰。

「多蘭，多特叔他……」

高泉靜靜等候著多特回來，只是多特一直沒有出現。

「奇怪，老爸他——叫我帶你來這裡等！結果——」

多蘭講話時帶有酒醉的口齒不清，高泉皺眉拍了拍他的虎頭，並暗自憂慮起多特的去向。方才多特只吩咐兒子招待高泉，自己就去忙別的事了——

嗯？別的事？

現在回想起來，高泉總覺得多特臨走前神色很凝重，或許不是什麼好事。而且那件事，難道跟自己到來有某種層面的關係嗎？到底是怎麼了……

百思不得其解間，高泉突然發現多蘭不知何時倒在自己腳邊。

「哇？多蘭？」

「呼……呼……」

稍一分神，多蘭竟已發出規律的鼻息聲，沉沉睡去。

「難怪這傢伙會被他妹欺負。」高泉無奈地笑了笑。

沒有辦法，高泉將多蘭丟給旁邊幾位席烏巴女孩照顧。能服侍少主她們似乎也很高興，但當高泉問起她們多特的去向時，卻沒人能回答出個所以然。

「嗯……」高泉搔搔腦袋，轉念一想，既然自己都能找到據點了，倒也不用害怕多特會消失不見。長途旅行已讓高泉身心俱疲，他覺得自己是該好好放鬆一下了。

心念一定，高泉呼喚起自己的搭檔：「喂，腰包。」

「呼……呼……」沒想到，高泉的腰包內，也傳來規律的呼息聲。

現在是怎樣，為何最累的我還沒睡，大家卻都睡了？高泉滿肚子埋怨，乾脆就將腰包卸下丟至一旁。動作間腰包發出含糊地驚叫，但高泉不理他望向身旁的黃泉瀑布，並再次對那微微酒香感到著迷。

「嗯……真是不錯啊。」邁開步伐，高泉孤身尋找黃泉的上游。

他曾經在旅行途中見過一次黃泉，那座黃泉遠比這裡的要小許多。根據他的印象，黃泉上游應該充斥著熱魔力巢，那些魔力巢會將煮沸的酒湯自然排出，進而造就下游的黃泉瀑布。

而在煮沸過程中所釋放的炙熱酒水，就自然形成了帶有酒香氣息的上好溫泉。

高泉喜歡溫泉。真要比較起來的話，甚至比賭博時莫名其妙連勝還來得喜歡。

臨走前順手摸了條毛巾，高泉在席烏巴族人好奇的目光下攀爬岩壁。他迅捷的身手並無白費，很快就登上了頂點，但高泉總覺得這岩壁比想像中好爬許多，似乎是有人刻意修築了一些落點，才造就岩壁適合攀爬。

難道還有人捷足先登了嗎？

歪著腦袋邊思索，高泉邊尋覓酒香，漸漸地就能看見黃泉頂峰的熱魔力巢穴。

那是一片霧氣繚繞的暖和空間，它藏在一座隱密的小石洞內，石洞壁面自然生成著許多螢石，它們淡淡的綠光映在黃泉之上，製造出一種美麗又危險的錯覺。

「……待在大城市的傢伙們，大概一輩子都看不到這種奇景了。」

救贖之城毀滅後，人類大致可以分為兩派。一派致力於探索黑暗，甚至從魔物手中奪取了能照亮一座城市的上古法具。而另一派則待在城裡，給予冒險者們後勤補給、也嘗試研發出更好的照明設備。

不管如何，人類都在為對抗黑暗各盡其力，只可惜大多數冒險者卻認為，安居城市者即為懦夫。

雖然高泉不覺得追求安定是懦弱的行為，但他還是常感嘆那些人無法見著外頭的世界。要是世上還有光芒，想必人們也會願意走出城市吧。高泉輕輕嘆了口氣。

多想也無益，眼見四下無人，高泉立即寬衣解帶投奔黃泉懷抱。高泉的身材雖然稱不上壯碩，但卻精實地有模有樣，可以看出他鍛鍊的痕跡。

當他一腳踏入沸騰的酒湯中時，一股舒暢感湧入身心，使他忍不住喊出聲來。

「哈啊——」

「吵死了，你要泡溫泉就安靜點行不？」

大腦才放鬆一秒，嬌蠻的嗓音便從洞窟深處傳出，讓高泉嚇得整個人縮入水面。

「咦！？」這聲音好像今天才聽過？高泉微微發愣。隨著熱氣不斷從腳底湧上胸口，他慢慢想起了聲音的主人。

不會吧。

朦朧霧氣間——多瑪・席烏巴的身姿模糊顯現。她在聽到高泉聲音時，其實也被嚇了一跳，但為了表現出成熟的感覺，她此刻故作鎮定地泡在不遠處的溫泉中。

雖然有霧氣遮掩，但高泉還是能看見多瑪嬌小輕盈的輪廓，於是他立即緊張地站起身子，同時用毛巾蓋住重要部位：「抱、抱歉！我不知道妳在，我馬上離開！」

「……」

還以為這個地方只有自己發現呢。多瑪懊惱地皺皺眉頭。方才她離開眾人後就來到了這座世外桃源，本想趕走高泉好好享受，但想起多特看高泉的眼神，她最後還是出聲挽留。

「不用啦，反正這也不是屬於我一個人的，但、但如果你做一些奇怪的事……」

「不會不會！保證不會！感謝大小姐願意讓我留下！」

高泉紅著臉縮回水中，隨即便是長久的沉默。與其說是尷尬，倒不如說高泉還沒從驚嚇中回神。看多瑪今天那潑辣的態度，他原本以為會被狠狠抽個幾鞭，卻沒想到會演變成如今進退兩難的情況。

「說、說來，這裡還真不錯啊……」為了緩解氣氛，高泉硬著頭皮開口說話。

「嗯，算是半年來最舒適的據點吧……是多蘭哥找到的。」

「半年？你們很常換據點嗎？」

「半個月到一個月就換一次。」

「……真誇張啊，很累吧？」

高泉有些訝異，他自己也是做賊的，所以大略知道強盜更換據點的頻率。席烏巴家族這麼大規模卻遷徙的如此頻繁，其實是非常折騰人的。

「還不是因為聯邦軍。」多瑪悻悻然咬牙回應。從她有記憶以來，就在黑暗世界裡不斷遷徙，而三年前聯邦正式通緝他們，更造就她必須躲躲藏藏度日，對一個十七歲少女來說實在是太殘酷了。

雖然無法看清楚，可高泉大概能想像多瑪是將下顎沉入水中說話，簡直像是鬧脾氣的孩子。高泉不知道該不該安慰她，開口時欲言又止。

「多瑪……」

「聯邦現任國王……根本是個瘋子嘛。」

直到多瑪講出這句話，高泉終於閉上了嘴巴。聯邦國王是瘋子嗎？其實聽到這種話他心情很複雜，他猶豫片刻後，好似袒護又像解釋般回應了：「我想……那傢伙是以為多特叔殺死了他爸爸，才會變成那樣的吧。」

「哈啊！？我老爹才沒有——」

「我知道！我也相信多特叔！」眼見大小姐脾氣的多瑪快要抓狂，高泉趕忙安撫地打岔。他輕輕將手貼在額頭上，接著苦笑嘆了口氣：「但是世人卻不相信他。」

這是事實。

如果多特能獲得世人支持，就不需要像這樣躲躲藏藏了吧。

回想起多特曾經光明磊落的事蹟，高泉不免感到一陣唏噓。

「哼，那又怎樣，有我相信老爹就好。」甩了甩沾溼的秀髮，多瑪毫不猶豫地回應。從與多瑪交手的期間，高泉就發現她是個重情重義的好女孩，明明自己也是給多特養大的，為何心中卻有所疑慮呢？

一瞬間，高泉為自己曾經懷疑過感到羞恥。

但他同時也慶幸，自己有花時間找到答案。

「……咦，你怎麼不說話了？」為高泉的沉默感到不自在，原本這兩人就是比較愛講話的類型，所以哪方突然閉嘴都會令人不安。熱氣瀰漫在洞窟內，多瑪疑惑地歪了歪腦袋，她試圖窺視高泉在做什麼，卻只能看見高泉垂頭沉思的輪廓。

「喂！」多瑪用力拍了下水面，濺起一絲漣漪。

「藍猴子？」然後，她試探性撈起一顆石頭，朝高泉方向擲去。

「哈？幹嘛——」

誰知道，原本多瑪認為高泉能夠避開的，卻因為高泉滿腦子心事，這顆石頭不偏不倚砸在他臉上，還附加爆擊傷害。高泉立即向後仰倒，差點就沉入水中，他摀著鼻子又痛又莫名其妙地大喊：

「妳、妳幹嘛啦——超痛的耶！？」

「咦……本、本小姐只是想說你怎麼都不講話嘛……又不是我的錯！」

「沒有人因為對方不講話就拿石頭砸他的吧！？妳這沒家教的老虎女！」

「你說什麼！？馬尾藍猴子！」一下子就被激怒，多瑪額冒青筋，抓起一顆更大的石頭往高泉身上砸去！

「哇！？」高泉這次沒有恍神，自然一個閃身就能躲過，但他眼見石頭砸碎身後牆面，還是不禁冷汗直冒：「妳……妳是真的想殺死我嗎！？」

「我想殺了你的話，你在剛剛打架的時候就死掉了啦！」

「妳的意思是我會打輸妳那條爛鞭子！？」

「對！」

一個二十二歲、一個十七歲，兩人都早已不是幼齡，卻沒想到吵架層級還停留在此階段。高泉一時氣不過，瞬間就忘了他們還身處溫泉中，他大步跨越水面，走近後猛然抓起多瑪的手腕。

「妳——」

直到高泉看見多瑪小麥色的光澤肌膚時，他才注意到多瑪又驚又恐還滿面羞紅地傻望著自己。滑順的觸感從掌心傳來，高泉發愣半秒後，趕忙鬆手退離五大步。

「抱、抱歉！」

卻在退離期間，他不小心踩空向前撲倒。雖然在即將撞到多瑪以前他就將身體撐住，但還是與多瑪幾乎零距離貼近。昔有壁咚、牆咚、但眼下這近乎赤裸的溫泉咚……好像已經進入性騷擾範圍了。

「那——個——」

看著多瑪像溫泉一樣冒煙的泛紅臉蛋，高泉尷尬地苦笑，他想抽離身子，包覆他的浴巾卻在動作間鬆脫，落入水中時，還隨著多瑪的視線移轉發出噗通一聲響。

「～～～～～～～！！」

那天，多瑪如惡虎般的咆嘯，震撼了整座石窟。

「今天一直被打。」浸泡在溫泉中，臉上印有赤紅掌印的高泉喃喃自語。回想多瑪氣沖沖離開的情形，高泉覺得自己又沒賺到。多瑪包著浴巾，而生為男人的自己卻不小心賣了肉，如果這是小說中的劇情，一定不會有讀者買單吧。

呼了口氣，四周濃濃的酒香味撲鼻而來，還是讓高泉感受到溫泉帶來的滿足。

燒酒的溫泉、化形為虎的部族、會說話的腰包，高泉旅途中見過許許多多新奇玩意，但最令他嚮往的，還是曾高掛在救贖之城上空的煌之刻。

那金光閃閃的巨大時鐘，只要轉到頂點時太陽就會升起。煌之刻所帶來的溫暖光芒，不只為人類寫下輝煌的篇章，也是個救贖的指標。

然而——它卻已經不復存在。

每當聽見有人說是多特害煌之刻被偷，高泉心裡就頗為難受。而現在他逐漸意識到那或許是謊言，他便真心覺得，長久以來埋在心中的芥蒂，終於獲得了解放。

「還真是……有好多話想對多特叔說啊。」

嗚——嗚——

微弱的號角聲從遠方響起，沉溺於舒適環境中的高泉並沒有放在心上。他心想可能是席烏巴家族互相聯絡用的手段，卻在數秒後，他猛然暴起，越經思索就越感到不對勁。

「這是……」他發現，自己好像聽過這種號角聲。

嗚——嗚——

第二次，高泉總算聽清楚了。

他劇烈的心跳，幾乎與那號角頻率相疊合。高泉二話不說爬上岸邊，也不管全身還溼答答的，衣服能穿多快就穿多快。

「糟了、糟了糟了糟了……」

高泉認得這個聲音。

因為很多年前，他曾待過長鳴此號角的城市。沒錯……

這是前「救贖之城」的支配者——自由聯邦的號角聲。

轟隆！

還沒給他細想時間，劇烈的爆破聲與震盪差點讓他跌回酒湯中。他三步併作兩步奔出洞窟，當他放眼瀑布下的景致時，忍不住倒吸一口涼氣。

赤紅的烈焰就像野獸般，接連吞噬著一座又一座的帳篷。席烏巴族人宛如熱鍋上的螞蟻，正不斷在混亂的基地中逃竄，人們焦急地吶喊聲與紛亂足音，都讓高泉想起了救贖之城毀滅那天。

只是這次，造就慘劇的元兇可能不是惡魔，而是挾怨報復的人類啊！

「多特叔叔！」

這都是我的錯。

高泉在一瞬間就意識到了，這次襲擊或許與自己有關係。他以奮不顧身的方式從瀑布頂端躍下，雖然技巧性踩了幾塊岩石來分擔力度，但還是在落地時感受到膝蓋的壓力。

「咕！」高泉忍耐著劇痛，拔腿奔向自己來時的方向。一路上他看見不少人因襲擊而受傷，而當他看見一名嬰兒也頭破血流時，他更是痛苦地咬牙哀鳴。

「不要啊……多特叔或許不是你的殺父仇人啊！萊恩！」

呼喚著某人的名字，然而四處傳來的爆破聲，卻證明高泉的聲音沒有傳達給他。

「多特叔！多蘭！多瑪！有誰在嗎！」跨越紛亂的景致，高泉試圖搜尋自己認識的人。爆破聲依然四處迴盪，周遭落石也越來越多。正感到焦頭爛額之際，遠方一道熟悉的身影奔了過來。

多蘭手裡拿著長槍，在陣陣晃動中艱難地與高泉靠近。他一接近就抓起高泉的肩膀猛力搖晃，似乎被突如其來的慘劇給弄得理智不清。

「阿泉！？我妹和我爸呢！現在到底是——」

「我……」歉疚感使高泉語塞。思緒本就一片混亂的他，被多蘭逼問時更顯得手足無措。高泉說不出口，雖然還沒有確認，但他總覺得這件事與自己有關：「襲擊者應該是聯邦軍……這是聯邦『銀雀之矛』造成的，我以前曾經看過……」

「銀雀之矛！？是那個貫穿岩體就變成流星雨降下的巨砲嗎？真的假的——」

是啊。高泉也不敢置信，為了一個強盜集團，竟然用上這種魔導兵器。

看來那個人——是真心想要殲滅席烏巴家族。

「可惡！好吧！總之先接好！」

高泉還在自責著，多蘭就先將一個物體拋給他。那是他的腰包，連帶後頭機械樣式的刀鞘，高泉的武器又回到了自己手中。

想當然，腰包內的聲音也同時追問高泉。

「泉哥！你剛剛跑哪去了啊！現在是——」眼見高泉皺眉苦思的模樣，腰包內的嗓音慢慢緩了下來：「……泉哥？」

「多蘭，我們先找到多特叔吧。」高泉拍了拍腰包，說給多蘭聽的同時也說給腰包聽。腰包明白他的意思，馬上開啟了感知能力，而多蘭也朝他點點頭。

「還能打的！跟上我吧！」以少主的號召力，多蘭在極端混亂之中嘗試召集自己的部隊。聽到這聲戰吼，男性席烏巴族人紛紛拿起武器，人群也在號令聲中獲得秩序。

雖然第一眼覺得多蘭傻頭傻腦的，但此時高泉很慶幸是自己看錯了。

「泉哥！在入口那裡——順著風勢，能感受到那裡有打鬥的波動！」

聽到腰包這麼說，高泉立即動身，大部隊也隨後跟上。

他握緊拳頭，神情間再也藏不住憂鬱。

多特叔，你一定要平安無事啊。

如此想著，周遭再次傳來震動。

轟隆！銀雀之矛又一次貫穿岩體，化為流星雨般的火勢從天而降。多蘭朝隊伍大喝一聲「散開！」人們便各自尋找掩蔽物，卻還是有幾個人逃生不及燃燒成一團火球。高泉全都看在眼裡，逃跑同時入口已經越來越近了。

「可惡……老、老爸呢……」在方才的攻擊中，多蘭的肩膀被石塊砸了一下，雖然沒有大礙，但聲音聽起來很不好受。對於多蘭的問題，高泉也是滿心疑惑。

多特・席烏巴……席烏巴族人的首領到底去了哪裡？

咻！

這個謎題並沒有困擾兩人多久，當入口處漸漸顯現時，一個物體正面朝高泉橫飛而來。高泉第一時間蹲身閃避，只見身穿盔甲的聯邦士兵滾落在地，嘴角不斷噴湧出血沫。就像全身承受巨大的衝擊般，那士兵不住地抽搐，沒過多久便斷了氣。

與其說這畫面很殘酷，不如說這是純粹的暴力下，所產生的「殘暴」。

「呼。」

平靜的吐息，出自痛下殺手的那個人。多特・席烏巴帶著小部隊豎立於據點的石窟門口。他手持誇張的巨大雙手斧，在他腳邊已經堆積了不少銀白盔甲的士兵。

「不過是個年過半百的老頭！別被他嚇著了！」

領頭的聯邦士兵大喝一聲，更多士兵朝著多特蜂擁而上。在還有點距離的情況下，高泉就能清楚看見多特的血管暴起，當他咬牙拔起雙手斧的瞬間，一道強烈氣流瞬間將士兵連人帶甲撕成兩半！

轟！砲彈般的爆音在洞口處響徹。多特・席烏巴此時已經五十有餘，但是如猛虎般強壯的他卻超越了歲數——

「你們來了啊。」在年輕人眼中，這髮色花白的男人，有著如同英雄般的背影。

「多特叔！」

「老爸！」

總算是找到了首領，席烏巴族人馬上進入戰鬥狀態。轉眼間，由多特領頭的反擊開始了，眾人迅速反撲洞窟外的聯邦軍士，高泉也拔出後腰的雙刀，在某個士兵想偷襲多特之際將刀刃投出，直接擲入士兵的盔甲縫隙中。

「哼！」

被自己的養子搭救，多特咧齒笑了一聲，接著他迴轉雙手斧，將圍繞的士兵們全部用斧面拍扁！士兵的鮮血沐浴其身，高泉很快就明白聯邦軍為什麼選用「銀雀之矛」而不直接對洞窟進行白兵戰，因為這個人實在太強了！

不管歷經多少年頭，黃金暴虎依然不失當年的傳奇雄風！

「撤、撤！回報總長！」

眼見戰況不佳，聯邦士兵趕忙下達撤退命令。

這著實給了自由聯邦一記難堪打擊，耗費數十分鐘，堂堂偵查隊卻連座賊窟都打不進去。而且唯一能被稱作阻礙的……竟然還是名髮色花白的老頭，傳出去可要丟盡顏面。

馬嗚聲不絕於耳，多特平靜地目送偵查隊撤離，絲毫沒有要追擊的打算。他只與站最前頭的偵查隊長相望，隨即淡漠而笑：「希望你們不要再回來了啊，小子。」

「……恕難從命，多特將軍。」

「哈哈！我已經不是將軍啦。」

知道多特不可能投降，偵查隊長忍不住嘆氣。原本他想將傷害降至最低，卻沒想到會被多特・席烏巴一人給擊退。

馬蹄聲漸行漸遠，遺留下來的只有偵查隊長的一語感嘆。

「如果您乖乖束手就擒的話……族人可能就不會死了，多特將軍。」

因為——將軍也發現了吧……今天帶領我們的，可是獨眼的報喪鳥啊。

「……」多特若有所思，緊皺的眉頭沒有因敵人撤退而就此舒緩。高泉與多蘭收起兵器靠向他，多蘭先是茫然地環顧周遭，片刻後他蹲下身，輕撫著地面漸漸冰冷的血跡。

「老爸……你一直在這裡戰鬥？」

如果說多特從剛剛離開後就是來此備戰，那麼他就像未卜先知般，早就料到聯邦軍會襲擊據點。

當多蘭發問時，多特將目光緩緩轉向高泉，高泉頓時領會了其中道理。他緊握住拳頭，全身不住地顫抖，心中滿滿都是懊悔的情緒。

「多特叔叔……我……」

才正想說些什麼，多特卻笑著向高泉搖了搖頭。

「一報還一報，該來的總是會來……這不是你的錯。」

從多特見到高泉拜訪的那刻起、從聽到高泉見過萊恩國王的那刻起，多特就預見了如今的局面。他雖然心裡希望事情不要發生，但是他常年來身經百戰的直覺卻沒背叛他。

多特比高泉更早意識到一種可能性，那就是高泉或許被追蹤了。

三年前，當高泉得知聯邦要肅清席烏巴家族後，便決定先一步找到他們。而這一步足足讓高泉找了三個國家，卻沒想到這些年來聯邦軍不離不棄，一直把高泉當成線索來看待。

只因為——聯邦的國王相信高泉、相信他一定有辦法找到席烏巴家族。

「泉哥……抱歉，我沒發現你身上有千里眼術式。」腰包內傳來歉意的呢喃。

高泉用力搖了搖頭，總歸下來他覺得還是自己的錯。危機迫在眉前，他沒時間感到氣餒了，他重新拔出刀刃，並將之交握於手中。

多特見他這麼做又是連連搖頭，緊接著他就向眾人大聲喝令：「全部隊聽令！」

咚！整齊地靠腿聲，席烏巴族人井然有序地豎耳傾聽。

「各位——這仗不能打！動身——準備撤離吧！」

此話一出，群眾原本高漲的情緒，就像被潑了桶冷水般。有些人甚至懷疑是自己聽錯了，因為席烏巴家族一向勇猛果決，從來不會因膽怯而有所退縮。更別說是被稱為「黃金暴虎」的多特•席烏巴了，逃跑這種懦弱之詞根本不該從他嘴中說出。

「……老、老大？」

面對上百張茫然的面孔，多特又重申一次：「準備撤離！我們要放棄據點了！」

「老爸！」多蘭訝異地怒吼，他雙手攤開滿是憤怒不解：「難道要逃跑嗎！？」

早料到兒子會不服氣，多特面無表情道：「不打沒有勝算的仗，不叫做逃跑。」

他的語氣很是肯定，卻反而讓多蘭越來越不爽了：「怎麼會沒有勝算啊！？」

「就是沒勝算，算上高泉、算上你與多瑪、算上所有人與我，都沒有勝算。」

「胡說！」

眼見少主與當家起爭執，原本應該支持多特的席烏巴族人，卻覺得多蘭所說的話比較有道理。席烏巴從來不會畏戰，不少血氣方剛的青年一聽到多特這麼貶低戰力，也跟著舉起武器抗議：「老大！我們能打！請讓我們打吧！」

「不能打。」

「為什麼！？我們可是——」

「老大！」議論間，今天被高泉嚇跑的席烏巴斥候，慌慌張張從樹林間急奔而來。他跑到多特耳邊講了句悄悄話，多特卻連看都沒看他：「大聲點講給他們聽。」

「我、我剛剛親眼看見了！」斥候嚥了口唾沫，「他們的軍旗，是獨眼烏鴉！」

此話一出，喧嘩聲立即煞止，就好像有人按下了暫停鍵那般。

只要是崇尚武藝的男孩，都曾聽過這樣的床邊故事。

有一隻如影似幻的烏鴉穿梭於戰場間，它無法捉摸、無法看清、無法超越，當他不祥的單眼凝視戰場時，就沒有人能逃離他的追獵。那隻報喪鳥是令救贖之城屹立不搖的盾牌，曾有人說……

救贖之城瓦解那天，若他在場結局就會不一樣。

他就是被稱為「軍神」的救贖之城大將軍——嘉德・布蘭卡。

「這就是，我們不能跟聯邦打的原因。」多特平靜地做出結論。

任職於救贖之城的多特，曾親眼看過嘉德・布蘭卡。即使多特的武藝已經達到頂峰，卻仍有超越巔峰的人存在，那就是軍神嘉德。

與其說他是人類，不如說他就是厄運本身，既然他來了，就代表氣數已經用盡。

「還愣著幹嘛？快點準備！」

「唔！」

爭吵的結果令多蘭啞然，也使高泉苦悶。既然多特都這麼說了，那就一定符合現實、一定情況就會如此糟糕。

眾人沒再多做抱怨，紛紛在多特的號令聲下，迅速地返回洞窟內。他們一邊準備迎敵，一邊護送老弱婦孺，要將他們安全送往秘道。

「快點！快點！」

原本和諧美好的石窟，此刻已看不出高泉喜愛的風貌。價值不斐的明石燈誰也帶不走，只能留在洞窟內綻放光芒。人們走得匆忙，從高泉眼前接踵而過，一名席烏巴少女路過時不小心絆了腿，高泉趕忙將之扶起，同時他也想起了另一名女孩。

「多瑪……」

「對了！多蘭，多瑪人呢？」

耳聞高泉的呢喃，多特面色凝重地望向多蘭。

一經父親提醒，多蘭也慌張地左顧右盼，卻怎麼都沒看見親妹的人影。唯有高泉回憶起溫泉的遭遇，於是他主動舉起手，向多特叔叔自告奮勇。

「多特叔，讓我去找她吧，你們一定要安全離開，拜託了！」
高泉的表情極為認真，是一張想要贖罪的面容。多特原本還想說些什麼，卻為他的眼神折服。
他只是沉默了一陣，最後嚴肅地點點頭：「好吧，全隊！隨我撤離！」
目送席烏巴人遠離，高泉轉身就要走，卻在臨走前多特又叫住了他。
「泉兒！」
那一聲叫喚代表著許多意義——是養父的關心、也是久未見面的遺憾、還有讓高泉不要為此自責的期許。但最重要的，還是這短短一句交代。
「多瑪就拜託你了。」
「……好！」高泉誠懇地答覆，隨即拔腿狂奔。在洞窟內疾跑的途中，高泉回憶起許多過往。有多特教自己劍術的片段、有和摯友決裂的片段。他未曾想過，自己視為摯友的他竟然會做到如此地步！
「萊恩……」眼望火光肆虐，高泉握緊拳頭加快腳步，奔入了更深層的石窟內。
「拜託你……不要進軍啊！」

＊＊＊

「嘉德，發號進軍命令。」
「是。」
黑夜籠罩，數百具火把微光卻將黑暗強勢驅散。豎立於銀白列隊最前頭是一名高瘦男人，他有著一頭漆黑短髮，如鷹般冷峻的單眼也是深黑色的。

男人右眼失明，讓他看起來落魄且孱弱。他看上去約莫三十幾來歲，氣質非常內斂、任誰都覺得他毫不起眼。

「聯邦軍聽令。」

男人慢悠悠拔出配劍，就像大夢初醒那般，他沉靜的眼神第一次有了光澤。

然後不可思議的事情發生了，男人平淡的存在感瞬間被顛覆，令人作嘔的壓迫力量擴散而開，使聯邦士兵不住地打顫。

漆黑的影子張牙舞爪，逐漸吹熄了一盞、兩盞、十盞二十盞的火光。刺骨的寒意肆虐於人群中，卻沒有人敢哆嗦出聲。眾人聚精會神注視著男人從大衣下取出懷錶，他掀開面蓋，看著裡頭秒針走動，當秒針來到十二點鐘時，男人平靜地宣示。

「現在時間六點二十分，二十一分時作戰開始，預計七點整作戰結束。」

放眼於多特擊垮的偵查隊，男人面無表情地歪歪頭，好似蠻不在乎般。

「目標是多特・席烏巴，逃跑的人，不追、老弱婦孺，不殺、抵抗者……」

倒轉配劍，男人將刀鋒筆直地刺入地面，動作間銳利的風壓割斷無數芒草。

「一律殺無赦。」

咚！獨眼烏鴉的軍旗漫天飛揚，士兵們整齊地靠腿聲，在夜空中響徹雲霄。

如同旗面上描繪的黑影，男人喀嚓一聲闔上懷錶。

「二十一分，作戰開始。」

第三章「離別之始」

「多特，你認為王者須具備怎樣的條件？」

陽光遮蔽了發話人的顏面，使他看起來朦朧不清，他的斗篷上印著代表王室的煌之刻印，這正是世世代代侍奉光明的證據。然而要背負這樣的證據，卻必須扛下常人所無法承受的重責。

對於多特來說，能扛下責任的他，絕對是個偉大的人物。

「我認為是責任感。」

「所以你認為我有責任感？」

男人哈哈大笑，聲音卻像獨奏的鋼琴般，顯得沉寂而孤獨。對外頭的數百萬人來說，他是聯邦之王，然而對多特來說，他卻只是個被身分詛咒的可憐人。

許久過後，男人終於停止發笑，他鄭重地拍了拍多特的肩膀，神情變得極為嚴肅：「還真被你說對了。」

正如多特所言，眼前的男人，有著常人所沒有的責任感。他默默摸著胸前的日輪徽章，再次開口時彷彿下定了決心。

「吾友多特啊。」

陽光遮蔽了他的顏面，就像不想讓多特記住那般模糊而遙遠。

「如果我不幸離世，可以像高穹那樣，拜託你一件事情嗎？」

嗚——嗚——

出神於高泉離去的背影，多特不知怎麼地就回憶起往事。他很遺憾，直到高泉離開的當下，他都沒機會向高泉解釋一切。

聯邦的號角聲再次響起，說明聯邦軍開始進攻了，也讓多特知道，自己沒時間再沉溺於悲傷中。

「小子們，打起精神來啊！」

「喔喔喔喔喔！！」包括多蘭在內，席烏巴族人齊聲大喊，吼聲震憾猶如雷動。

當下最重要的，便是護送部族內老弱婦孺逃離洞窟，然而聯邦軍絕對不會放棄眼前的機會。多特扛起雙手斧，感受深沉的重量壓在肩頭上，他複雜地勾起淺笑。

「領袖責任這種東西，還真是有點兒沉呢。」

說完後，多特緩步上前，迎接那上百道軍靴聲。

「老友啊，黃金暴虎……來履行與你的約定了！」

噹！刀劍交擊，將多特漸漸掩沒於聯邦的白羽之下。

＊＊＊

「多瑪！回答我！」

聽到遠方傳來交戰的廝殺聲，高泉的腳步越跑越快，他必須在所剩無幾的時間內找到多瑪的蹤跡。這是多特委託給他的任務，他覺得要是自己無法完成，就再也沒有臉去面對席烏巴每一個人了。

「腰包！到現在還沒找到那個黑肉老虎妹的位置嗎！？」

「泉、泉哥啊，我也想啊，但是這附近連個人都沒有！」

「嘖！」

高泉顯得焦慮，越是往人煙稀少的深處行，就越沒有發現人跡。他開始擔心多瑪出了事，正想喊叫腰包卻打斷了他：「啊……等等！」

好似在感受，又像感到不可思議，腰包停頓片刻後勃然大喊：「有敵人接近！」

「什——」高泉還沒理解腰包的言下之意，軍靴踏響聲便從身後陰影處傳開。

在高泉的視線中，一塊堅固且毫無玄機的巨石豎立在那，然而他卻清楚看見了詭異之事。活生生的聯邦騎士從陰影裡逐一走出，就好像在影子上開了一扇門般理所當然。

「這裡是……喔！有個小子呢！」

領頭的騎士發現高泉，二話不說拔刀就斬！

嚓！鋼劍劃破空氣，雖然高泉身手矯健，卻因為太過驚訝而錯失良機。他在劍刃即將觸及身體時，才猛然向後退開十步以外的距離。這個動作大幅給予了高泉喘息的空間，好讓他停滯的大腦重新運轉。

「從石頭裡冒出來……你們是鏡妖還是神話裡大鬧天宮的猴子？」傳說中，鏡妖能在鏡子間自由移動，就好似這些從陰影中到來的士兵一樣。

不是某種法術……就是什麼特殊道具了吧。高泉深深懊悔自己沒鑽研過魔法。

「哈哈，你小子挺幽默的，但我跟你一樣是人類。」

領頭的騎士振臂一揮，其餘士兵跟著將高泉團團包圍。面對這種情況，高泉滿心憂慮，但他顧慮的並不是己身安危，而是對方奇妙的能力。要是有更多士兵從影子裡入侵，其他人可就危險了。

想不到……入口的進攻只是個幌子，真正的襲擊部隊早就潛入洞窟裡了。

這就是不能與獨眼烏鴉交鋒的原因嗎？高泉漸漸明白對方的棘手之處。

「小子，多特・席烏巴在哪裡？」

領頭的騎士舉劍逼問，動作間他的同伴卻悄悄摸到高泉身後。他們本來就沒有要問事情的意思，那名騎士將刀高舉過頭，接著奔雷般朝高泉猛力斬下！

「嗯？」

可惜高泉有著腰包的感知能力，自然不會被偷襲給命中。他旋身避開攻擊，同時還絆倒了那名騎士。穿著盔甲的騎士跌坐在地，看起來狼狽又滑稽，高泉見狀冷笑著聳了聳肩。

「不好意思啊，我現在沒空陪你們玩……我可要認真了。」

鏘！高泉的海賊刀在出鞘時，磨擦出銳利的響聲，藍光舞動看起來鋒利莫名。

「唔！」一眼見高泉氣勢凌人地亮出武器，方才輕敵的騎士不敢怠慢，他們紛紛向後退離了幾步，準備迎接高泉所謂的「認真模式」。

第一秒，高泉朝騎士們走去、第二秒越過他們、第三秒越走越遠，直到騎士們回神時，才發現高泉已經狂奔著揚長而去！

「三十六計走為上策。」

「他媽的！臭小子敢耍人啊！」

「我才沒空陪你們打打殺殺，滾啦！」

回望身後暴怒追來的騎士，高泉回身擲出海賊刀。海賊刀連接柄端的鋼繩無限延展，受高泉流利地使喚，一下子宛如毒蛇般在地面上四處滑動，讓踩到的士兵們被絆倒而跌成一團。

「哈！」正當高泉得意發笑之際，前方拐角卻冒出更多士兵！

「我們來支援了！咦？這小子是——」

「有、有完沒完啊！？」

這些士兵身上還纏繞著黑煙，一看就知道是剛從影子裡傳送而來的增援。高泉意識到情況有些不妙，想轉彎繞去別道，卻礙於不熟悉地勢，不小心就跑進了畸形的死胡同中。

「別跑！」原本騎士團應該要追跡多特的去向，卻因為高泉激怒了他們，所以他們也奮不顧身地擠入窄道裡，朝無路可逃的高泉步步進逼。

「泉哥……這、這下子不妙了啊啊……」腰包內傳來慌亂的喊聲。

高泉冷靜地抹去汗水，並屏息注視著死路中的騎士團。

「的確有點糟。」

只能戰鬥了嗎？如果可以拖到席烏巴人成功逃走——未必是件壞事。

「呼……呼，說來你小子好像不是席烏巴人？那頭藍髮和東方人的面孔……」

當高泉暗自打起如意算盤時，領頭的騎士也氣喘吁吁擠入窄道內。他狠瞪著高泉，突然就注意起高泉的樣貌。他總覺得眼前的小鬼，跟以往某位傳奇人物外貌有些相似……

昔有聯邦四將領，分別守護自由聯邦的東南西北四個方位。

軍神嘉德、戰神文森、暴虎多特以及「蒼藍奇蹟」的高穹。

「你……長得好像高穹大將軍啊。」騎士愕然地道出結論。

咻——啪！

遺憾的是他還未能想明白，腦袋就忽然遭受重擊，剎那間失去了意識。其餘騎士眼見伙伴倒下，紛紛警戒地望向死胡同出口。

在那裡、在黑暗深處，一條燃火的紅龍飛躍宛如舞蹈。受那點點星火照耀，黑膚女孩的紅眸漸漸顯現於眾人面前。她眨著艷陽般燃燒的雙目，神情間有著難以控制的怒氣。

「聯邦的白癡士兵，竟然敢用白癡的方式在本小姐家白癡的撒野……」

多瑪・席烏巴手持炙熱的皮鞭，張嘴時虎牙裸露，看起來快氣炸了。

「給我識相點啦——臭軍人！」

不給敵人反應機會，多瑪二話不說在窄道裡掀起一陣火焰風暴。亂鞭將騎士們轟得措手不及，眼見機不可失，高泉也藉機踹翻分神的騎士，接著就高舉單刀往多瑪方向投！

「多瑪！」視線越過堵塞的人群，兩人交換了一個眼神，同時間開始對騎士團做出夾擊！

「可、可惡！別自亂陣腳！前三後四！整隊迎敵！」

騎士眼睜睜看著高泉的刀飛越他們，並筆直射向入口處的多瑪。多瑪似乎也能領會其中含意，用鞭子捲住它後，烈焰便順著刀身一路延燒至柄端的機關鋼繩，再不出幾秒，窄道裡就出現一條礙事的火焰繩索，間接擾亂士兵的陣型！

「七個人！我要用七點五秒幹掉你們！最強的那個多零點五秒！誰最強！？」

邊胡說八道擾亂敵人軍心，高泉邊用另一把海賊刀招架攻擊。礙於火繩將部隊分割，盔甲又不好在狹窄處靈活行動，聯邦士兵瞬間潰不成軍。

高泉沿途收線，穩若泰山地朝多瑪推進，而且就真的如同他預告那般，一個士兵一秒打倒，氣勢如虹萬夫莫敵！

「該死！」最後一名士兵飽受烈焰焚身，好不容易擺脫時高泉卻已豎立面前。

「哇！我是最後一個？我會多零點五——」

士兵話都還沒說完，多瑪搶先收回皮鞭，順手就往他腰上一甩，將他整個人打入牆面。強勁的力道造就士兵立刻暈死，連一秒都沒有撐住。

眼見戰鬥告一段落，高泉也迅速將海賊刀收回手中，然而刀身上卻還是遍布著高溫，讓他驚叫著甩掉刀刃。

「燙死了！多瑪！」

「高泉！」多瑪也喊著高泉的名字，讓高泉瞬間以為她是在關心自己。

「老爹和我哥哩！為啥只剩你這隻傻猴子和一堆討厭的聯邦軍啊！？」

果然不是啊。

「我才想知道妳洗個溫泉人就消失去哪了！？」

「唔！我……我……」

沒想到多瑪竟然因為高泉的問題而語塞，她紅著臉支支吾吾了老半天，才終於羞怯地回應：

「就、就那什麼……保溼啊、護膚啊之類的後續作業……」

「三小。」

高泉差點忘記了，多瑪雖然兇悍又是強盜，卻同時也是青春年華的女孩子。只是她的愛美行為實在太不合時宜了，高泉摀著臉差點暈倒。

「妳……總之跟我來！」

總算找到多瑪，那麼高泉只剩下一件任務，就是將她帶回多特身邊。兩人奔跑於光芒逐漸黯淡的石窟中，失去了魔力供給，明石燈的光輝正一點一滴消逝。

因為銀雀之矛的緣故，大火燒滅了洞窟內的氧氣，使得空氣令人窒息。行經黃泉深淵時，高泉簡單跟多瑪敘述目前的狀況，多瑪聽完後卻沒像高泉想得那般發怒。

她只是沉默、沉默地令人擔心。

「妳怎麼了？」

「總覺得老爹……不，沒事。」

多瑪沒有將內心話說出口，但她總覺得自己父親……

像在交代後事那般，讓多瑪心裡起了不舒服的疙瘩。

轟！說時遲那時快，劇烈爆破聲響徹，彷彿在呼應多瑪心中的不安。爆震餘燼將兩人彈飛在地，高泉邊在漫天粉塵肆虐下咳嗽著、邊看見灰燼中走出的幾束盔甲人影。

「總算打出通路了，這樣就不用仰賴布蘭卡總長的『影法師』了。」

他們小聲議論著，同時左右打量環境，竟是在山壁上炸出了通路！

「多瑪！這裡！」

抓準視線遮蔽的機會，高泉拉著多瑪躲入岩石後，藉此消聲匿跡。

塵霧在下一秒飛散開來，讓銀白色的盔甲顯露於黑暗中。聯邦軍這下子不需要分批傳送，便能從爆破口中大舉入侵，想必接著就會去騷擾正在撤離的多特與多蘭等人吧。高泉焦慮地連聲咋舌。

「泉哥，你可別衝動唄。」

「我知道。」高泉小小聲回應腰包，但依然心跳劇烈緊張不已。

怎麼辦？要先處理掉這群人嗎？不，我有這個能力處理掉他們嗎？

高泉自知方才窄道中的戰鬥純屬僥倖，若要與聯邦軍正面交鋒，自己恐怕會吃不消。而且，在這裡讓多瑪出了意外，那可就功虧一簣了。高泉估量了一陣，最後決定暫時避開爭鬥。

「多——」卻在他正打算跟多瑪提議時，他愕然發現多瑪早已不在原位。

「喂，你們好大膽子，敢在別人家開個洞喔？」

耳聞多瑪挑釁的吶喊聲，高泉摀著臉長嘆口氣。

他都忘記了，多瑪是虎血的末裔，既然哥哥那麼衝動，多瑪自然也不會好到哪裡去。多瑪雙手插腰，挺著小胸部面對數十名聯邦軍隊，她微微咧起的嘴角刁蠻傲氣，絲毫沒在怕的模樣。

可高泉就怕得要死了，他搔搔腦袋不知該如何是好。

「這妞有病啊？」

高泉喃喃暗罵了句，而聯邦軍也面面相覷，似乎都對多瑪的出現感到意外。

半晌後，一名士兵驚訝地認出多瑪：「等等！那姑娘是多特將軍的女兒！要是能抓住她就能逼將軍投降了！」

原來，這名士兵曾經待過多特麾下，對他的子女小有印象。

「咦？我？」多瑪茫然地指指自己：「等等？你們要抓我當人質？？？？」

連續使用了五個問號，多瑪滿臉不可置信，讓藏在暗處的高泉都覺得好笑。

「不抓妳當人質，難道要把妳送去宮中當仕女喔？」高泉如此想著，但對實力有著絕對自信的多瑪卻不這麼想。她完全無法想像自己會輸的樣子，所以聯邦軍的威脅對她來說，就只是單純的污辱罷了。

「哼，你們一定搞錯了，本小姐可不是當人質的料。」多瑪不悅地手按胸口。

眼見多瑪是這般不食人間煙火，聯邦士兵不禁放聲大笑：「說真的，像妳這樣的姑娘除了當人質就沒別的用處了，如果要把妳抓去賣掉，奶子可能還不夠大哩。」

沉默。

士兵看著多瑪微微顫抖的肩膀，突然害怕地向後退縮。下一秒，多瑪緩緩抬起腦袋，高泉總覺得岩漿都快從她嘴巴裡湧出來了：「你——說——什——麼——」

毫不意外的，多瑪被士兵的話瞬間激怒。為了不讓事情變得更糟，高泉只好硬著頭皮跳出來摀住她的嘴，並將雙手高舉著亂揮的她向後方拖行。

「抱歉抱歉！這小妮子給各位大爺添麻煩了！我這就把她帶——痛！」

然後，高泉就被狠狠咬了一口。

「……抓住他們！」

搞笑戲碼無法蒙混過關，聯邦士兵眼見高泉現身，馬上拔刀沒留給他任何情面，也再次讓高泉體會到男女間的差別待遇。

事態變得一發不可收拾，高泉不禁嘆了口氣，並輕輕敲了敲多瑪的腦袋。

「都是妳啦，真是有夠白目的耶。」

「你才有夠膽小，這樣剛剛好啦！」

多瑪笑著甩開皮鞭，高泉也苦笑拿穩雙刃。

「也罷，就當還多特叔人情吧。」

定睛於朝自己包圍而來的大隊，高泉緊握住刀柄，卻發現雙手正微微顫抖。

……哈，真沒辦法呢。

「全都放馬過來吧。」

這些年來，高泉一直想測試自己的極限在哪裡，然而他避戰的性格卻不容許他這麼做。現在他眼前林立著數十名聯邦士兵，他們各個全副武裝，且都受過精密的戰鬥訓練。要說高泉的極限在哪裡，他覺得就是這裡了。

「腰包！替我感知！」

高泉大聲喝令，閉上嘴巴時已然重踏起步，瞬間就竄進人群當中！高泉的速度非常快！而且姿態是正規軍沒見識過的，他像動物一樣把身子壓低，用刀背一個個砍向士兵雙腿，接二連三將他們放倒。

「哇。」多瑪訝異於高泉的戰鬥方式，只因她一向是保持距離擊潰對手，實在難以理解肉搏戰的行為。

「真是有病耶……不過做得好！」

抽開鞭子，多瑪咧嘴一笑，只要高泉能擾亂士兵陣形，多瑪就再無後顧之憂了。

轟！火焰包覆多瑪的皮鞭，當它舞動於半空之際，美得猶如表演——咻啪！然而也痛得像是災難。首當其衝的士兵被多瑪使勁全力抽打，盔甲接縫處的肌膚留下了燒傷痕跡。

「嗚啊啊啊！」士兵痛得哇哇大叫，然而多瑪卻不滿意地皺起眉頭，因為她意識到了一件事。

「糟糕……」

敵人全都身穿鎧甲，而鞭子最大的殺傷力，就是來自對肌膚的刺激。這種情況多瑪只有兩樣選擇，一是攻擊盔甲接縫處、二是直接用離心力將對手打倒或擊暈。

不管哪一個，對多瑪來說都礙手礙腳。

「高泉幫我把他們的盔甲脫掉啦！」

「妳在說什麼！？我要怎麼脫！？」

「你不是小偷嗎？快想想辦法呀！」

身處亂陣中的高泉，原本就費盡心力在迎擊了，耳聞多瑪胡說八道，他一時分心差點就被長槍貫穿肚子。高泉氣急敗壞，落地翻滾並穿越某名士兵胯下時，他著急地大吼回應：「有時間在那講屁話，還不快支援我呀啊啊啊——」

嚓嚓嚓嚓！他的吼聲隨士兵亂砍而轉變為尖叫。

只見三名士兵齊力砍著地上的高泉，卻被他像泥鰍那般東滑西躲帶過。

「唔！」發現高泉的情況確實不妙，多瑪慌張地朝人群甩鞭，雖然鞭子無法對盔甲造成損傷，但還是能打亂敵人的姿勢——咻啪！又是一擊、又讓一名士兵應聲倒地。

抓準士兵被打倒的破綻，高泉從地上彈起。卻在動作同時，另一名士兵捨身朝他撲來，惹得高泉反射性用刀鋒砍入襲擊者腋下，剎那間鮮血飛灑猶如紅花。

「啊！糟糕！」

該死！這下麻煩了——高泉出刀後突然想到不對。

他的這一擊下了重手，只見士兵哀號著向後仰倒。

「注意！有人受傷了！」

這是今天以來第一次，高泉在戰鬥中砍殺別人，方才玩鬧的氣氛，皆因為士兵見血而變得緊繃。

「血……止不住……！」

受傷的士兵在地上掙扎扭動，似乎是動脈被割斷了而血流不止。高泉為此懊惱地嘆氣，所謂測試自己的極限，他已經失敗了，因為他定下的目標——

就是在不殺傷任何人的情況下，帶著多瑪全身而退。

「臭小子……」士兵陣列中傳來令人不安的嘀咕聲。

「……怎、怎麼啦？」多瑪困惑於突然改變的氣氛，她嚥了口唾沫，望向身旁嚴肅的高泉，好似不能理解這突如其來的壓迫感是怎麼回事。

高泉沒有回望多瑪，只是面無表情注視著敵人的動靜。

「……接下來開始，就是真正的『戰鬥』了，大小姐。」

無人傷亡還能當作玩鬧，但若有人死了，那就是「戰鬥」了。一直以來團隊行動的多瑪並不是沒殺過人，但她從未體驗過孤軍奮戰的感覺。反觀高泉長年來都是孤身一人，他早已體會無數次，見血後開始緊迫的氛圍，那是人群赤裸裸的敵意。

「抓不住他們也沒關係，不行就殺了！」

騎士團奮起，以強烈的氣勢重新佈陣，固若金湯地包圍住兩人！

多瑪見狀，立即甩動炎龍鞭。然而她連續抽打了好幾次，卻不是被盾牌擋住就是被技巧性向後躲開，下一秒陣型又回歸原狀，毫無死角可言。

這一次多瑪終於感受到敵人的轉變，語氣也跟著慌張起來：「高、高泉……這下子該怎麼辦啊……？」

明明是多瑪挑起的戰鬥，她卻在此時萌生退意。恐懼感悄悄找上門來，多瑪想起自己的父親與哥哥，還有一直支持自己的族人。

「嗚。」她的神情頓時變得有些無助，可也因為那份傲氣盡失，她才第一次感受到身旁傳來的暖意，以及抬頭就能見到的那張溫柔笑臉。

「……交給我吧，我會帶妳回去找多特叔的。」高泉平靜地笑了笑。

噹！

當高泉敲響雙刀時，彷彿也敲響了開戰的號角。聯邦士兵一湧而上，氣勢轉眼間如洪流般奔放！高泉無畏地立於洪流中心處，絲毫沒要逃跑的打算。他用右手抵禦、左手揮砍、左手抵禦、右手揮砍！高泉的雙刀使得行雲流水，一次又一次瓦解攻勢並做出反擊！

這份稍不注意就會被殺掉的緊張感，就是所謂的「戰鬥」了吧。

不知道經歷了多少次，高泉每每從這些駭人的洪流中存活至今。

「別發愣。」高泉分神將刀刃投出，刀尖筆直刺向多瑪身後舉劍的士兵。高泉的這一刀直接卡在士兵喉嚨上，當鮮血噴濺到多瑪後頸時，她才顫抖地回過神來。

「……嗯！」

雖然是嬌生慣養的大小姐，可多瑪好歹是強盜、好歹體內也留著猛虎之血！她奮力甩脫恐懼感，迅速地進入「戰鬥」狀態。兩人相互感受對方的頻率，多瑪配合高泉的攻擊，不斷用鞭子抽打每名士兵的頭盔，造成破綻同時，也間接掩護高泉。

「別小看我喔！高泉！」

「很好！」

察覺多瑪總算跟上自己的腳步，高泉咧齒一笑，然而他心中卻甩脫不掉敗戰的預感。

高泉手指發麻，每一次接擊都差點握不住刀刃，在這種情況下自己還能撐多久呢？眼見士兵排山倒海地襲來，高泉開始懷疑兩人存活的可能性。

「嘖！」

可是他這個人——就是不懂得放棄。

「還有多少人，就儘管來吧——！！」

高泉的怒吼聲，撼動了所有聯邦士兵的軍心，也讓士兵裡的小隊長決定提前結束任務：「就差一點了！幹掉這傢伙！」

以刀柄繩索纏繞住發抖的手，高泉勉強自己戰鬥，但是越來越多傷口出現在他身上。最初只是小傷，然後小傷開始流血、流血造成行動遲緩又再一次受傷，不知不覺間他已經漸漸喘不過氣來。

察覺高泉的模樣有些奇怪，多瑪困惑地開口：「高泉？」

如此說著，她便看見高泉的衣服滲出血水，那抹鮮紅順著指尖滾落地面，在地上點出一滴滴奮戰過後的痕跡、也點出高泉體力不支的警訊。

「高泉！你——」

「別管它！」

如果說要在受傷與死亡間選一個，高泉會選擇受傷，所以他只能忍受疼痛，來迴避自己的死亡。情況越來越糟糕，高泉腦內滿是腰包感知攻擊的警訊，腰包雖然平常很愛嘮叨，但是危急狀況下他是專注而無法出聲的，也說明狀況有多麼艱困。

噹！

「呃！？」

忽然間，高泉接劍後癱軟地跌坐在地，他驚覺視線開始變得模糊起來。

完蛋了，這次真的完蛋了。高泉知道，這是失血過多造成的暈眩，大勢已去。

朦朧視線中，身著白銀盔甲的士兵，舉劍朝自己劈頭砍下。一切慢得猶如靜止畫，高泉茫然地抬手抵禦，心想斷手總比死掉來得好。卻在懸念間，那名士兵脖頸穿出一支箭矢！

「嗚……啊……！？」士兵驚訝地摀住脖子，血水卻還是咕嚕嚕滲出指縫，讓他無力地向前倒下。

「高泉！小妹！撐住啊！」

推開倒在自己身上的士兵，高泉就見強力的明石燈朝自己照射而來，就如同第一次遇到多蘭那般，他用了同樣的出場方式、帶了同樣多的人，卻帶給高泉不同於以往的感受。

「多蘭！你這傢伙急死我了！」那是打從心底湧現的喜悅，總算有救兵來了！

光明重新點亮石窟，席烏巴族人各個虎皮披身，白牙間滿是蓄勢待發的狠勁。

「多、多蘭哥——」

多瑪也是出生以來第一次——在看見哥哥時會喜極而泣。可聯邦軍就沒那麼高興了，他們緊急迎向支援的席烏巴族人，並怒喝道：「重整！重整部隊——」

「各位！救下小妹跟高泉！讓這群白癡看看席烏巴家族的實力！」

在多蘭的號令聲下，席烏巴族人各個昂首戰吼。只一瞬間，戰局改變了，狂暴的席烏巴人扯破衣襟，即刻化身為駭人的巨虎！他們邊吼叫著邊朝聯邦士兵猛撲而去，氣勢嚇得聯邦軍節節後退！

「……不、不要怕！對方不過幾十人！」

騎士中的隊長眼見虎群導致士兵自亂陣腳，趕忙想要指揮部隊，卻在下一秒化形為虎的多蘭朝其衝來。隊長情急之下舉矛想要反擊，卻還是只能眼睜睜看著矛被扯斷，咽喉也被多蘭的利齒給狠很咬住！

「咕喔喔喔——」他連最後的指令都還沒有下達，就被猛烈甩動扯掉了腦袋。

「吼！」虎多蘭四足鼎立，昂首吼出勝利的咆嘯。小隊長已死，軍隊剎時失去指揮形同一盤散沙。高泉與多瑪相望一眼，雙雙勾起疲憊的笑容，他們重拾信心回歸戰場，與奔馳的虎兒們並肩作戰。戰局瞬息萬變，令聯邦軍潰敗的同時，也讓高泉勝券在握了！

能贏！

「多瑪、多蘭！見好就收吧！」

斬倒眼前的敵人，高泉欣然提醒。

耳聞高泉的提點、又想起父親還在等他回去幫忙，虎多蘭默默點了點頭，他又揮爪砍倒兩三人，然後身體漸漸縮小回歸人型。多蘭站在原地喘了口氣，接著便向族人高舉長矛——

「救援目的達成！我們該回老爸那了！只要我們撤離，就所有人都撤離了！」

言畢，他興奮地高聲歡呼。

此時此刻，不管是虎型還是人型，只要是席烏巴人都滿心喜悅。

因為他們給了入侵的聯邦軍一記重擊，還成功救下了自家小姐。

不需要勝利的獎賞與美酒，這份喜悅正是獎賞與美酒了！

「大伙不要戀戰！我們已經贏了！收隊回去找——」

咚。

那是極輕的一道響聲，卻不約而同讓所有人停止動作。

沒有人記得要說話、沒有人記得要挪動步伐，所有人的目光都聚焦在聯邦軍炸出的破口上。從那團黑影中，緩緩走出一名髮色漆黑的男人，他平靜地提著未出鞘的刀刃，目光垂簾而不與任何人交錯。他的一舉一動都像個過客，毫無殺氣可言。

「你是……誰？」距離最近的席烏巴族人還沒從虎化型轉換回來，看著男子朝這裡走近，他伸出虎爪愣愣地擋住他。

咻。但等他回過神時，男人早已走過他身旁，完全不做任何理會。

高泉訝異地看著那名男人，他的存在感薄弱猶如影子，但他冷漠的單眼卻讓高泉微微打顫。那是一種不安與恐懼匯集而成的感受，高泉思索著男人的樣貌，腦海中逐漸浮現出一個名字。

「喂！老子叫你呢！」被忽略的席烏巴族人怒吼了聲，朝男人背後暴然抓下！

「等等！不行啊！」

人生就是在一次又一次的懊悔中渡過的。

高泉憶起了將臉藏於面具後的友人，他所曾經說過的話。

高泉的驚呼聲方才止息，一聲清脆便靜靜傳入眾人耳內。原本應該拍在男人身上的虎爪，已然在響聲中悄然落地。

就像是血管也還沒意識到自己被切開了那般，斷肢上的鮮血過了數秒後才潺潺湧出，那名席烏巴族人呆然看著自己的斷臂，滿臉不可置信：「怎……」

就等那個「麼」字說出口，卻也沒了下文。席烏巴人的顏面，橫貫著從中間斷成兩截，他的上半邊臉部在落地前還眨了好幾次眼，絲毫沒意識到死亡的到來。

一切發生的太過突然，沒有人做足同伴慘死的心理準備。

於是沉默瀰漫，就好像有人偷偷按下暫停鍵，停止了世界的運轉。

「……獨眼的……烏鴉。」

在寂靜的深淵中，不知道是誰突然呢喃了這麼一句。

剎那間，過度的恐慌感流入人群心中，方才還平靜無存在感的男人，在眾人眼中成為百般危險的恐懼源頭。所有人都看著男人緩緩停下步伐，他甚至還沒有將刀刃抽出來，就讓才剛剛變身結束的席烏巴人，再一次本能地化形為虎！

「準備應戰！」

「……」注視著圍繞的虎群，男人冷漠如冰的左眼，靜靜掃視所有敵意。就好似傳聞中所言那般──「當獨眼烏鴉凝視於戰場時，就沒有人能夠逃離他的追獵。」

嘉德・布蘭卡，被譽為「玄影軍神」的聯邦大將軍，捎著不幸親臨此處。

「幹掉那傢伙──」

「不能跟他打啊！」

高泉是明白的，從以前開始，他就有著迴避危險的本能習慣。此刻他腦內的警訊、不同於腰包的生存警訊正狂亂地閃爍紅燈。就算眼前這個人氣質內斂，他還是將其視為可比災難的巨大危險、算上所有人都無法對抗的危險！

「逃跑的人、不追；老弱婦孺、不殺；抵抗者……一律殺無赦。」

複誦著自己最初下達的軍令，嘉德環顧著全面包圍而來的虎群。

當他揚起手時，藏於劍鞘中的刀刃已然現形。那是一柄破舊繡蝕、甚至還有很多碎口的爛劍。嘉德將之握於掌心，突然一團黑影攀附劍身，它不斷糾纏、不斷包覆、不斷修補著爛劍的缺口，使之鋒芒畢露。

「那是什麼啊！？」

多蘭愕然驚呼，高泉滿腦子的恐慌感則隨喊叫聲增強至極限。

人生就是在一次又一次的懊悔中渡過。高泉再次想起好友淡漠所言。

他想稍微糾正這句話，因為有很多時候，人們甚至沒能來得及懊悔。

虎嘯聲猶如地鳴般震撼，嘉德卻只是平靜地豎立原處。那一瞬間，時間好像凝滯當場，在旁觀者眼中看起來好慢好慢。最先是靠近他的巨虎，在半空中直接攔腰斷成兩截，然後是下一隻虎的前爪、再下一隻、下下隻──

他們無一例外，在落地前就分解成塊。

高泉完全看不清，嘉德是何時出刀的。

他總是手起刀落，看起來好像揮劍一次，卻將敵人支解成七刀分割的碎塊。

如果不是魔術……那就是嘉德・布蘭卡這個人，他的速度已經超越了光與影。

「你們──快逃啊！！」

高泉大喊出聲，卻在此時，刀光劍影再次以嘉德為中心向兩旁擴散。

眾人所能觀測到的，僅有嘉德身形模糊的殘像，或許在他消失的瞬間就已完成了所有的攻擊。最前排的七隻猛虎於半空中崩潰解體，血水甚至還沒來得及落向地面，嘉德就已經緩步走出血雨之外──說是緩步，卻是在半秒內走完！

當嘉德從血雨中全身而退時，肉塊與血漿才降落地面，造就稀哩嘩啦的碎響。

「不……不要……」

眼睜睜看著同伴慘死，多瑪張大的嘴巴不住抽搐。她隨即崩潰地尖叫，卻沒能喚回更多伙伴的生命。沐浴於大小姐的慘叫聲中，次排未變身的族人在嘉德經過後立刻倒地不起，竟然已經全部被割斷了氣管！

「他——他媽的混帳啊啊啊——」

多蘭回神地暴吼，一陣烈風纏繞其身，使之化形為毛色金黃的巨虎。

眼見多蘭失控的舉動，高泉趕忙上前擋住他。

「多蘭！你難道想死嗎！快跑啊！只能逃了！」

「走開！高泉！逃？你看看他們！你再看看那混蛋的速度！」虎多蘭用體積擠壓高泉，試圖衝開他的阻攔，他崩潰地吼叫著：「獨眼烏鴉凝視戰場時！就沒有人能逃離他的追獵！你記得這床邊故事吧？他只是用走的！就比血水落地還要快啊！」

「所以我才說——你他媽一點勝算都沒有！你瘋了嗎！？」

「……我沒瘋。」多蘭突然回歸平靜。

「我要讓你們打破傳說！」

「什麼？」多瑪和高泉不約而同愣望多蘭。卻在這恍神的空檔，多蘭一鼓作氣衝開高泉，並狂奔向黑影的死神！

「高泉！小妹！逃吧！逃吧！打破他的傳說吧！」

「多、多蘭哥！？」

最後回望妹妹泛淚的紅瞳，虎化型的多蘭微微一笑。

「逃離獨眼烏鴉的追獵吧！」

人生是在一次又一次的懊悔中渡過的？多蘭從不這麼想。

對他來說，悔恨是多餘無益的事情，只有昂首挺胸做出決定，才是男子漢的生存方針。衝過伙伴們的屍骸，多蘭奔跑的速度猛烈劇增；踏破族人的鮮血，多蘭的紅眸閃爍出殺意凶光！

「喔喔喔喔喔喔——」

多瑪，我親愛的妹妹啊。

看不清的刀刃劃破多蘭毛皮，疼痛感使他卻步，卻沒能令他止步——

從以前開始，妳就是比我優秀的存在，大家都稱讚妳的天分，妳真的很厲害。

「跟上多蘭少主！」殘存的席烏巴族人眼見少主如此賣命，也一鼓作氣朝嘉德發起總攻。漫天咆嘯聲賦予多蘭無邊的勇氣，即使他知道——

「獨眼烏鴉——」

這份勇氣會將帶他走上死路，他也絕不會退縮。

那麼……這就是差勁的哥哥，所能給妳唯一的禮物了。

轟嚓！劍風席捲突擊者的顏面，包圍住嘉德的團團人馬，都在一陣狂風中化作肢體殘缺的屍塊。多蘭眼睜睜看著黑刃直衝眼球，他終於第一次看清了嘉德的刀。

妳必須活下去，多瑪。

…………

……

「多蘭哥——你怎麼又像個笨蛋一樣被罰啊？」

在被遮蔽的黑色視野中，多蘭看見年幼的多瑪。年僅七、八歲的她，豎立於被父親罰跪的多蘭面前，眉頭深鎖不能理解。多蘭支支吾吾想跟妹妹解釋什麼，卻搶先被塞了支糖葫蘆入嘴。年幼的多瑪雙手抱胸，滿意地點點頭：「不要再被罰囉！」

然後，多瑪可愛的笑容，與現實的黑暗重疊。

噗哧！

「多蘭哥——！！」

嘉德的黑刃橫豎著切過多蘭雙眼，血水從他金黃色毛皮滾落而下，高泉親眼見證這一幕，震撼地差點忘記逃跑，但他隨即想起多蘭最後的願望，便咬緊牙關扛起呆滯的多瑪，邁步遠離獨眼烏鴉的追獵！

「等等——高泉！放開我啊！多蘭哥他！多蘭哥他——」

「多蘭，抱歉了！」

無視掙扎扭動的多瑪，高泉沒有回頭，僅是痛苦地閉上眼睛。無力感使高泉雙腿發軟，然而高泉卻借助多蘭的勇氣，踏上背離死亡的旅程。

多瑪・席烏巴必須要活下去。

「……」將刀刃直豎眼前，嘉德立於遍地屍骸當中，他靜默望著高泉與多瑪逃離的方向，瞬間就發現多瑪的身分。

「那是……黃金暴虎會在那嗎？」邊暗自推測著，嘉德邊回望破口處緩緩步入的士兵陣列，他們身著漆黑的鎧甲，氣質明顯出眾而強大。

「隊長，銀星禁衛軍，等候您的差遣。」

獨眼烏鴉的軍旗，烙印在士兵們的鎧甲上。

嘉德・布蘭卡的直屬部隊到了，也意味著戰爭即將終結。

「伊絲，指揮權轉交給妳，逮捕剩下的殘黨，記得原則。」

「伊、伊絲收到！保證滿懷榮譽地完成任務！嘉德隊長！」

與部隊中唯一的白盔甲少女交代任務，嘉德拋下殘餘的席烏巴人，獨自邁向高泉逃跑的方向。

嘉德信任自己的部隊能處理一切，所以，找出多特成為嘉德的首要任務。他默默思索著多特的下落，正要移動腳步之際，卻發現雙腿上傳來強大阻力。

低頭下望，嘉德冷眼注視著已然變回人形，正死死抱住自己腳踝的多蘭。

「呼……呼……別、別想……」多蘭雙眼失明，遍體鱗傷地倒在血泊中。

看著這樣的他，嘉德面無表情地歪了歪腦袋：「你就快要死了。」

「……那、那又怎……樣了……你個王八蛋……我不會……」

「放手吧。」嘉德再次嘗試挪動步伐，卻依然止步不前。

雖然已經失明，但席烏巴族過人的感官能力，還是讓多蘭察覺妹妹與高泉正逐步遠離危險。他拚命加劇力道，嘴角不住地勾起慘笑。

在最後的最後，他想起了今天才剛認識的高泉，雖然交往不深，但他相信高泉是值得託付的男人……不，他必須值得。

黑暗的視線當中，年幼的多瑪手持代表回憶的糖葫蘆，朝著多蘭甜甜一笑。

「多瑪就拜託你了……高泉！」

多蘭的咆嘯聲，就連遠在別處的高泉也聽見了。

然而那聲巨吼卻隨多瑪的笑臉漸漸模糊，最終瓦解於多蘭腦海中：「大家……」

喀嚓！嘉德的劍筆直貫穿多蘭頭顱，終於使他永遠地放開了手。似乎是感受到哥哥已經死去的事實，多瑪放棄掙扎，只是不住地放聲哭泣。

高泉又扛著她在黑暗中跑了一會，覺得她足夠冷靜後，才將她放回地面上。

「……我們必須活下去，多瑪。」

「……嗯。」擦乾眼淚，多瑪沒有責怪高泉，反而懂事地跟著高泉跑了起來。

沿路所見，聯邦士兵與席烏巴族人屍橫遍野，就像經歷了超大型的戰爭般。高泉追尋戰鬥的痕跡，越看越是怵目驚心，他一方面擔心，一方面也暗嘆友人竟然會出此下策。

事態演變至此，已遠遠超出高泉的預期。嘉德的強大毋庸置疑可以造成全滅的結果，要是被他追上來，那就完蛋了。

「我感覺到風，多瑪，逃離口在前面吧？」

「對……」多瑪無精打采地回應，雙眼浮腫。

「泉哥，這小姑娘還好吧？看著有些擔心啊。」

腰包向高泉竊竊私語，高泉也小聲問道：「我能為她做什麼嗎？」

「嗯……我想想，少女都喜歡浪漫的東西，不然我們紳士點吧！」

「具體來說？」

高泉與腰包的對話傳入多瑪耳中，多瑪只覺得煩躁。都什麼時候了這個人還在自言自語，別說安慰，多瑪心情反而更差了。她悲傷地回望身後黑暗，想起多蘭與族人們相繼慘死的畫面，一股惆悵佔據了她的身心，使她不住嘆氣。

「多瑪。」

「幹嘛……哇！」

恍然間，多瑪掌心上傳來一絲溫暖，竟然是高泉牽起了她的手。

「雖然不知道怎麼安慰妳，但我絕不會丟下妳一個人的，走吧。」

高泉強打精神的笑容，讓多瑪微微發愣。

「什……」才講出第一個字，多瑪頓時滿面通紅，她嘴巴糾結了好一陣，卻不知該說些什麼，只好紅著臉垂下腦袋：「什麼呀……」

雖然勉強擠出了一句埋怨，多瑪卻沒有鬆開指尖，反而眼眶泛淚緊抿著唇。

如果要問多瑪現在最需要什麼，一定就是某人填補她喪失家人的孤寂感吧。

一路上兩人不再交談，空曠的石窟內杳無人煙，僅遺留席烏巴族人匆匆離去的蹤跡。高泉與多瑪跨越了黑暗，迎接他們的卻是更廣闊的黑暗。石窟外依然是無光的世界，只有那微弱的月光指引著明路。

「應該就在前面，有為我們預留的馬車。」

多瑪手指前方，是一塊山坡邊的小空地，在那上頭果然林立著十數輛馬車。人聲漸漸傳入兩人耳內，席烏巴族的老弱婦孺與殘黨都在這裡。

「準備上路。」

多特也在其中，他確認好每輛馬車上的人員後，便毫不猶豫地放聲高喊：「人員啟程吧——」

即使自己的兒女都還沒搭上馬車，多特一見到時間緊迫，還是選擇送走族人。

「多特大人——」轟隆的馬車起步聲不絕於耳，車內的族人都依依不捨地看著多特，嘴裡則唸叨著族長的名諱，只因為這位他們敬重的族長，並沒有搭上便車。

「不要哭泣！聽好了各位！」

多特深吸口氣，對著漸行漸遠的馬車隊大喊：「席烏巴家族——不管身處何方都要昂首挺胸地活下去！再會了！」

這是族長多特・席烏巴留給族人的最後一句期許。

咚！咚！車輪輾碎塵土，卻沒有壓垮席烏巴族的團結心，他們一定能夠捲土重來吧。

高泉是這麼相信著的。

馬車逐漸消失於蒼藍月色下，而還在現場的，就只有多特與來遲的兩人而已。

「老爹！」

多瑪遠遠叫喚著多特，使多特立即回首。一見到女兒平安無事，多特勾起欣慰的笑容：「你們來了……多蘭呢？」

多特的這句話，讓氣氛瞬間凝重起來。

「多特叔……」

高泉咬著牙朝多特搖了搖頭。

再也無人發話，只有風聲悄悄地告知多特，兒子已經不在了。

「……」多特沉默地感受悲傷，但他只是停頓片刻，便恢復鎮定地指示。

「好吧，在那前面，我給你倆留下了幾匹馬，趕快離開這塊是非之地吧。」

多特抬眼望向山丘，上頭栓著十數隻駿馬，想必原本是要留給多蘭與他的部隊使用，只是現在馬兒沒了主人，徒增的是一抹悲傷氣氛。

「那、那老爹呢？」多瑪疑惑地開口，他發現多特並沒有算上自己。

「我不走啦。」

「為什麼！？」

比多瑪更迅速，高泉喊出反對的呼聲。他們兩人都不明白多特是什麼意思，直到背後陣陣寒風吹拂而來，他們才不住地打起寒顫。

多特的視線越過兩人，望向那如影似幻的黑暗，在那裡，烏鴉的殺氣肆意傳開。

「多瑪、高泉……很久很久以前我欠下了一筆債、是筆非常重要的債。」

轟！

多特的巨斧敲在地面上，燃起猶如多瑪炎龍鞭的火花：「現在，是時候還了。」

刀刃出鞘的響聲，與火焰相呼應，高泉戰戰兢兢地轉頭，就見黑暗深處緩慢走出一道影子，那影子述說著聯邦敵人的不幸。

嘉德提著黑影纏繞的劍來到此處，他見到多特後只是平靜地歪了歪頭，並沉聲向他道句招呼：

「久仰大名，席烏巴大將軍。」

宛若指甲刮搔般令人難受的音色，正糾結纏繞在嘉德遍布黑霧的長劍上。

「然後，再見了。」嘉德將劍高舉面前，冷眼凝視著衰老的席烏巴族長。

面對迫近的威脅，多特腦海中響起一段旋律，是一段既美麗又悲傷的樂聲。它足足吟唱了十五年，終於在世界悄然無光後，緩慢奏起了最後的章節。

「高泉，在送你們離開之前，我最後告訴你一件事……」多特漠然而笑。

「的確是我，殺死了摯友，也就是救贖之城前任國王——亞當‧日輪。」

「什麼……」

多特的自白，令高泉不敢置信地僵立原處。

世人皆知救贖之城為何淪陷，是因為國王被殺，造就「煌之刻」體制崩裂，才導致無法挽回的結果。那麼又是誰殺了國王？民間廣泛流傳的說法全部指向國王愛將——也就是西征將軍多特・席烏巴，說他因一己之利謀害了日輪王。

高泉一向對謠言不以為然，直到他聽見多特親口坦承，他卻不得不去接受。

「為什麼要這麼做？」從信任取而代之的，是無限的困惑。高泉緊握拳頭，身子不住顫抖，半晌後他猛然振聲：「又為什麼要告訴我！？」語氣充滿憤怒與不甘。

十五年來的信任，全因一句話而就此淪為泡影。

不能接受，應該說……這要高泉如何去接受呢？

「等、等等啦！老爹！這、這一定有誤會吧！？」

眼見嘉德的兇刀節節進逼，又意識到高泉與多特間的尷尬氣氛，多瑪不免緊張起來。然而相較於兩人，多特卻顯得從容而鎮定，他的視線從來沒離開嘉德過。因為他知道——眼前的男人比自己年輕，卻比自己強大許多，或許可說是毫無勝算。

「多瑪、高泉，我告訴你們真相不是為了讓你們鬧脾氣，快離開！」

但正因為毫無勝算，多特才必須卯足全力，好護送兩名孩子離開。

「好奇怪……」多瑪不知所措地緊咬下唇，她從小就習慣多特的倔強脾氣，也一直是父親眼中的乖女兒，但是現況卻不容許她繼續聽話。

「這樣絕對很奇怪吧！」

「多瑪……」

多瑪一手按著胸口、一手攤開，就好似在宣洩情緒般大吼著：「多蘭哥死了！老爹你又不跟我們走！然後、然後還說自己殺了國王……我才不管這些笨蛋事啦！」

「我只知道！我絕對不會丟下老爹你一個人的！」

「多瑪，妳還沒看夠外頭的世界。」阻止女兒繼續任性的，是多特極其溫柔的語氣。他依舊頭也不回地面向嘉德，但那個背影，在多瑪眼中卻變得越來越遙遠了。

「妳不能被拘束於此，席烏巴的虎子應該要奔跑在大草原上……或許有天，還能沐浴在陽光底下。」

迴轉著烈焰巨斧，多特將斧尖指向眼前大敵。

「去吧，跟著高穹的兒子去見識世界吧。」

「我——」

嘶咻——

猶如黑夜裡的一道星光，暗影的殘塊險些劃過多瑪脖頸，在她身旁停了下來。

「唔！」是多特用巨斧扛下這一擊，他吃力地驚呼，絲毫沒料到嘉德的斬擊會如此沉重！方才，嘉德完全不理會高泉與多瑪的存在，延展黑刃就做出範圍五公尺的超絕斬殺，那刀速度之快，要不是多特出手相救，站最外圍的多瑪必然會人頭落地！

「快走啊！」

奮力推開嘉德的黑刀，多特再次出言催促，緊接著，嘉德的斬擊便永無休止地襲擊過來──噹！噹噹噹噹噹噹噹──

「哈啊啊啊啊──」多特每接一次雙臂就不住發麻，父親老朽的身影看在多瑪眼中，讓她好是心疼，她知道自己若是任性，父親絕對會因為保護自己而被殺。

但是、但是……

但是若在此時聽話離去了，她又有一種「永遠不會再見到父親」的感覺。

「……沒時間了！高泉！」

眼見女兒猶豫不決，多特轉而將選擇權交由養子高泉。

「你……還相信我吧？」

多特急切的眼神，示意高泉趕快做出決定，他希望高泉能帶著女兒遠走高飛。

「……可惡。」

然而，高泉卻沒比多瑪來得淡定。原本高泉就是因為友人想誅殺養父，才踏上這兩難的旅程。此刻他明白摯友所言不假，卻也無法痛恨多特。

他只覺得心煩意亂，無助感與悲傷充斥著腦海。

「你們每個人都神神祕秘的，真可惡。」

但即使多特承認自己殺了國王，那又怎樣呢？高泉並不笨，他知道這其中一定另有隱情。所以，他必須在此時此刻做出決定——

嗶——

吹響呼喚馬匹的賊哨，這就是高泉給予多特的答案。多特見狀，立即衝開嘉德的刀刃，好讓馬匹有活動的空間。熊熊戰火舞動，多特與高泉對上眼，他朝高泉嶄露欣慰的笑意，那笑容與十幾年前相比滄桑，卻不像是個謊言。

「高泉，吾友之子啊……」

噹！

火斧與黑劍交擊，最初是一響，隨即宛若暴風般迴盪不止！

噹噹噹噹噹噹噹——刀光劍影當中，多特朝高泉喊出養父的訓誡：「或許在未來某天，你也會像我一樣，必須與摯友刀劍相向——」

喊話同時，多特抓準空擋高舉武器——

轟！

烈焰巨斧擊向大地，濺起無數如岩漿般的熔岩塊。在萬里震撼中，多特化形為猛虎真正的姿態！他毛色金黃宛若太陽，肌肉層層分明、年邁卻不失威猛。多特的虎化形以兩足站立，手爪上牢牢嵌著他的火焰巨斧，身高足足有兩米五那般高。

「到那個時候！」

巨斧轟出的岩漿塊匯聚成溝渠，間接將兩名孩子與戰場分割開來。

「審視你心目中的選擇吧！高泉！」

滾滾熱氣間，多特最後回望。

很多時候，人們必須做出兩難的選擇，而此時此刻，高泉第一次選出了答案。

「多特叔叔！」

岩漿與地震無境延展，高泉朝震央喊出決心：「我還是相信你！再會了！」

「老爹……」受高泉的信任撼動，多瑪也淚眼告別：「一定……要趕上來！」

「呵。」他們的回答對多特來說，就像見證了孩子們的成長。虎化形的多特微微一笑，隨即面向火光中的嘉德。

「謝謝你，高泉……謝謝妳，我親愛的女兒。」

謝謝你們，在最後做出了正確的決定。

「你們的時代，才正要開始啊。」

躍身上馬，高泉匆匆拉著多瑪坐上馬背，兩人回望多特最後一眼，終於下定決心揮動韁繩。馬兒嘶鳴傳遍黑夜，爾後漸行漸遠沒有了動靜。

感受兩人正在離去，多特的虎咆再次震撼大地，熔岩火球隨著他的吼聲衝出岩漿池，朝著嘉德放射狀飛襲！

「嘉德・布蘭卡！我找的不是你！讓開吧！」

「恕難從命。」嘉德接連閃身，速度之快可比電光，沒有任何火球能觸及他分毫。他在今天第一次遇上對手，自然是覺得敬佩，而且多特曾經的為人，也讓嘉德感到欣賞。

但是，國王的命令遠勝於一切，所以他絕對不會放水。

「還請就地伏法，將軍。」

「我這邊也是恕難從命！」

配合著岩漿亂舞，多特手腳並用朝嘉德撲去，手起時揮出了刁鑽的砍擊。然而嘉德卻在岩漿遮蔽多特視線的瞬間一分為二、再二分為四，每次多特稍一閃神，嘉德的人像就以秒數倍增。

多特曾經與嘉德共識，立刻就想起了這是他威名遠播的「影法師」創像技術。嘉德・布蘭卡之所以被稱為玄影軍神，是因為他有著操控「影像」的能力。

「這種小伎倆對我是沒用的！」

分身，顧名思義只是增加「像」的障眼法罷了。雖然嘉德能夠讓「像」有所質量，但這麼大範圍的分身術，想必只是虛影！

多特接連迴轉巨斧，纏繞在斧刃上的餘火便像流星雨般朝四周噴濺，嘉德的殘像因此陸續被掃蕩，卻仍不見其真身。

「小子，藏在哪裡！？」多特警戒地環顧周遭，直到他敏銳的鼻子嗅得一股鐵鏽味。他只發愣了半秒，就立即意識到這是嘉德那把爛劍的氣味。

轟！多特暴然朝氣息撲去，卻意外地落了個空。在那裡僅有一塊鏽跡斑斑的馬蹄鐵，與一頭被斬首的老馬。

馬兒的血液還是滾燙的，說明牠直到剛才都還活著。

……這是陷阱！

「我在這裡。」

空無一物的眼前，嘉德的身姿赫然現形，他手執黑影包裹的長劍，長劍尖端已然刺進多特胸口。

「咕嗚！」當疼痛感傳入多特腦海時，他才終於明白，嘉德不只製造了自己的像——他還消去了自己的像！如果要以俗話來說，就是所謂的「隱形」了！

「喔……喔喔喔喔喔喔！」

傷口很深，但多特依然不屈不撓，他忽然收緊肌肉，剎時令嘉德無法將劍從他身上拔出。礙於空間有限不能揮動巨斧，多特探爪扯住嘉德，張口就朝他肩膀上猛咬！

「……！」鮮血從嘉德肩頭噴湧，然而下一秒那抹赤紅卻逐漸轉黑，並且凝止。

黑影團聚在嘉德的傷口上，包覆、修補、硬化，就算多特再怎麼頑強，也只能被那股質量逼得鬆口。

嘉德瞬間退離五大步，輕撫肩膀時面無表情開口了：「有點意思。」

嘉德終於確認了——黃金暴虎這個稱號，不是浪得虛名。即使身受致命傷，多特竟然還能反咬自己一口。嘉德為此深深地感到敬佩。

失去了銳劍，嘉德等於手無寸鐵，可是這般代價換來的，卻是多特滿溢胸口的鮮血。嘉德的黑刃幾乎要將多特的胸膛給刺穿，或許傷到了肺臟、也或許傷到了氣管，多特感覺自己就像窒息那般頭昏腦脹，他彎著腰將虎爪擱置在黑刃上，逞強地咧齒而笑。

「能在行將就木以前，跟傳聞中不敗的軍神交手一次，還真是萬幸啊。」

「這也是我的榮幸，席烏巴將軍。」

嘉德平靜地頷首，再次尊稱多特為將軍。他們兩人都知道——勝負已分。但是他們都沒有停手的理由，所以多特再次拾起大斧，而嘉德也筆直豎立，兩雄對峙。

「呼……呼……」

多特喘息著，視線漸漸模糊起來。

吾友啊，我也能像高穹一樣，拜託你一件事嗎？

在朦朧意識間，多特看見了昔日的聯邦之王——亞當・日輪。

一直以來遮蔽亞當容貌的陽光在此時揮散，多特終於想起老友的長相。

「如果我死了……請你一定要救救我的兒子，救救萊恩吧，拜託你了。」

苟延殘喘了十五年，多特一直無法完成約定，總算等到聯邦軍來剿滅自己，卻仍無法見到現任國王一面。多特為此深感遺憾，他輕笑著人生無常，緊接著忽然重踏起步，步履掀起沙塵。

多特的每一步都踏在回憶上，然後他越跑越遠——

越跑越遠、越跑越遠……

「喔啊啊啊啊——」

猛虎燃盡生命的一擊，沉重地落向嘉德，卻在斧刃觸及他以前，無數的黑影長槍從嘉德影子上竄出。它們斜插著貫入多特腹部、雙腿、雙臂，沒有一處幸免於難。

嘉德的獨眼散放冷光，即使多特的鮮血滴在他臉上，他也沒有眨過一次眼。

啊……

多蘭、多瑪……

心頭湧現兒女的身影，多特總覺得很悲傷。

並不是因為自己要死了才悲傷，而是事到如今，只剩下女兒能看見未來，多特為此才覺得悲傷。

噹啷！斧刃緩緩掉落地面，多特的雙膝也第一次跪在敵人面前。

「哈……哈……」

多特乾笑著，鮮血從嘴角泉湧而下。他看著嘉德，卻沒把他當成嘉德，只是一味傾訴著自己的遺憾：「要是我也能，把亞當的兒子，從黑暗中救出，就好了。」

但是，不行啊。

如果人生都能心想事成，那也就不能稱之為人生了吧。

多特不曾止步，他越跑越遠，終於來到昔日兩位好友身邊。

在枯槁的笑聲當中，猛虎的故事落幕了，挾帶著他淒涼的遺願。

凝望回歸人形卻不再動彈的多特・席烏巴，嘉德默默取出懷錶。

「七點整，任務結束。」就像偏執狂的時計，任務完成的時間與當初預告的分秒不差。他輕嘆著將鏽蝕爛劍從多特身上取下，將之收入劍鞘的同時，嘉德也回望身後整齊的步伐聲。

「我來晚了嗎？」

伴隨黑暗裡傳來的呢喃，聯邦的號角聲在夜色中激起。從席烏巴洞窟中步出兩排雄壯的黑盔士兵，他們整齊地排成兩列，並從中開出一條大道來。

一人行走於大道上，悠然身影漫步於黑夜間，型態猶如鬼魅。

「我來晚一步了嗎？嘉德？」

「不，您來的正好。」

蹲身觀望多特圓睜的雙眼，嘉德默而將之闔上。他的這句話挾帶許多意義，卻無需多言。

那人影走到嘉德身旁，也靜靜下瞰多特的樣貌。

「許久不見，多特叔叔。」

黑夜塑造了許多人的形象，卻不曾刻劃此人的樣貌。他臉上戴著面具，是一張嘴角微微勾起的笑臉面具，然而那笑容間卻夾雜說不上來的邪氣。

男人緩緩將面具從臉上卸下，藏匿於其中的，是聯邦之王英氣的藍瞳，與代表日輪王室的銀白色髮絲。

萊恩・日輪與多特・席烏巴不見已有十五餘年，他卻不曾忘記自己的殺父仇人。

此刻再見面時，多特已然凋零。萊恩終結了己身恨意，換來的卻是無盡感嘆。

「其實在這之前，我曾猶豫過是否要親手處決你，但我最後決定讓嘉德代替我去做。」俯視著多特的遺容，萊恩放空地喃喃自語：「畢竟你有恩於我，多特叔。」

微風徐徐吹過眾人的顏面，也吹起萊恩心底的空虛感，他許久沒有再說過話。

直到最後，他平靜地將面具按回臉上，以作對多特的告別。萊恩旋即轉身，與身後的嘉德擦肩而過。

「將多特・席烏巴埋了，不許厚葬。」

「是。」嘉德淡然回應。

「還有……」又往前走了幾步，萊恩忽然駐足：「你有遇到……高泉嗎？」

「離開了。」閉上眼睛，嘉德回憶起藍髮青年離去的背影。

「你該不會，差點殺了他吧？」

「差點。」

咻──雖然比不上嘉德，但萊恩的拔劍速度也遠超於常人。閃著日輪聖芒的無形體光劍架在嘉德脖頸上，嘉德卻只是毫無反應地直視前方。他一句辯解也不說。

萊恩又停頓了片刻，這才緩緩將劍收回鞘中：「如果高泉有個三長兩短，你也死了。」

「屬下謹記。」

「哼，走了。」

……究竟是從何時開始的呢？生性怯弱的萊恩王子就像變了個人。

嘉德漠然注視著萊恩與禁衛隊逐漸走遠的背影，心裡總有一股說不上來的古怪感覺，但他不曾表示。

雖然稱不上深交，嘉德與多特畢竟是聯邦四將，他清楚多特曾經的人望，也明白多特不像是會謀害國王的罪人。現在聯邦四將只剩下兩人，代表自由的旗幟也蒙上一層陰影，人民水深火熱先不提，掌權的萊恩竟然還不停地出兵征戰四方。

就連被稱為「軍神」的嘉德，也無法理解其中的道理……聯邦到底是怎麼了？

難道，救贖之城的瓦解，只是一個開端而已嗎？

「……不，這也不是我這名武人該去思考的。」

嘉德‧布蘭卡的信條即是「滅私奉公」。

為此，他不能在這裡感到猶豫。

「嘉、嘉德隊長！」

恍然間，白盔甲的女騎士小跑步來到嘉德身旁。她害羞地奉上一件大衣：「天氣涼了……請小心感冒。」

嘉德見狀，回神地點了點頭。他最後看了眼部下為猛虎建立的墳，然後便披上少女遞來的大衣，逕自踏上信念的旅途。

臨走前，嘉德想起逃離黑暗的那對男女。或許未來的某一天，他們還會相遇。

到了那一天，世界會變得如何呢？

嘉德不得而知。

＊＊＊

答答、答答——

長馳於芒草編織的草原上，孤傲的駿馬揚首吐息。牠已經護送自己的主人與藍髮訪客好一段距離，是時候感到疲累了。然而牠卻沒有停止步伐，因為牠感受到小主人遠比自己操勞——是超越肉體層面的心靈倦怠，多瑪兩眼放空地凝視遠方。

她從啟程後就沒再說過半句話，而高泉亦然。他們兩人都知道，現實遠不及童話故事那般美好，多特拚盡全力送走他們，下場不外乎就是被殺或被捕。正因為多特對他們來說都極其重要，所以才對這慘痛的現實感到悲傷、感到無力與挫敗。

「泉哥，放慢速度唄，用這樣的速度不超過一小時，馬兒就會累倒哦。」

「……啊，抱歉。」

高泉輕撫著馬匹鬃毛，隨即牽動韁繩使之停緩。

他與腰包的竊竊私語給多瑪聽見了，終於讓她回神於眼前的男人背影。她忽然想到，今後自己該何去何從呢？

多瑪為此深感茫然。

「……你那刀的繩子，是連接在刀鞘上的啊。」

或許是因為迷惘、也或許是覺得寂寞，多瑪看著高泉後腰的刀套，忽然就提起無關緊要的話題。

高泉起初還以為是自己聽錯了，過幾秒後才愣然回應：「是啊，刀鞘內部裝有機械齒輪，它收納鋼繩，可以因刀刃投出而延長，也可以因刀刃牽扯而收回。」

「好酷。」

「……嗯。」回望多瑪悵然的神情，高泉忽然覺得自己應該要振作起來。所以他立即掛上爽朗的笑容，絕口不提今日的慘劇：「是在南方的機關之城『薩爾巴德』訂做的——那裡有會在天上飛的船、在水裡跑的車，我第一次去時也嚇了一跳呢。」

「咦？」多瑪首次富含感情地眨了眨眼：「船在天上飛嗎？怎麼飛的啊？」

「呃，我也不知道耶，好像是用什麼熱能……啊啊！下次我會再看清楚些！」

高泉為自己的一知半解感到尷尬，然而他的話語卻讓多瑪重新燃起了興致。

多瑪，妳還沒看夠外頭的世界。

跟著高穹的兒子，去見識更廣闊的世界吧。

此時此刻，多瑪第一次明白父親的臨別之語是什麼意思。淚水在多瑪的眼眶中打轉，但是她沒有哭出來，她只是擦擦眼角，掛上了一張嶄新的笑容。

「吶，總有一天我也能去嗎？那座位於南方的機關城市。」她笑臉詢問還在思索答案的高泉。

「啊……」多瑪振作的模樣，讓高泉也從慘劇中重拾信心。他緊握住韁繩，奮力甩脫過去的陰霾，並且馬不停蹄地繼續前進：「當然了啊！多瑪！」

沒錯，就是這樣。

不要被眼前的傷感給束縛住，只管繼續前進吧！

因為，多特也一定是這麼希望的。高泉如此想著。

「在我去薩爾巴德以前，我還去過很多地方喔。」

長夜漫漫，高泉又向多瑪分享許多自己旅途上的軼聞。有終年埋在水下的海底城市、飛龍與巨鱷相爭的山谷，還有自己找到腰包的救贖之城前哨……

講到此，高泉忽然停頓了下，他望著走出陰霾的多瑪，忍不住問起一件事。

「多瑪，妳還記得陽光嗎？」

被問到這個問題，多瑪茫然地眨眨眼。自己今年十七歲，救贖之城毀滅於十五年前，也就是說世上還有陽光時，多瑪年僅兩歲，記憶自然是模糊不清。

但她依稀記得……年幼的她曾被某個人抱在懷中，並仰頭望著璀璨的朝陽。

「嗯，或許記得……一些些？」

「是嗎？我可是永遠記得呢。」

相較於多瑪，高泉已經二十二歲，七歲時的陽光與救贖之城毀滅的慘劇，對他來說都歷歷在目。一直以來，高泉都以逃避為救贖，去遠離那些悲慟萬分的記憶。

但此時此刻，高泉的心境卻因方才對話而產生了改變。

逃避不是永遠的救贖，只有把失去的東西全部找回來，自己才能勇往直前。

多瑪．席烏巴雖然活了下來，但也喪失了所有東西，正如同現在的世人……

「如果說……你我都跟世人一樣沒了歸宿，那麼……」回眸於多瑪，高泉極其認真地說出心願：「我們要不要試著去把光芒奪回來呢？其他人雖然做不到這事，但我們可是小偷與強盜呢！」

既然「光」被人偷走了，那就再把它搶回來就好啦？

想起自己在彎刀酒館所發下的豪言，高泉覺得好笑，他想也沒想過，自己竟然真成為那令人啼笑皆非的瘋子。搶回光芒說得好聽，卻是從來沒有人達成的目標。

不過，正因為如此，才有搶的價值，不是嗎？

「讓那片光明，成為大家的歸宿吧，多瑪。」

「啊……」

多瑪愣然地張大嘴巴，連連眨了好幾次眼，隨即確認性指指天際。高泉見她是如此反應，忍不住笑著向她點了點頭。多瑪見狀神情複雜地糾結了老半天，終於是長長地嘆了口氣：「你……還真是個神經病耶。」

抱怨過後，多瑪勾起興奮地笑靨：「好啊。」

在最後一刻，高泉選擇相信多特，換取多瑪的生存，他相信自己做出了正確的決定。如果說多瑪失去了人生目標，那就再找出一個新的希望給她吧。

再找出那名為「光明」的新希望。

在不為人知的角落，強盜與小偷立下奪回光明的誓言。

這正是攤開「救贖之城」這本故事書，所能見得最嶄新的一頁。

第五章「白夜之子」

喀吱——喀吱——

寂靜的夜色下，一丁點聲響都顯得格外刺耳，透過薄薄的馬車布簾，女孩看見車外的景象。

那是一幕難以形容的畫面，皎潔月光灑落在地，讓掙扎的影子更為清晰。馬兒的腿被殘酷地撕開，伴隨血肉交織的音色，牠逐漸變得安靜，包括曾經駕馭牠的馬伕也不再動彈。

唯一有動靜的，是圍繞在馬車旁的無數道影子。牠們嬌小猶如孩童，正不斷翻弄兩者的屍體，並從其中掏出東西放到嘴巴裡。詭譎的氣氛瀰漫，牠們沒有任何交談，只是一昧地發出啃咬與吞噬的聲音。

這一幕幕駭人之景都映在女孩的眼中。

也讓她覺得——這世界真是有趣極了。

因為，這是她第一次來到外頭的世界。

咻——

思緒閃爍間，一道銳利的寒光終止了這場饗宴，當女孩回神時，才發現一把匕首正刺在其中一束影子上。小巧的黑影們紛紛抬起頭四處張望，下一秒馬蹄聲便由遠而近。

「唔哇，來不及了嗎？」

伴隨青年的嗓音，駿馬呼嘯猶如狂風。

「一個！」咻——「兩個！」咻——嚓！嚓！

在那陣風勢當中，兩道影子隨青年所言人頭落地，過程快得令人驚奇。黑影們錯愕地看著同伴相繼倒下，隨即仰頭嘶吼月光。

「嗚嗚嗚嗚啊啊——」那是牠們第一次發出聲音、卻是猶如哭喊又似咆嘯的恐怖音色。牠們激動地暴起，以四足併行的方式追擊那頭駿馬，轉眼間就要追上——

「多瑪！」

「幹嘛啦！」

「我、我我的刀射出去……還來不及收回來——」

「笨！？」還沒將後面那個蛋字喊出口，矮小的怪物們蜂擁而上，可就在牠們即將觸及馬腿之際，金髮少女從坐騎上揮出長鞭。亂鞭宛若砲擊般將人影給一一擊墜，眼見伙伴得手了，青年旋即調轉馬頭，將摔落在地的牠們毫不留情踐踏致死！

接連的戰鬥，讓馬車內的女孩看得目不轉睛，嘴角也不自覺勾起了一抹淺笑。

他們好吵……但是，好有趣。女孩就這麼靜靜地觀賞著一切，卻什麼也沒有說。

直到兩人下馬、直到兩人緩緩掀開馬車的布簾、直到兩人驚訝地發現自己、直到……女孩第一次對外界的人們說話。

「剛剛那些……是什麼？喀擦喀擦吃著人。」

「是食屍鬼啊？妳怎麼一點也不怕喔。」兩人當中的女性疑惑地看著她。

「食屍鬼……」女孩理解地點點頭，隨即又再次揚首：「那你們是什麼？」

立於車外的他們面面相覷了一陣。最後，是藍髮青年朝女孩綻放笑容。

「我們是正巧路過的小偷與強盜。」

＊＊＊

打從世界黯淡無光以後，許多詭異的傳聞也不斷衍生。據說，在阿斯嘉特與水晶自治州「艾星翠」連接的道路上，存在著一座不起眼的小鎮。小鎮雖然立足於幹道邊，卻不怎麼富裕，因為要前往艾星翠的商隊，都會刻意繞開那座寧靜的小鎮村。

「人們總說，那座小鎮會吃人。」

蹲坐於營火旁，藍髮青年眼中映著火光。他慢條斯理地為火堆添柴，不時還意有所指環顧黑暗，令身旁的金髮少女也跟著不安起來。

雖然並不是踏入小鎮就會立刻消失不見，但至今多少冒險者與商隊在那裡失蹤了呢？久而久之，那座神祕的小鎮就被取了個外號——「有去無回之地」派克斯。

「聽說……去到那的人有四成機率能回來，但金髮少女幾乎是100%會失蹤。」

「等、等等！最後一句話絕對是你自己加的吧！？」

「哈哈，被發現了？」

「你——」一看多瑪一邊害怕地咬牙、一邊面紅耳赤怒罵自己，高泉總覺得好笑。

的確他是加油添醋了些，但對於派克斯的傳聞倒全是真的。有去無回之地，這個謠言在冒險者間已流傳許久，就連一向鐵齒的高泉也不敢隨意靠近那裡，但是如今卻……

藉由火光，高泉默不作聲將視線轉向一旁。在那裡，一名女孩正烤著火，她有著一頭潔白的波浪捲髮、稚氣未脫的五官上卻掛著毫無光澤的瞳孔。她的眼珠是紫羅蘭色的，就好像對什麼事都充滿了求知慾、卻又對什麼都提不起勁般，看上去難以捉摸。

而她，就是高泉與多瑪方才救下來的女孩、那名被食屍鬼襲擊的女孩。

她所乘坐的馬車，當時正筆直地朝「有去無回之地」派克斯前進。

「妳……呃。」原本還想問些什麼，高泉卻發現自己不知其名。

「我叫做希莉卡。」

女孩抬起頭，無神的雙眼眨了眨。看她這平靜的模樣，高泉與多瑪雙雙起了好奇心。

畢竟——她可是在馬伕被殺、自己又被食屍鬼團團包圍下僥倖逃生，以一個女孩來說，她不哭也不鬧，更鎮定地像事不關己般，這種超脫年齡的淡漠表現，讓高泉與多瑪特別在意。

「嗯……泉哥，再怎麼檢視都只是人類（可愛）而已喔。」

高泉的腰包內傳來慵懶的孩童嗓音，卻只有高泉聽得見。

「嗯……」原本高泉還懷疑希莉卡是不是怪物假扮的，但顯然不是。高泉小小聲向腰包道謝後，便再次朝她展露笑容。

「那希莉卡，妳的馬車為什麼要去派克斯？」

「唔？」被這麼問，希莉卡神情茫然：「除了派克斯……我還可以去哪裡嗎？」

這下換高泉發愣了，就連一直偷聽的多瑪都忍不住笑出聲來：「啊哈，如果那種鬼地方會是妳唯一的去處，換做我就寧願露宿野外了……啊，雖然我好像也一直都露宿野外啦。」

多瑪越說越不滿，最後捶打著高泉抱怨：「快帶我去大城市玩啦！笨蛋高泉！」

「……妳這十七歲的比小鬼還不如啊。」

「……」兩人例行的拌嘴被希莉卡看在眼裡，又讓她覺得有趣。但在數秒後，她摸著胸口漸漸開始喘息起來：「嗯……可是我必須去才行……」

希莉卡如此向兩人哀求，臉色變得越來越蒼白。

「我必須去……派克斯才行……要去到那裡……」

「喂！？」

當高泉站起身時，希莉卡已然向前一傾，剛好倒入高泉懷中。

「哇！？怎麼啦？生病了嗎？」多瑪也慌張地靠過來，並伸手撫摸希莉卡稚嫩的臉蛋，但沒幾秒後她卻訝異地將手抽開。

「咦？」

多瑪滿臉不可置信，隨即又摸了摸高泉的額頭，「咦咦咦咦？」這次多瑪叫得更大聲了，她茫然地將臉湊近高泉許多。

「等……」在被摸又被盯著瞧的情況下，高泉害羞地退開：「妳、妳要幹嘛？」

「她……希莉卡她的身體，沒有溫度啊。」

「！」聽了多瑪的話，懷抱希莉卡的高泉才意識到——的確，懷裡的東西沒有常人的體溫。高泉第一時間還以為希莉卡死了，便慌張地檢視她的鼻息，卻發現希莉卡除了呼吸平緩外，看起來一切正常。

「希莉卡？」高泉又試著喚醒她，直到她迷濛地呻吟出聲。

「我必須去派克斯才行……不然……惡魔們就會傾巢而出……」

「……」

在朦朧月光下，希莉卡只留下這句話，便暫時告別遠在夢鄉外的兩人。徒留兩人你看看我、我看看你，雙雙不知該如何是好，只好繼續耽誤自己的逃亡之旅。

那天與平常一樣，也是個永恆的夜晚，只有月光特別皎潔，略帶一絲徬徨的不安感。將希莉卡裹在毯子裡包好後，高泉先是餵了馬，隨即就面色凝重地坐回營火旁。

多瑪還在照看希莉卡的狀況，見高泉回來只是搖了搖頭。

「唔唔……感覺就像是睡著了而已。」

「妳怎麼想？」

「什麼怎麼想？」

「希莉卡昏迷前說的話……『不去派克斯的話，惡魔們就會傾巢而出』。」

高泉與多瑪互望彼此，然後沉默地不再多語。打從他們離開席烏巴據點後，已經過了四天，這一路上他們不停奔波，想盡快脫離聯邦的領土。但是，有比逃跑更重要的事，那就是兩人所立下的誓言——尋找「煌之刻」的線索、尋找竊光惡魔。

可惜，這遠比他們想像中要難上許多。

因為世人皆知「有三名惡魔竊走了煌之刻，並讓時間永遠停留在黑夜」但卻沒有人知道具體是哪三名惡魔所為。

這種口耳相傳的故事，充滿了不確定感，要尋找惡魔的蹤跡已經很困難了，而沒有指定的敵人，更是形同大海撈針般，無從著手。

「唉……說到底我們還是愛講大話的孩子啊，哈哈……」高泉苦惱地搔搔臉頰。

「嗯……但我們或許掌握到一條線索啦。」多瑪說話同時，兩人不約而同看向熟睡的希莉卡。神祕的巧遇、神祕的女孩、神祕的言行舉止、神祕的有點可愛（高泉覺得）這種機緣是不是在暗示兩人什麼呢？

想到這裡，高泉面露苦笑，將今天釣上的魚烤得恰到好處。

「喏，所以我才想問妳怎麼想，要去嗎？有去無回之鎮。」

「……唔哇，說實話我超不想去的。」接過高泉遞來的魚，多瑪輕聲答謝後放在嘴邊小口小口咬著。

她的目光依然停留在希莉卡身上：「不過這是我們擺脫『說大話孩子』形象的好機會，不是嗎？」只要肯往前邁出一步，那就不再是空話了。高泉也是這麼想的。

「哈，那看來我們意見一致？」

「嗯！」多瑪難得展露可愛的笑臉，小麥色的面頰上紅暈流露。

「……」注視著那張笑臉，高泉看得有些出神。真要說起來的話，排除兇悍的個性與流線的身材，多瑪絕對是個漂亮到足以當國花的女孩，而且如果救贖之城沒有毀滅，她甚至會是將軍子嗣的貴族身分。一想到這裡高泉不禁感慨，她應該過上更好的人生的。

「泉哥，你這樣盯著看會被當變態的哦。」

「啊。」聽到腰包這麼說，高泉猛然回神，發現自己一直在看著多瑪，他趕忙臉紅地轉移視線，反倒是多瑪根本沒察覺。

其實在此之前，高泉就意識到一件不太妙的事情，那就是孤男寡女一起旅行這件事，實在是有許多不方便的地方。

好比說，大小姐個性的多瑪一兩天不洗澡就會哇哇叫，好不容易找了一座湖來淨身，高泉又得擔當把風職責。耳聞多瑪邊哼著歌，邊撥弄水花的聲音，樹叢後方的高泉總覺得——

非、常、尷、尬。

這傢伙都沒想過，自己在洗澡時附近的男人心理、生理上都非常難受嗎？

「我懂。」高泉感覺腰包頂了自己的腰一下，有點類似人類的拍肩安慰。

「不過……也好啦，有希莉卡的事可以轉移注意力。」高泉如此笑言。比起像無頭蒼蠅那般亂竄，還得費心在多瑪身上，有目標總是一件好事。

「什麼啦，高泉，所以我們下一步該怎麼做？」

聽到高泉又在自言自語，多瑪皺起眉頭。烤魚已經被他倆吃得差不多了，希莉卡也沒有醒來的跡象。高泉看著路邊閒置的那輛馬車，又想起希莉卡剛剛講過的奇怪夢話。

我必須去派克斯才行……不然……惡魔們就會傾巢而出……

「……我想，就帶著這位神祕姑娘，來一趟有去無回之旅吧。」

＊＊＊

喀咚……喀咚……喀咚……

規律的車輪輾土聲迴盪不止，讓希莉卡做了一個夢。

在夢裡，希莉卡寸步難行，被鎖在狹小的箱子中。她試著伸展肢體，卻發現連動彈的餘地都沒有，於是希莉卡屈服了，她早已習慣黑暗，也早已習慣自身的不自由。她不知道自己在箱子裡待了多久時間，但那一分一秒都形同拷問般永無止境。

「希莉卡。」

在無邊的黑暗中，有個溫柔的嗓音呼喚著她。沒過多久，包覆希莉卡的箱子就被人打開了。刺眼的光芒隨之灑落，第一次接觸到光源，讓希莉卡畏光地遮著眼。

「妳叫做希莉卡，沒錯吧？」那人確認地問著。

「我……叫做希莉卡嗎？」希莉卡疑惑地歪頭。

她最初的記憶，來自於那名青年爽朗的笑容。

「是啊，希莉卡……讓我們離開這裡吧。」

喀咚、喀咚、喀咚……

當希莉卡再次醒轉時，才發現自己又回到了馬車上。夢中模糊的記憶，讓希莉卡一度以為昨日的遭遇也是一場夢，直到她看見倚靠著自己熟睡的多瑪，她才確定遇見他們的部分屬於現實。

希莉卡一言不發，細細凝視著多瑪柔軟的臉頰，看起來肉質非常鮮美、可口。

咕嘟。希莉卡不自覺嚥了口唾沫，她有些驚訝地擦擦嘴巴，才發現象徵飢餓的唾液沾了滿手。感受到她的動靜，多瑪也迷糊地睜開眼睛：「……唔，是老爹嗎？」

「老爹？」

「哇！沒事沒事……妳、妳醒了啊？」多瑪慌張地擺擺手，看上去睡眼惺忪。

「嗯。」希莉卡點了點頭，半晌後才想起自己的處境。她著急地爬起身，望向車窗外的景色。

「我睡著了……我們要去哪裡？」她視線所及之處，只有一片漆黑。

「嗯——別擔心嘛，我們決定要送妳去派克斯哦。」

聽到多瑪這麼說，希莉卡頓時安心地鬆了口氣：「真的嗎？非常感謝你們……」

發現希莉卡是這麼重視派克斯，多瑪默而不語。她忽然想起一個有關於「白夜之子」的童話故事，那是一個她直到長大都還不能理解「為什麼？」的奇怪故事。

故事裡有一對夫妻在月光下遇見了一名女孩，她全身潔白，彷彿從羊毛中誕生般一塵不染。夫妻沒有孩子，便將女孩收養，但在故事的結尾部分，女孩卻化為怪物將他們吞噬殆盡。

明明那對夫妻為女孩帶來了幸福，為什麼下場還會這麼慘呢？

多瑪始終想不明白，這個故事到底蘊藏著什麼含意。

「吶，希莉卡是為什麼要去派克斯呢？」

「我……」

盯著馬車底板，希莉卡的神情百般茫然，其實——她也不太明白。

「有人告訴我，去那裡是我的使命。」

「使命？」

「嗯。」

打從希莉卡有記憶以來，自己就住在一座寺廟裡。那座寺廟崇拜著什麼，希莉卡直到現在仍搞不清，她只知道一件事情——那就是派克斯的存在。

世界上有著這樣一個地方，而她終有一天必須去到那裡完成使命。至少廟裡的人是這麼對她說的。

「可是……我不知道自己的使命是什麼。」

「唔，廟裡的人沒有跟妳說過嗎？」

希莉卡搖了搖頭。

與世隔絕的希莉卡嚮往外界，可她只知道派克斯的存在，或許該說，他們只允許希莉卡知道派克斯。

在那樣冰冷無情的環境裡，希莉卡逐漸成長，大概也有十多歲了。在此之前希莉卡曾以為自己一輩子都不會離開寺廟，直到發生了那件事。

三天前，那座宛如高牆般的寺院，在希莉卡眼前就此崩塌。

而崩塌的原因，是因為數以百計的食屍鬼襲擊了那裡。寺僧們雖極力抵抗，卻還是一個接一個被牠們生吞下肚。其中一名僧侶在情急下將希莉卡抱上馬車，就這麼逃離了毀滅的寺院。

「希莉卡！妳必須去才行！雖然時機還沒成熟，但是——」

僧侶始終沒有將這句話給說完。

因為後來，就連那名僧侶也慘遭怪物五馬分屍，再後來……

講到這裡，希莉卡面無表情盯著多瑪，再後來她就在這裡了。

「……」在前面駕馭馬車的高泉靜靜聽著。希莉卡的陳述非常平淡，把自己被軟禁了十幾年的事、把寺廟被血洗的慘劇，都很輕描淡寫地帶過，就好不事不關己那般。

究竟是在多冰冷的環境下，才能促成這樣的性格呢？高泉打從心底感到不適。

「嗯……本小姐聽明白了，但為什麼希莉卡說『不去惡魔就會傾巢而出』呢？」

聽聞多瑪的提問，希莉卡茫然地眨眨眼：「我……不知道，但就是這麼覺得。」

「……感覺越來越有趣了啊？」為這神祕的情節，正驅車的高泉苦笑了聲。

正常來說，不會有寺院把一個女孩軟禁十幾年，說是「她的使命」吧？更何況食屍鬼並不如哥布靈之類的生物有群聚性，上百隻食屍鬼襲擊寺院，那絕對不是一件自然的事。

高泉與多瑪都意識到這一點，他們知道，答案或許就藏在派克斯之中。

「不過……在無意識的情況下，說出『惡魔』真的很奇怪呢，泉哥。」

「我也覺得，而且希莉卡完全沒有外界的知識，她就知道惡魔嗎？」

「為什麼藍頭髮的哥哥要自言自語呢？」希莉卡指指駕車的高泉。

「啊——抱歉，那傢伙總是這樣，讓妳害怕真的很對不起喔。」

高泉殊不知道，比起令人感到古怪的希莉卡，自己的行為更是讓外人覺得他是個怪咖。

阿斯嘉特的螢石之路已經到達盡頭，再往前就是聯邦領土的邊境了，而派克斯也就立足於那兒。

透過皎潔的月光，高泉漸漸可以看見遠處模糊的城鎮之影。

有去無回之地啊……這一趟會不會真的一去不復返呢？

「不過……」高泉暗自握拳。他不能對選擇感到後悔。

「高泉！」正思考間，多瑪從車內探出腦袋，她璀璨的金髮在顛簸中搖呀搖的弄得高泉後頸發癢。知道高泉剛才在偷聽，多瑪直言：「我們要直接去派克斯嗎？」

「是這麼打算的啦……嗯？」

高泉回話同時，突然意識到一股違和感。他看著多瑪，視線越過她疑惑的神情而向外眺望。在那裡、在空曠的大草原上，無數黑影狂奔追逐在馬車兩側，高泉還在思索那是狼群或什麼時，馬車就忽然遭受強烈衝撞！

砰！

「哇！？怎——」馬車險些翻覆，多瑪搖晃著抓穩車體，並與高泉望向一旁。

如果說那東西是食屍鬼，還真的是太大了一些。牠以四足併行，全身腐爛猶如屍體，嘴似犬又像鱷魚，高泉在看第一眼時就馬上明白了——

「卓柏卡布拉！」卓柏卡布拉，以生物學來說與食屍鬼同屬，通常以吸食動物血液為生，攻擊性卻又比食屍鬼更強，是一種危險生物。

砰！砰！驅使龐大的身軀，卓柏卡布拉又一次衝撞車廂，讓車內的希莉卡趴倒在地。多瑪見狀趕緊進車去攙扶她，同時向高泉大喊：「有沒辦法甩掉牠——呀！」

第三次撞擊，車體已然發出崩解的響聲。高泉邊操控著轡繩，邊單手拔出後腰的刀刃。他二話不說將連帶繩索的利刃擲向卓柏卡布拉，在命中同時，高泉立刻拉繩使之傷口撕裂！

「嗚嗚嗚——」卓柏卡布拉發出哀嚎聲，聲音卻逐漸轉為共鳴。

「嗚喔喔喔喔——」

平原上無數奔馳的黑影尖嚎不止，高泉這次能聽明白，那些全都是食屍鬼！多瑪也透過車窗向外看著，神情間難掩過份的緊張感。

「咦咦咦——超多！超多的啦高泉！？」

「嘖！看來小希莉卡跟怪物很有緣啊！」

牠們究竟為何而來？正常來說卓柏卡布拉會和食屍鬼合作嗎？高泉雖然滿心疑問，但不管怎麼看，這一切不尋常的現象都只有一個原因——

那就是希莉卡！

高泉用眼角餘光瞄向白夜之子，或許這次真的淌了個大渾水啊。

「食屍鬼……是來抓我的嗎？」希莉卡歪著腦袋，神情平靜地令人不捨。

「希莉卡……」那是一張視死如歸的表情，讓高泉與多瑪都下定了決心。

「混帳！怎麼能不明不白讓妳被抓走！」高泉怒喝著，再次加快馬車！

馬車以最大速度奔馳，但原本就只剩一匹馬在拉車，速度自然沒有多快。高泉眼見四足併行的影子已經能與馬車平行，連忙拔刀就往黑影身上甩！

「嗚嗚！」

耳聞怪物的哀鳴聲、感受繩刃彼端傳來的手感，高泉心裡卻覺得，這並非長遠之計：「……多瑪！希莉卡！我們要放棄馬車！」

「什——你要騎馬嗎！？可是一匹馬載三個人也跑不快喔！」

多瑪說的沒錯，眼下不管怎麼樣都會被食屍鬼追上。高泉思索片刻，隨即深深地嘆了口氣。

「唉。」

「！？」被腰包聽到了，他的聲音瑟瑟打顫：「不要喔……泉哥你不要鬧喔……」

「哈哈。」從以前到現在，腰包最害怕高泉這麼笑了：「腰包，你看前面，前面是一個小斜坡。」

「所、所以呢？」

高泉沒有回應腰包，他轉身掀開馬車布簾，並用眼神示意多瑪，要多瑪帶著希莉卡坐上馬背。

「等等！那你要怎麼辦？」多瑪擔憂地注視高泉，她並不喜歡高泉此刻的表情。

「總會有辦法的啦。」

沒有給多瑪反駁時間，高泉推著兩人上馬，隨即就斬斷拉繩——「我會追上去的！妳要保護好希莉卡！」站在沒有馬的馬車上，高泉向漸行漸遠的兩人大喊著。

「你——」多瑪咬牙扯住韁繩，她很想回頭幫忙，但如此希莉卡就必死無疑！

「藍頭髮的哥哥……」就連淡漠的希莉卡也第一次表露擔憂：「為什麼……」

「為什麼？」多瑪眉頭深鎖著，不再回頭了：「因為那傢伙……是笨蛋啊。」
咚咚！咚咚！
失去馬匹的拉力，卻因為仍處於斜坡上方，馬車依然在向前奔馳著。高泉靈巧地攀上馬車車頂，眼望下頭左右開弓的食屍鬼大軍，他慘笑著將雙刀握於掌心中。
「早說了嘛，泉哥你老是這麼做的話，有幾條命都不夠喔。」
「……說真的，我超害怕的，但好歹在兩個女孩子面前嘛。」
一秒、兩秒，以無聲感受時間的流逝——
「呼哇——」第一隻食屍鬼躍上車頂，朝高泉撲面而來！高泉在搖擺不定的木板上站穩步伐，一個後仰就躲過食屍鬼的撲殺，隨即他雙手同時出刀，將緊隨上來的第二、第三隻食屍鬼接連擊墜！
「再來啊！醜八怪！」
「嗚嗚嗚——啊啊！」
馬車的速度隨地面趨平而漸緩，震動幅度卻反而越來越大了。更多的食屍鬼撕扯著車體結構向上攀爬，導致馬車不停失衡。高泉差點就要站不穩，但比起曾在船上生活的那些日子，這還只是小巫見大巫。
「腰包，我現在跳車還有機會存活嗎？」
「正常來說，沒機會唄。」
「哈，我想也是。」
眼望疾馳的地面，高泉顫抖著大笑：「不過我好像不適用『正常來說』啊！」
在木板瀕臨解體之際，高泉飛身下車。他在半空中迴轉，同時擲出海賊刀刺入某隻食屍鬼腦部。

鋼繩連接海賊刀，食屍鬼倒地時的重量將高泉扯住，使高泉下墜的速度因此而緩和了。

「再來！」高泉收回刀刃，踏上地面時，將雙刀都往前方擲出！

在刀刃筆直的軌道盡頭，存在著一顆巨石。叩！叩！雙刀嵌入石頭中，高泉連忙按下刀鞘的機關鈕，鋼繩於瞬間收縮，將高泉往石頭方向猛扯，也間接讓一匹朝他撲來的食屍鬼落了個空！

「還不夠！泉哥！」雖然拉開了距離，但還不夠啊！

以高泉的體能，是不可能一次跑贏那麼多食屍鬼的！

「呼！呼！呼！」高泉向無盡的地平線彼端奔跑，第一次感覺世界離自己那麼遙遠。身後越來越近的咆嘯聲令他冷汗直冒，他明白自己的好運或許來到了盡頭。

「高泉！」

忽然間，熟悉的喊聲從前方響起，使高泉不可置信地瞪大眼。

是多瑪，她載著希莉卡又折了回來。多瑪放開韁繩，手起時燃著烈焰的長鞭已在半空中飛旋。

「你蹲低點啦！」

耳聞多瑪的提醒，高泉立即彎身，只覺頭頂勁風掃過，挾帶著劇烈的熱能。

「為——」回望食屍鬼被掃倒一片，高泉再次向前急奔：「為什麼要回來！」

此刻高泉的心情著實複雜，他高興、高興在於伙伴沒有棄自己不顧；但他也擔憂、擔憂多瑪與希莉卡再次身陷危險。而他的擔心，也證明自己的想法沒有出錯。

「嗚啊啊啊——」

大量食屍鬼不為多瑪攻擊所困，牠們輪番上陣熬過鞭打，並且踏著伙伴的屍體朝馬匹狂奔。

多瑪眼見這一幕，倔強地朝牠們放聲大吼：「我不想再丟下誰了啦！」說這句話的時候，多瑪眼角含著淚水。她猛然甩頭掙脫了淚珠，緊接著忿忿地瞪向高泉。

「所以不准斷後！笨蛋！」

一瞬間，高泉恍然大悟。

也是啊。才剛經歷與至親的生離死別，會有這樣的想法也是自然的。高泉跑回馬兒身旁，並抬眼望向多瑪：「妳還真不要命耶，強盜。」

這麼說著，連多瑪也笑了。

「倒是你，怎麼不像個小偷一樣落荒而逃啊，笨蛋。」

數量密集的食屍鬼將馬兒團團包圍。馬匹躁動地抬腿，被多瑪連聲安撫，但是他們並不比馬兒來得鎮定。高泉與多瑪各個掌心冒汗，眼望垂涎的怪物們進逼，兩人都做好了喪命於此的心理準備。

「……結果別說什麼找回煌之刻，世界還真殘酷呢。」

「咦。」一聽到這句話，一直面無表情的希莉卡睜大眼睛。在她的記憶中，那名為她打開箱子的青年曾說過相反的話。

「世界是……殘酷的嗎？」希莉卡疑惑地望向多瑪。

「是啊……對不起喔，小希莉卡……沒能保護好妳。」多瑪愧疚地摸摸希莉卡的頭，要不是她逞能，希莉卡或許能得救的。

但希莉卡顯然不在意，只是喃喃自語：「世界是殘酷的……殘酷的？可是……可是那個人說……」

「嗚嗚喔——」

上百頭食屍鬼共譜出絕望的音色，牠們同時狂襲而來。高泉與多瑪雖然極力反抗，但在擊倒十隻二十隻以後，手指已然無力地顫抖。就像被屠殺的僧人們，他們都難以對抗數量上的差距。希莉卡如同以往，將一幕幕看在眼裡。

「泉哥！後面！」

「操！」耳聞腰包提醒，高泉回首時已慢了一步，迎接他的是一張血盆大口。

就這樣結束了？高泉在心中不斷吶喊。不該這樣的！這樣不就一事無成了嗎？

至今為止，有多少冒險者喪命於夢想的征途中？

然而世界就是如此殘酷、卻也美麗。

「那個人曾說過……外頭的世界，是一幅既冰冷又美麗的畫作。」

當希莉卡喃喃道出回憶的片段時，周遭的空氣改變了，瀰漫起死亡的冰寒。希莉卡雪白髮絲所包覆的額頭上，緩緩浮現出一道金黃色的法術烙印，它閃耀著無與倫比的神聖光輝。

「什——」

受到那強烈光芒的照耀，高泉與多瑪都驚訝地瞇起眼睛。他們隱約能看見，希莉卡緩緩飄起離開了馬匹，她懸浮於半空中，俯瞰著下頭數百雙食屍鬼之眼。從其中，希莉卡看見了恐懼與痛苦。

數百年來，牠們都追尋著一樣東西，那就是救贖。

「跪下。」

一瞬間，數以百計的食屍鬼都做出了相同的舉動。牠們雙爪緊抱著腦袋，臣服於白髮的希莉卡面前。這樣的景象讓高泉多瑪瞠目結舌，就連一向愛插嘴的腰包也啞然看著。

白夜之子，多瑪腦中再次浮現出那個童話故事，為什麼女孩最後吃了自己的養父母呢？多特曾經解釋給她聽，說是因為女孩發現了自己的與眾不同，也發現了那對夫妻的恐懼感。

所以，她最終吃掉了比自己弱小的養父母。

「吶，開朗的哥哥……還有溫柔的姊姊……」

希莉卡緩緩降落於地面，周遭食屍鬼全都安靜地維持跪姿，沒有任何動靜。這股反差讓高泉不寒而慄，他發現自己好像不只淌了趟渾水，還無法隨意從這股渦流中抽身了。

月光將希莉卡精緻的臉蛋照得透亮，她在月色陪襯下悲傷地勾起唇角。

「我……好像知道，自己必須去派克斯的意義了。」

希莉卡淡漠地笑著，看起來既冰冷，卻也溫暖。

第六章「人間之理」

為了避開「有去無回之地」派克斯的詛咒，鄰近的黃石鎮就成為冒險者與商隊最喜歡進駐的地方。它同樣位處於幹道上、同樣通往水晶自治州，但是與派克斯相比，黃石鎮卻是熱鬧非凡。

人聲鼎沸的鬧境中，高泉牽著馬上的兩位女孩來到此地。這座小鎮沒什麼特別的地方，就是啤酒特別好喝，大街上除了醉漢以外，都是些風俗小姐之類的角色。

「嘿——小哥呀，要不要進來玩玩呀？」

「這、這個嘛……」

高泉並不是第一次來黃石鎮，但他還是不習慣酒家女的拉客氛圍。他讓兩位女孩下馬、動作間被一群酒家女勾勾搭搭，看在面無表情的多瑪與希莉卡眼裡，實在是非常的遜。

「為什麼……高泉哥哥被觸摸時會表現出高興的情緒呢？」

「大概是因為他是下流的色情猴子吧。」

「原來如此……我第一次看見猴子。」

「等等，妳別亂教希莉卡。」

高泉正色否定多瑪的指控，卻在整理衣領時，領口直接被多瑪掐起，還面臨惡虎般的低鳴：「本小姐記得——某人說過不要太引人注目吧，是不是呀高泉？」

「您、您說的一點也沒錯。」感受皮鞭抵在下巴上，高泉神情嚴肅地回應，不知不覺還用了敬語。說話同時他也看向希莉卡，發現她正死死盯著自己瞧，高泉尷尬地笑了笑。

「抱歉啊，希莉卡，這座小鎮吵鬧了些。」

「嗯，但是很有趣。」

「……那就好。」

回想起不久前，希莉卡控制住平原上所有食屍鬼的那一幕，高泉直到現在仍然心有餘悸。當下希莉卡就像變了個人般，她額前閃耀著金輝色的光芒，嘴裡卻吐出極其冰寒的字句。

「那麼，請你們全部去死吧——」希莉卡小手一揮，向食屍鬼群淡漠地號令。

她的命令就像北風般鑽進食屍鬼身心，冰寒的氣息幾乎遮蔽了整座草原。受到那股寒意籠罩，跪地叩拜的食屍鬼各個恐懼地顫抖，咧開的嘴角也發出極其痛苦的哀鳴聲。

「嗚啊啊啊——」

接下來，不可思議的事情發生了，數以百計的食屍鬼齊聲尖叫，並用銳利的手爪將自己撕成碎片。血腥味大範圍撲鼻而來，就連希莉卡純白的髮絲也被染上一抹腥紅。

她默默觀望著一切，直到周遭平靜後，才看向驚恐的兩人。

「我叫做希莉卡，我的使命是，終結惡魔的血脈。」

「終結……惡魔的血脈？」

「嗯。」

希莉卡平靜地點點頭，她至今為止的記憶都非常混沌，有時候甚至摻雜著「不確定是不是真的發生過」的事。但是此時此刻，她清楚記得寺院裡曾有人議論過她的使命。

「十年後，我們必須送希莉卡回到派克斯，讓她親手斬斷惡魔的血脈。」

明明是一件很重要的事，為什麼到現在才想起來呢？

就好像開關被打開了一樣，希莉卡摸著額前法印。

「這就是……我必須去派克斯的原因了吧……？」

「……」

衝著這句話，高泉與多瑪的眼神改變了。雖然他們接下來再追問細節，希莉卡又變回一問三不知的模樣，但他們還是決定送希莉卡去派克斯一程。畢竟不管白夜之子是否安全，他們都有義務見到惡魔，才有機會向自己的誓言跨出第一步。

這是一個挑戰、在逃離席烏巴據點後所面臨的第一個挑戰，如果在此時臨陣脫逃的話，又怎麼能找回世界的光明呢？

小偷與強盜，在茫茫大海中摸到了針頭。

「不過，在此之前──」

高泉考慮了許久，最終還是決定先到附近的黃石鎮休憩。要去派克斯那種怪異的地方，高泉不希望一點準備都沒有。但他行事低調，而多瑪又被聯邦通緝，使得他進城後的行動都束手束腳。

派克斯會吞噬人類。雖然人們都是如此口耳相傳，但還是有不少人進去後活著回來。他們都說派克斯雖然異常安靜，但鎮民都跟普通人沒什麼兩樣。

究竟是怎麼一回事呢？

高泉想著想著，才發現多瑪教訓完自己後，竟然帶著希莉卡去一旁的攤販大肆喧嘩。明明說好要低調的，高泉無奈地對她們喊出聲：「喂，妳們──」

走近一些，高泉看見攤販上擺著珍奇的物品。

「哦，這個不是『啪喀啪嚕』嗎？」

「啪喀啪嚕？」

不只是希莉卡，就連多瑪都疑惑地抬頭看他。

見兩人是這種反應，高泉二話不說把被稱為「啪喀啪嚕」的東西買下來。那是個形似鐵球的物體，表面光滑、捏起來卻又軟綿綿的。高泉將之放在手中掂了掂重量，隨即往空中猛力拋出。

咻——

球體在半空中高速旋轉，逐漸化為一塊扁平的橢圓體，然後「啪！」一聲綻放出耀眼的光芒，過了數秒又變回球狀返回高泉手中。

「人們稱之為異光燈，是某種生物未能孵化的卵，通常用來做短暫照明用途。」

高泉講完後，卻發現兩位女孩沒有反應。他困惑地轉移視線，才看見多瑪雙眼散發出不亞於啪喀啪嚕的光輝，正陶醉地盯著球體瞧。而希莉卡雖然反應沒有那麼大，卻也好奇地吮著食指。

「我也要玩！給我給我！」

發揮強盜本色，多瑪一把搶走啪喀啪嚕，接著就與希莉卡研究了老半天。當她第一次在空中擲出正確角度時，立刻被刺眼的光芒嚇到驚叫，隨即就露出天真無邪的笑容。

「這好亮喔！什麼東西嘛——超有趣！」

看著多瑪的笑臉，高泉才想起她也確實涉世未深。

不久前，多瑪還隨著父親東躲西藏，她應該從未想過自己會有接觸到這些東西的一天。她捧起希莉卡的手，引領希莉卡也丟出啪喀啪嚕。轉眼間，那漂亮的炫光在他們三人眼前綻放，猶如黑夜裡的一盞明燈。

受到那抹光輝照耀，不只是多瑪，就連希莉卡也微微勾起嘴角。打從世界失去光明以後，許多人都被迫受困於小小的黑暗中，他們沒有見過外頭的世界，讓高泉一直都很遺憾。

直到現在，高泉看著面露笑容的兩位女孩，他也不自覺地笑了。

「……好吧，黃石鎮的市集應該還有賣很多東西，我們就逛一逛放鬆心情吧。」

那一天，高泉除了採購一些生活必需品外，也帶著多瑪與希莉卡見識了許多外頭流通的小玩意兒。雖然高泉在回神時荷包已經見底了，但整體而言他還是覺得非常盡興。

當高泉等人找到一間酒館準備投宿時，已經是數小時後的事了。一直沉默的腰包在此時忍不住開口：「泉哥，雖然看你那麼高興是好事，但不要掉以輕心，小希莉卡絕對是個不安定因素。」

「我知道。」

高泉當然也明白，他用眼角餘光看向一言不發的希莉卡。

雖然高泉也同情她的遭遇，但總覺得事情有一股違和感。他並不認為希莉卡是在說謊，但她的經歷確實破碎地不像一個完整故事，還是有許多需要調查的地方。

而且——

不知怎麼地，希莉卡帶給他一種似曾相識的感覺。

就如同希莉卡一樣，她也覺得高泉的氣息很熟悉。

「希——」

高泉正想說些什麼，一張椅子從酒館中飛了出來，被他順手接住。他這時才注意到裡頭吵到不行，顯然這裡也跟其他地方沒兩樣，吵雜、混亂、充滿人間的污穢。

方才的椅子出自於一名打架的酒客，他身旁充斥著叫囂的人群，即使已不記得打架的理由為何，這些人也很享受這樣的過程。

「嗯——我們去別的地方投宿吧。」

高泉苦笑著抱起希莉卡，卻有一名醉鬼後仰著向他撞來。高泉本想躲開，多瑪卻先一步用鞭子狠狠抽打醉鬼屁股，發出劇烈的爆破聲。

「啊啊啊哎啊！」

「啊，多瑪……」

眼見所有酒客的目光都轉向多瑪，高泉苦哈哈對眾人擺手致意。這一幕讓他覺得很熟悉，好像不久前才在別的酒館經歷過。他暗自祈禱多瑪有意識到什麼，卻見她傲氣地雙手抱胸。

「哈？幹嘛啦？你說可以住的地方，就是這些醉鬼和死肥仔的集散地嗎？」

「……如果可以的話，希望各位不要把我跟她當成是一伙的。」

「哇！小姑娘妳講啥呢！還挺潑辣的嘛！」

渾身酒氣的壯漢擠開高泉，逕自走到多瑪面前。他上下打量著多瑪，片刻後勾起色瞇瞇的淫笑：

「雖然奶子是小了點，但長相可真不賴呀，如何？要不要陪老子去玩玩——」

砰！

醉漢話還沒說完，後腦杓忽然遭人重擊，接著便向前倒下。

在他身後，高泉放下碎掉的木椅，神情間顯露無奈。

「為了不讓你被鞭子抽，我只好犧牲一張木椅了。」

「操！你小子做啥呢——」

毫不意外地，酒館瞬間像炸了鍋般鬧騰。醉漢的朋友眼見高泉開戰，也二話不說一擁而上，但他們又碰撞到其他人、其他人又踩到其其他人——不久後，就演變成高泉再熟悉不過的無理由群架。

鍋碗瓢盆飛舞半空，被高泉一個一個接住、然後一個一個砸進別人臉上。在極端混亂當中，多瑪意識到高泉剛剛是在拐彎抹角保護自己，便不由自主勾起微笑。

「加油加油！高泉加油！」

「加個鬼啦……笨蛋多瑪。」

用酒瓶甩了某人一巴掌，高泉接著大腳踹翻衝上來的矮人。三四個人扯住高泉衣領，卻被他技巧性翻摔又或者直接撞暈在牆。

這一幕幕紛亂之景映在希莉卡眼裡，讓初次接觸外界的她充滿疑惑。一名醉漢踏著蹣跚的步伐，朝著希莉卡撲去，希莉卡一時著急，便拿起身旁的酒瓶往他頭上猛砸。

啪擦！醉漢應聲倒地。

「嗚哇？小希莉卡？」

多瑪驚訝地眨了眨眼，同時用皮鞭狠狠勒住某個酒鬼脖子。在看見希莉卡做錯事般的委屈模樣後，她反而欣然一笑：「打得好！不過還欠缺一點笑容哦？」

「唔？笑……容？」

「是啊！好不容易來到外頭的世界，不笑著應付這些小事就太無趣了嘛——」

「啊……」希莉卡小嘴微張，腦海裡迴盪的都是多瑪所說的話。

笑。這個概念對希莉卡來說非常遙遠，她只有在極少數的情況下會感到一絲絲樂趣。然而在遇上高泉與多瑪後，這樣的情況正逐漸被顛覆。

不一定要高興才能笑，這兩個人即使是被食屍鬼團團包圍的絕境下，也沒有喪失自己的笑容。比起來，深鎖寺院的她卻忘了該怎麼微笑。

這難道不是一件悲傷的事情嗎？

「原來……原來……是這樣子嗎。」

希莉卡淺淺地勾起嘴角。人們醜惡的面孔一張張在她眼中流竄，即使外頭的世界是如此汙穢、粗暴、讓人不忍直視，希莉卡也覺得能走出來真是太好了。

她慢悠悠來到高泉身旁，又一次抓起玻璃酒瓶，像敲木魚那樣將纏著高泉不放的醉漢一擊打倒。眼見那名醉漢被打得噴出血來，高泉不由得滿面驚恐。

「咦？希……希莉卡？」

「要幫忙嗎？高泉哥哥。」希莉卡吃力地抱起一張椅子，表示接下來會用這個把敵人砸扁。

「這小姑娘學壞了啊。」腰包向高泉竊竊私語，高泉卻愣著笑了笑。他摸摸希莉卡柔順的髮絲，接著便抱起她與多瑪站到一塊。三人相互看看彼此，同時面向混亂的人群。

「好吧！希莉卡！這就是外頭的世界了！」

高泉說著，邁步迎上襲來的醉漢軍團——

咚！砰砰砰！砰——咚咚咚……

夜鳥的鳴唱，漸漸蓋過了騷動。

當酒館平靜下來時，已是三個小時後的事情了。酒客們倒的倒、散的散，讓整間酒館內杯盤狼藉。老闆面無表情地收拾殘局，當他走到高泉等人身旁時，往睡著的他們身上扔了幾條毛毯。

在夢裡，希莉卡隱約記得毛毯與那人身上的溫暖感覺，他果然有接觸過高泉。

「穹……」

緊抓著高泉衣襟，希莉卡總覺得那人又要一閃即逝了，讓她深刻地感到不安。

「唔。」高泉睜開眼睛，發現多瑪倒在自己肩膀上，而希莉卡則像貓咪一樣窩在他腿上，讓他動彈不得。

他尷尬地搔搔臉頰，想想遇上希莉卡不到一天，卻經歷了如此瘋狂的群架，而接下來就要往派克斯移動了，還會發生什麼呢？他已經難以想像了。

不過，不管什麼事都好。原本高泉就計畫帶多瑪脫離聯邦後，再去追尋惡魔的蹤跡，現在突然有這麼一道曙光自己照上來，他沒理由不去見識見識。

高泉小心翼翼讓多瑪躺平，再把希莉卡塞到她懷裡，接著他向酒館老闆打了聲招呼，便逕自來到窗邊吹風。

永夜的晚風幾乎每一天都是冰冷的，高泉此時才突然發現，冬天就要來臨了。

噠噠噠……

「嗯？」忽然間，高泉聽見極其細微的響聲，就像有人輕輕用腳尖點過地面。

透過天上的明月，高泉依稀看見街道上穿梭的影子。那黑影形似野狗，卻有著人類的四肢，當高泉看第一眼時立刻感到寒毛直豎，因為他今天已經看過太多類似的輪廓了！

食屍鬼！

高泉暗叫不妙，他回望整間酒館，人們幾乎都還熟睡著，是非常糟糕的情勢。

噠噠噠。越來越多奔跑聲由遠而近，雖然聲量極小，但對於敏銳的高泉來說已經是危險訊號。街道上還有許多人影，但那些人都沒察覺異狀，直到在暗處遭遇食屍鬼襲擊。

「唔啊啊——」

某人的慘叫聲依稀傳來，然後是第二個人、第三個人。高泉瞬間明白沒時間再猶豫下去了，他退開窗邊，並拍了拍腰包：「腰包！腰包！醒醒！」

「呃？泉哥……哇！？周、周遭很多食屍鬼的氣息啊！」腰包驚嚇地感應著。

「嘖。」高泉輕聲咋舌，接著將後腰的刀刃拉出鞘：「衝著希莉卡來的嗎？」

大霧不知不覺間在黃石鎮飄散而開，就像為了藏匿食屍鬼般令人不安。並不是第一次被食屍鬼襲擊了，高泉倒也不是多麼驚訝，只是黃石鎮還住著許多人家，要是在這裡開戰，勢必會非常棘手。

眼見無數道影子迂迴地靠近酒館，高泉明白對方也不想引起人們注意，便決定先不叫醒閒雜人等，並悄悄移動到多瑪身旁。

「多瑪。」高泉小小聲喊著，多瑪卻一點反應都沒有，於是——

「嘿，雙馬尾砧板鬧事機。」

「哈啊啊！？你說什麼！？」

多瑪紅著臉暴起，才正想撲咬高泉，就見高泉比了個噤聲手勢。高泉接著用拇指比了比窗外，多瑪瞬間意會過來，表情也變得嚴肅無比。

「是食屍鬼嗎？」多瑪謹慎地問，同時自己望向窗外。雖然很不明顯，但多瑪也確實看見了不祥的影子。

「嗯，雖然知道希莉卡會招惹這些鬼東西，但沒想到竟然會追到城鎮裡來。」

「那……怎麼辦？」

霧越來越濃了，絕對不是正常現象。雖然黃石鎮與自己毫無瓜葛，但高泉還是不想連累這裡的人們。既然食屍鬼是衝著希莉卡而來，那麼只要離開這座小鎮，牠們應該也不會逗留。

一想到此，高泉背起熟睡的希莉卡，三人就這麼在酒館老闆的注視下往後門方向移動。一來到酒館後門，高泉立刻停止步伐，先讓腰包進行感知。

「有嗎？」

「有。」腰包悄然回應：「兩隻小的，還有一隻大的，應該是卓柏卡布拉。」

「多瑪。」高泉毫不猶豫轉達腰包的訊息：「外面有敵人，可能要掩護我。」

「好。」

見多瑪點了點頭，高泉背著希莉卡輕輕推開後門。果然，大霧濃稠無比，幾乎遮蔽了所有能見度。高泉小心翼翼踏入霧中，一步一踏都顯得謹慎無比。他知道食屍鬼並不是用眼睛來瞄準獵物，現在的情形明顯對牠們有利——

「泉哥！左邊小的！」

說時遲那時快，聽聞腰包警訊，一隻食屍鬼衝破大霧朝高泉撲來！高泉一手扶著身上的希莉卡，一手果斷地向食屍鬼出刀！

嚓！刀尖刺入食屍鬼眼窩，牠還想掙扎著咬住高泉的腿，多瑪卻搶先用鞭子緊緊纏繞住牠，隨即烈焰便在食屍鬼身上瀰漫而開。

「嗚——」

像小牛般壯碩的卓柏卡布拉接踵而至，希莉卡於此時驚醒，瞬間額前閃耀出金黃色法印：「王冠（Kether）喝止。」此言一出，卓柏卡布拉便動彈不得。

「高泉哥哥。」

「好！」

眼見機不可失，高泉二話不說朝怪物投出繩刃！鋼刀直接命中卓柏卡布拉的雙眼間，而高泉也在牠尖叫前就衝上去重踹刀柄！

「嗚啊啊啊啊啊！」這一踹讓刀刃完全沒入卓柏卡布拉的大腦，但高泉還來不及將刀刃收回，最後一隻食屍鬼便從陰影中襲來！

轟！火焰長鞭飛舞猶如紅龍，重重甩向襲擊者！

咻啪！第一下沒有命中，食屍鬼得意地竊笑，然而牠卻馬上發現，多瑪也滿意地嘴角上揚。牠抬起頭，視線中滿是多瑪剛剛甩鞭拋下的火花，火花如雨般降到食屍鬼身上，瞬間將牠燃成灰燼。

腰包預告的三名敵人皆已死去，高泉總算鬆了口氣。他將醒過來的希莉卡放到地面，並向她無奈地笑了笑。

「我們要動身了，這件事看來是拖延不得。」

「……」希莉卡面無表情環顧著屍堆，片刻後她沉靜地點點頭。其實她多希望能再待一陣子，畢竟這裡有許多她沒有見過的事物，也有幾個令她喜歡的人。

希莉卡抬眼看向高泉與多瑪，從他們關心的神情上，希莉卡找到了久違的情感。

「謝謝你們。」

高泉與多瑪互望一眼，隨即雙雙憐惜地摸了摸希莉卡的頭。他們沒有再多說什麼，但他們都覺得——要是希莉卡能完成自己的使命，今後也能變得更幸福吧。

步入酒館馬廄，高泉除了找回自己的馬以外，又多偷了一匹馬，還有足以長途跋涉的優良馬具。

當高泉自乘一匹馬，而多瑪與希莉卡共乘另一匹後，他們便向著迷霧彼端踏出旅途。

回望身後燈火通明的酒館，希莉卡回想起方才那場混亂的群架。雖然外頭的世界是如此汙穢不堪，她卻難得能展露自己的笑容。

所以，這是為什麼呢？

「嗯……為什麼呢？」

希莉卡怎麼想也想不明白，但是……或許……只是或許吧。

即使世界失去光芒，人們還是苟延殘喘地活著，而在那之中，人們也沒有喪失自己的笑臉。希莉卡漸漸能體會這樣的情感，唯有永不放棄，才是所謂的人間之理。

大霧將三人的身影吞噬殆盡，食屍鬼平靜地在霧中跟上，恭送三人去往彼方。

去往那「有去無回之地」——派克斯。

第七章「無返之地」

從很久以前開始，派克斯就是一個三不管地帶，雖然數百年來一直被規劃於聯邦的領土中，卻從來沒有政府官員被派駐於此。直到世界失去光明以後，水晶自治州艾星翠的發光礦物跟著外銷，人們才又想起這座通路上的小鎮。

本來它應該會隨著商隊逐漸興盛起來，但是去往艾星翠的人幾乎有一半以上都會在派克斯失蹤，漸漸地，人們開始畏懼那裡，他們都說——

那座燃著綠色油燈的小鎮，會吞噬人類。

嘶……嘶……

青煙的燈籠高掛於拱門兩側，裡頭燃燒的火焰詭異地嚇人。藉由那兩盞油燈的照明，懸吊在拱門下方的木牌便清晰可見了——

「守墓人群聚地」派克斯。

木牌上用潦草的字跡如此刻印，讓它陳舊的感覺更上一層樓，就連神祕感也增添了幾分。

叩、叩、叩叩。

受那墨綠色火焰的指引，兩匹駿馬緩緩來到拱門前。牽著馬匹的男子抬頭望向木牌，是這裡沒錯，派克斯確實就在這裡，但是……

許多。

「守墓人群聚地？好奇怪啊。」

男子呢喃出聲，似乎在他的印象中，並沒有聽過誰這麼稱呼派克斯，反倒「有去無回之地」出名

還這麼想著，嬌蠻又不耐煩的嗓音便從他身後傳來：「誰會在自家門面上寫什麼『有去無回之地』啦？笨蛋。」

聽她這麼說，男子一臉尷尬。

「也、也是啦。」

拉下斗篷，高泉讓自己湛藍的髮絲隨風飄逸。他搔搔臉頰，似乎對自己竟然被如此吐槽感到羞愧。而乘坐在馬匹上的金髮少女可就沒那麼客氣了，她仰頭看著青色的油燈，心裡起了雞皮疙瘩。

「這地方超詭異的。」多瑪毫不掩飾自己的反感。

時值秋分，高泉與多瑪第一次踏上這塊土地，但第一印象便差勁至極。他們越過拱門望向寧靜的街道，內部照明不佳，偶有綠色油燈看起來都像鬼火一樣，令他們心生怯意。

坐在多瑪身前的希莉卡也一同看著，她面無表情觀察許久，最後歪了歪腦袋。

「好漂亮的燈。」

「「不，才不。」」

高泉與多瑪同時反駁希莉卡的意見，其實他倆都怕得要死。

從黃石鎮出發到這裡不用半天時間，卻已讓三人身心俱疲。路上他們沒有再受到食屍鬼襲擊，就連那濃密的霧氣也跟著消散，就好像一切宛如夢境般虛假不實。

「嗯……那走吧？」高泉拉著韁繩，以步行方式引領馬兒進鎮，徒留一片寧靜。

為了避人耳目，三人喬裝成旅行藝人，畢竟他們的年齡與外貌要扮成夫妻帶小孩或是兄弟姊妹都很奇怪，只好在裝扮上多下點工夫。高泉背了一把琴，而多瑪則手持長笛，至於希莉卡因為不能讓她隨便被「惡魔」認出來，所以高泉把她包得跟木乃伊沒兩樣。

藝名就叫「邊唱邊跳～快樂繃帶人」高泉覺得自己簡直聰明透頂。

至少……他原本是這麼認為的啦。

「欸，高泉……」

「……嗯，我懂。」

結果，非但沒混淆視聽，反而變得格外顯眼。派克斯境內的人無一例外，都對希莉卡投以眼色。他們各個面無表情、肌膚蒼白無比，看上去如同死人般。

多瑪戒備地環顧周遭，高泉也用眼角餘光注意動靜，但是直到目前為止都沒有任何異常。

派克斯就跟普通的小鎮一樣，男女老少一起生活，有住宅區也有商店，唯一比較特別的是這裡格外寧靜，路人幾乎沒什麼對話，只是用冷漠的目光旁觀著一切。

「大家還是死死盯著你們瞧喔。」腰包嘆了口氣，以做提醒。

「怎麼可能啊！？這計劃我想了很久耶！還花錢買小道具！」

「你簡直是腦殘嘛。」多瑪無奈地用長笛戳了戳高泉後背。

「嗚咕！不然妳說說看怎麼辦啊！笨蛋多瑪、多瑪笨蛋。」

「誰理你，人家肚子餓了。」吵架才吵到一半，多瑪毫不猶豫地喊出內心渴望。

高泉嘆了口氣，的確在黃石鎮逃得倉促，其實他們沒有吃什麼東西。路上希莉卡還迷迷糊糊咬了高泉一口，沒把她叫醒大概整塊肉都得被咬掉。一想到這裡，高泉看向希莉卡，雖然她不曾表示，但應該也餓得一塌糊塗吧？

眼見希莉卡眨著無神的瞳眸回望自己，高泉覺得是該找地方安頓一下了：「但這種地方會有旅——」

話還沒說完，一間名為「墓穴」的旅店出現在眾人眼前。

高泉沉默、多瑪沉默、想當然一直沉默的希莉卡也沉默。

「……多瑪，妳有沒聽過海市蜃樓現象，在餓暈的時候就會看到旅店的幻影？」

「啊……嗯……然後還會有香噴噴的食物味道……」多瑪方言畢，從「墓穴」店內飄來食物的香氣，讓高泉與多瑪都吞了口口水。

「高泉，讓我上當吧！拜託！」

「喂！多——」

放棄思考，多瑪立即抱著希莉卡下馬。高泉本想制止她，但由於自己也累得夠嗆，乾脆就將馬匹牽到柵欄邊安置。

三人立足於墓穴大門前，你看看我我看看你，最後還是高泉鼓起勇氣去推門。

「打擾啦……」

店內燈火通明，卻也一片慘綠。

那是一棟酒館型的旅店，一樓大廳酒桌林立、還有座吧檯，從樓梯上去才是客房的樣子。由於店內的燈火都是墨綠色，有種不寒而慄的陰森感。高泉與多瑪在店門口探頭探腦，卻沒有找到店家的人。

「多瑪，不然這樣好了。」高泉突然提議。

「怎、怎樣啦？」

「我數到三，如果沒有人來應門，我們就逃跑。」

「你根本超怕的吧！？不……不過……感覺是個好主意！」

兩個大人在門口戰戰兢兢地相互推擠，被夾雜在中間的繃帶希莉卡則抬頭凝視著他們。

「那來囉……一……」

見高泉比起食指，多瑪緊張地盯著門縫回應：「二……」

「三唷。」

兩人正準備轉身逃離，才突然意識到最後的「三」並不出自任何人口中。他們機械似地扭動脖子，望向突然出現的聲源。不看還好，一看高泉與多瑪立即相擁著放聲尖叫——

「雖雖雖然早預感會出現幽靈！但是長頭髮的幽靈也太犯規了吧！」

在兩人身旁，一名消瘦的女子幽然而立。她過長的黑髮將整張臉遮去一半，嘴角乾涸的血跡更讓人怵目驚心。女子面容毫無血色，就像剛從水井裡爬出來的女鬼一樣。

眼見高泉與多瑪被嚇得不輕，女子勾起一抹陰森的笑容：「歡迎……光咳咳！」

一句歡迎光臨都還沒說完，女子忽然吐出血來：「嗚！咳咳咳——」

「幽靈吐血了！多瑪！幽靈吐血了啦！」

「我、我看到了啦！嗯？」

兩人茫然地呆望吐血女子，直到腰包無奈的嗓音提醒高泉：「那是活人啦。」

耳聞如此，高泉也冷靜下來細瞧：「可、可是她頭髮超長的耶……」

滿嘴充斥著偏見。

「又……又不是長頭髮都是幽靈！但是嘴角滲血的就……」偏見X2。

「幽靈吐血的樣子，好有趣。」就連希莉卡也點點頭，表示認同。

「……妾、妾身是活人啦，各位。」女子直起身子，用手帕擦擦嘴。然後她望向仍警戒不已的多瑪與高泉，語帶笑意：「抱歉呢……嚇到你們了，歡迎來到墓穴。」

「妳……是店主？」

女子偏偏頭：「是呀？」

「……那妳為什麼吐血？」

「妾身自幼體虛……結婚生子之後就更虛弱了。」

「等等！既然妳不是幽靈，那又為什麼會突然從我們身旁飄出來？」

「妾身……可一直都站在那裡喔，不過自幼存在感低下，很難被人發現呢。」

好像什麼事都可以用「自幼……」怎樣怎樣來解釋，高泉只好作罷。一想到方才還挺沒禮貌的，高泉趕忙道歉：「啊，不好意思……我們來自外地，想住宿一晚。」

女子淺笑著歪歪腦袋：「妾身知道你們是外來客，這座小鎮的人妾身都認識。」

言畢，她溫柔的目光越過髮簾，直視希莉卡：「只是真稀奇，派克斯很少外來客呢。」

「多半都被妳嚇跑了。」多瑪小聲碎念著，沒給女子聽見。

「哈，是啊，我們正巧路過這裡，如妳所見，我們是巡迴藝人。」

順應高泉的話，木乃伊希莉卡也懶洋洋地攤開雙臂：「這是表演用服裝——」

見希莉卡有氣無力的附和，女子覺得有趣。她微微笑著，突然想起什麼地輕呼出聲：「啊，還沒自我介紹呢，妾身是墓穴的店主……叫妾身子虛就好。」

子虛邊說邊回望身後的店面：「如各位所見，只是間小店，內有簡陋之處，還請多多包涵。」

「子虛？好奇怪的名字喔。」

「妾身來自大丹。」子虛細心地解釋，嘴角卻不斷湧出鮮血，讓發問的多瑪都想扶她去休息。

「大丹……東方人好酷啊。」多瑪食指抵著下巴思索，隨即望向身旁的高泉。大丹即是東方的大國，這點多瑪還是知道的，而高泉也有著東方人的樣貌。

「算是你同鄉嗎？」她用手肘推了推高泉。

高泉則搖搖頭否定：「我是正統聯邦人啊。」

咕嚕嚕——還在閒聊著，空腹的響聲放肆迴盪。高泉原以為是多瑪，便用輕視的眼光瞧她，多瑪卻紅著臉反駁：「不是我——」

「肚子……餓。」希莉卡坦然舉手。

眼見希莉卡是如此誠實，高泉與多瑪也瞬間感到飢餓。

在遇上希莉卡以前，他倆為了躲避聯邦眼線，幾乎沒有進過任何城市。所以三餐不是吃魚，就是偶爾打到的獸肉，可是份量卻又非常地少。

此時疲勞感與飢餓感一次爆發，兩人都嚥了口唾沫。

「呵呵……你們一定又餓又累，妾身正好在做飯呢。」

方才店外飄來的那股香氣，自然就是從廚房傳出了。

多瑪與希莉卡眼巴巴望著不遠處的廚房，令子虛掩嘴輕笑：「呀，既然都決定要入住這裡了……那就省下繁雜的登記手續……先來共進晚餐如何呢？」

見伙伴們連連點頭，高泉也覺得這提議不錯：「那就恭敬不如從命囉？」

說完後，高泉回望店門外的寧靜，便與伙伴們正式踏入「墓穴」之中。

子虛遠比外表看起來溫柔得多，雖然她在招待過程中嘴角仍不斷滴血，看得高泉有些反胃，但她的手藝卻也令高泉等人讚聲連連。高泉原以為子虛會詢問他更多細節，但子虛卻什麼也沒提，讓高泉安下心來。

畢竟，要一直扯謊也是很累人的。

吃飽喝足後，子虛為高泉等人安排房間。就子虛所言，派克斯根本沒有什麼外來客，所以房間空得很，乾脆就用一間房的價錢租兩間給高泉，好方便男女分房的避嫌用意。

為此高泉感動不已，畢竟他也是男人，要是一直被多瑪的存在影響可睡不好覺。

「啊啊，好久沒睡床了。」一進房門，高泉不由分說倒臥上床。從席烏巴據點離開後的疲勞感一湧而上，差點讓他直接睡死。

「泉哥泉哥。」腰包輕喚著高泉。

「……嘿，怎麼啦？」

「嗯……」腰包顯得欲言又止：「總覺得，這座小鎮還是有點奇怪。」

「……不然它就不會叫『有去無回之地』啦。」

耳聞如此，腰包感到意外，原來高泉一刻也沒有鬆懈。

高泉盤坐起身，朝擱置的腰包輕笑：「目前只能順其自然了。」

「也是唄，我會多幫忙留意周遭的。」

「麻煩你啦。」高泉擺擺手補充：「別看多瑪那樣，她應該也很有戒心——」

「高泉！」

砰！高泉的房門被大力地撞開，只見多瑪難得把頭髮放下來，一身輕便衣物看起來也已經洗過澡了。

「借我零錢！」多瑪二話不說，朝高泉伸出手。

「……收回前言。」高泉面無表情凝視著她：「妳要幹嘛？」

「萬鬼節！萬鬼節啊萬鬼節！」多瑪激動地雙頰泛起紅暈。

「什麼萬鬼節？聽起來怪噁心的。」在腦內模擬一萬隻惡鬼用肉體相互擠壓的畫面，高泉感到一陣不悅。但還沒等他想完，一張文宣已經啪！一聲貼到他臉上。

那是張粗糙的羊皮紙，上頭寫著派克斯特有的節慶——萬鬼節，請自備面具出席，謝謝。

「時間點是……兩天後。」高泉喃喃讀著。

所謂萬鬼節，似乎是某種特別的民俗節日，用以警惕世人——惡魔終有一天會傾巢而出，啃噬人類的血肉。到了那時，只有戴上面具一同加入鬼的行列，除此之外沒有任何方法幸免於難。

「欸欸——挺有趣的對吧？」沒經歷過節慶的多瑪，此刻如孩子般興奮。她爬到床上，身子緊貼高泉用纖纖指尖比劃文宣：「你看這裡，要自備面具才能出席！」

「所、所以？」剛洗完澡的多瑪香汗淋漓，又貼得極近，讓高泉下意識感到面紅耳赤。

只見多瑪也紅著臉與之互望著，數秒後卻猛然振臂捶打：「所以借我錢啦！」

「等——」邊抵禦搥打，高泉邊往房門外看了一眼。在不遠處的門邊，希莉卡一身潔白衣裝，正悄悄地探頭觀望，又趕忙縮了回去。

與此同時，高泉聽見多瑪在耳邊竊竊私語：「高泉……你不覺得這節日，跟希莉卡說的故事有相似之處嗎？」

高泉恍然大悟，瞬間明白多瑪為何而來：「這麼說來……」

萬鬼節——惡魔將傾巢而出，只有加入他們的行列才能幸免於難。這跟希莉卡在平原上說的話有點相似，而這也是高泉與多瑪來此的主因。

「惡魔」這個詞，又悄悄地在兩人眼前出現了。

「這文宣就貼在一樓櫃台上，是希莉卡發現的……但我總覺得……有點古怪。」

「妳是指希莉卡？還是這個鎮？」

「都有。」

兩人壓低音量交談，同時也維持著打鬧動作。高泉細細思索片刻，望向壓在自己身上的多瑪：「嗯，那妳想怎麼做？」

被問到這個問題，多瑪明顯面露難色：「雖然我們一直在保護希莉卡，但是一想到她操控食屍鬼的畫面……其實我有點害怕。」

聽到多瑪的自白，高泉也憶起月色下那駭人的一幕。

「或許是我想多了，但我想藉此機會確認，才能對希莉卡更好。」

「哎……妳難道想帶她上街嗎？那一起去——」高泉擔憂地表示。

「不。」多瑪搖搖頭，示意應該要分頭行動。高泉很快就明白她的心思，眼下有兩件事必須處理，一是希莉卡模糊的記憶、二是這座城鎮的祕密。如果希莉卡在與多瑪逛街途中能想起什麼，高泉又能分頭挖掘到什麼，就一舉兩得了。

「不過是買個面具而已嘛，我會小心點的。」

多瑪微微一笑，說完後又捶了高泉一下。

「所以借我錢。」
「……多少？」
「一百瑪麗。」
「三小，妳的面具是用黃金打造的是不是，沒錢。」
「少囉嗦啦——有多少就給多少！」多瑪的強盜本性展露無遺，她上下摸索高泉口袋，眼看就要摸到腰包了——
感受腰包驚嚇地震動，高泉趕忙制止：「好啦好啦！？女俠饒命……」
說著，高泉自掏腰包丟了六、七十瑪麗給多瑪，多瑪這才滿意地起身。
「希莉卡——我搶到錢了——」邊嘻笑著，多瑪邊開心地朝門口跑去。
「喂。」高泉卻喊住了她，見多瑪回首，高泉無奈笑笑：「小心點。」
例行的一句關心，卻因為身處不懷好意的城鎮，而有了厚重的意味。
多瑪愣然地眨了眨眼，隨即勾起欣慰的笑容：「嗯！高泉也是。」
咚。房門闔上後，僅留下高泉一人獨自等待。

＊＊＊

行走於派克斯的泥巴路上，長髮披肩的多瑪與希莉卡格外引人注目。多瑪假裝沒看見周遭怪異的目光，笑著詢問希莉卡：「怎麼樣呀希莉卡！有想起什麼事嗎？」
「唔嗯。」希莉卡搖了搖頭：「但我總覺得……沒有想起來，才是好事對吧？」

「……」沉默地聽她這麼說，多瑪開始有些猶豫自己的選擇是否正確。若希莉卡之前講得全是真話，這樣的試探反而會讓她暴露在危險中。

「啊！希莉卡，那邊有攤販！」多瑪甩了甩頭，指向一座小教堂。在小教堂入口有個賣面具的路邊攤。朦朧月光照射下，攤販旁豎立的木板上掛著各式各樣的古怪面具。

起霧了。多瑪在心中戒備著，希莉卡見狀握住她的手，並感受她正在微微發抖。

「多瑪姊姊……妳是不是在害怕？」

「呃？怕什麼？怕面具商人嗎？」

「怕我。」

希莉卡平靜地抬頭，與多瑪相互對望。她的眼眸中看不見任何情緒起伏，就好像早已習慣了那般。

多瑪呆滯許久，才更握緊希莉卡的手向前邁進。

「才怪，本小姐怎麼可能害怕小希莉卡。」

多瑪還想逞強，就見希莉卡默默搖著頭。

「沒關係的喔，可以不用管我的事，趕快離開這裡。」

這句淡漠的話語，令多瑪瞬間想起希莉卡講述的往事。

一名被囚禁於寺院深處的女孩、一名從沒有受到任何人關愛、更甚至不知道自己是什麼的女孩。

雖然難以想像這種遭遇，但如果換做自己……一定希望有人能伸出援手吧。

一定也希望，有人能相信自己吧。

希莉卡的身影，與一直主張父親無罪，卻得隱姓埋名的多瑪漸漸疊合了。

見多瑪沉默地停在原處，希莉卡疑惑地歪了歪腦袋：「……多瑪姊姊？」

「……停停停停！」多瑪摀住希莉卡的嘴。的確，多瑪曾經這麼想過，乾脆不要淌這個渾水，去別處找惡魔的線索就好。但是以她的個性、那與高泉有點相似的個性，卻不容許她半途而廢。

「或許我是有點害怕沒錯，但是……希莉卡沒有做錯什麼。」

捏了捏希莉卡的臉皮，眼見她訝異的模樣，多瑪溫柔一笑。

「所以……別再說那麼令人難過的事了，好嗎？希莉卡。」

「唔。」希莉卡茫然地摸摸臉頰，隨後認真點頭：「好。」

「乖孩子！」拍了拍希莉卡的腦袋，多瑪心中的疑慮豁然開朗了。或許對希莉卡保持猜疑是最好的，但是……選擇去相信，即使有可能會被背叛，那又如何呢？

高泉不也相信了自己與父親嗎？

來到攤販前，多瑪彷彿換了一種心情，感到格外地神清氣爽。她興奮地拉著希莉卡蹲下：「希莉卡妳看妳看！好多面具！」

希莉卡聞言，也雙手抱膝好奇地觀望。

「吶，多瑪姊姊，這是什麼？」

「是哥布靈面具吧，一種亞人族喔。」

「不是食屍鬼嗎？」希莉卡訝異地眨眨眼。

「啊——雖然長得有點像，但不是啦，妳看牠有長耳朵。」

多瑪認真地比劃著，希莉卡聞言微微一笑。這是第一次，多瑪覺得希莉卡的笑容中含有快樂元素。

「多瑪姊姊懂好多，好厲害。」希莉卡發自內心稱讚著多瑪。

「哈啊……」沒想到多瑪卻嘆了口氣：「才沒有呢，姊姊我呀，十幾年都躲躲藏藏過活，還有很多地方沒去過呢。」
像想起什麼，多瑪微笑：「但是高泉知道很多哦！」
「高泉哥哥？」
「是啊，他還答應我——要帶我去好多地方！去看飛在天空上的船什麼的！」
希莉卡靜靜聽著，半晌後她怯怯地開口：「多瑪姊姊，妳喜歡高泉哥哥嗎？」
「咦——」多瑪驚訝地咧嘴，隨即害羞地擺擺手：「稱、稱不上喜歡吧？」
「那……」希莉卡盯著稀奇古怪的面具低語：「那……我也可以一起去嗎？」
「嗯？什麼？」
「我也想……去看看外頭的世界。」
多瑪訝異地凝視希莉卡，那一瞬間她彷彿真的看見了曾經的自己。如果高泉沒有找到她、如果父親與哥哥沒有想盡方法讓她逃跑、如果這些人沒有幫助她，她就沒有見證世界的機會。
希莉卡也是一樣的，只要有人對她伸出援手，她一定——
「一定可以的！希莉卡！」多瑪興奮地握住了她的手。
噹！話音剛落，小販身後的教堂響起了鐘聲。
那是非常清脆的鐘聲，聽到那個聲音，希莉卡還沒來得及回答，一股痛苦的感覺就湧了上來。她紫羅蘭色的瞳孔高速轉動著，就像受到什麼刺激般腦袋快要迸裂開來。
「嗚……」希莉卡原地跪下，多瑪在此時才意識到她的不對勁。
「希莉卡？」多瑪驚呼著攙扶她，卻被希莉卡推開。
「離開這裡……」

「咦？什麼？希……」
「和高泉哥哥離開這裡！快點！」
希莉卡尖叫著，額前法印閃爍出耀眼光彩。

王國（Malkuth） 建立於腦海深處。
基礎（Yesod） 打底於骨骼當中。
宏偉（Hod） 宛如奔騰的鮮血。
勝利（Netzach） 刻劃著靈肉之姿。
平衡（Tiphareth） 奠定。
力量（Geburah） 湧動。
慈悲（Chesed） 溢出。
理解（Binah） 於深淵之中。
然後——獻上無與倫比的智慧（Chochmah）

「啊啊——」一個又一個高深莫測的符號在希莉卡眼前掠過，每當其中一個符號重新返回她的腦內，她就想起某段被遺忘的記憶殘片。那些原本空白的東西，逐漸被構造成大樹的模樣，直到最後一個符號閃現——
王冠・亡骸聖女（Etz haChayim）
希莉卡，終於想起了「所有」事情。

「希莉卡……？」見證這一幕，多瑪滿腦子一片空白。雖然她還不能理解發生了什麼事，但從希莉卡如此劇烈的反應看來，有事情即將要發生了。

「哈哈哈……」

嘶啞的乾笑聲突然從身後傳來，多瑪皺起眉頭，望向正發笑的面具攤販。是個老人，他把玩著烏鴉造型的面具自顧自笑個不停：「想去看看外頭的世界嗎？還真是不錯啊……」

老人抬起頭，雙眼如沐鮮血。

「有什麼好笑的嗎？」面對不禮貌的人，多瑪瞬間換了個態度，盛氣凌人。

「沒。」老人搖了搖頭：「只是妳們的夢想，也是我們大部分人的夢想喔。」

「哈？你這什麼意思？」多瑪雙手抱胸盯著他：「你們大可以去實現啊？」

「哈哈哈哈……」老人又一次失禮地大笑，他身後的教堂高高聳立，彷彿在為他撐腰那般，散發出一股不祥的氣息。

「沒辦法實現囉——」老人邊說著邊站起身。

與此同時，多瑪也戒備地從腰際取下皮鞭，緩緩將之操於掌心中：「為什麼？」

「因為啊，這裡是派克斯，有去無回之地。」

月光映照下，老人的身體逐漸膨脹，竟然變得壯碩無比。他雙手攤開，指甲猶如尖銳長刀、利齒宛若鋒利槍矛。多瑪錯愕地看著老者的影子慢慢蓋過自己，隨即就聽見他嘶啞的嘲諷——

「歡迎光臨我們的小鎮……姑娘。」

漫天烏鴉四起，發出陣陣吵鬧的喧嘩。高泉暗自心驚，從床鋪上睜開雙眼。

「多瑪？」高泉望向房門口，然而在寂靜的門後邊，沒有任何人活著歸來。

第八章「葬屍之坑」

休息了半小時，高泉覺得自己的體力稍稍恢復後也爬下床來。他心煩意亂地開始整理裝備，雖然渾身仍充斥著疲勞感，但眼下實在沒有更多的時間休息了。

既然多瑪要負責理解希莉卡，那高泉的任務就是探索派克斯。從派克斯的歷史到居民與文化，還有最重要的是——

為何派克斯會變成人言的「有去無回之地」。

將雙刀上的血汙擦拭乾淨，高泉俐落地轉刀入鞘。

「說起來……」他勾起複雜的笑容，望向逐漸被霧氣籠罩的派克斯。

「這裡就像不想讓人摸清它一樣呢。」又起霧了。一切迷濛的很不自然。

打從黃石鎮以來，霧氣就糾纏著高泉等人陰魂不散。想起外出的兩位女孩，高泉不禁擔心起來，反倒是腰包依然神采奕奕：「放心吧！泉哥！就算有霧氣我也能感知敵人哦！」

聽腰包這麼說，高泉微微一笑：「但我知道有些魔物是能消去自身存在感的。」

「耶？」腰包略顯訝異，在高泉走下樓梯時，他好奇地追問：「是指血族之類的魔物嗎？我還以為他們已經絕種了。」

「血族嗎？他們是已經絕種了。」

「那……」腰包若有所思地沉默，片刻後才再次發問：「你指的是什麼東西？」

迷霧漸漸透過門窗滲入「墓穴」當中，走在綠色壁燈照耀的走廊上，高泉顯得格外慎重。他雙眼炯炯有神地直視前方，站穩後才回應腰包：「腰包，這世上還有許多怪物善於隱藏自己。」

壁燈裡的青色火焰，將高泉的臉色映得慘綠無比，他默默回望身後，直線的長廊上空無一人，高泉卻戒備地反握刀柄：「這些怪物的共通點……」

噹啷！湛藍的刀鋒出鞘，伴隨著心跳聲緊繃至極限。

「就是以人類為食。」

「晚安呀。」

「！？」當高泉注意後方的瞬間，女人的嗓音卻從正面出現，讓他與腰包都為之一震。那是無聲無息的、就連腰包都沒感覺到的，彷彿從一開始就存在於此。

「呀，抱歉又嚇到小哥了？」

墓穴的老闆娘子虛站在高泉面前，她尷尬地用手輕撫臉頰，另一支手上則拿著赤色的燭台。在燭光照耀下，高泉銳利的眼神清晰可見，讓子虛害怕地偏頭：「怎麼了？好嚇人呢。」

「…………」高泉微笑著放下刀刃：「啊，沒有啦，只是精神挺好的，所以就出來走走。」

為了向子虛致歉，高泉表演般拋接刀刃，最後準確地落回刀鞘中。子虛見狀不禁拍手讚嘆，高泉也恢復開朗的模樣：「子虛太太呢？不去休息嗎？」

「呵呵……其實妾身也挺有精神的。」子虛溫柔地微笑，但她面色慘白，身子也像布丁般微微抖顫，更別說嘴角不斷湧出的血，都讓她看起來不像有精神的模樣。

「小哥你——噗呃呃！」

果然，才講第二句話，子虛立即誇張地吐血。

「哇！？妳、妳還是去休息吧……別逞強啊？」

「妾、妾身沒事……習以為常了。」子虛紙白的肌膚在薄衫下若隱若現，他嬌笑著抹去嘴角血跡，隨即滿血復活：「嗯！沒事！小哥在找什麼嗎？妾身幫你找吧？」

「啊，我在找文獻，不知道有沒有關於這裡的紀錄？我對這裡挺有興趣的。」

「關於派克斯嗎？」子虛訝異地睜大眼，「小哥的興趣還真是奇特呢。」

「嗯，有點不一樣——是關於『有去無回之地』的。」

一聽高泉這麼說，子虛的笑容瞬間收斂。雖然沒有很避諱的模樣，但也沒了先前的親切感。

「嗯——」子虛嫣然一笑，望向燭台的火光：「說實話，蠟燭有點兒燙，我們要不要換個地方談呢？妾身的房間裡有書櫃……或許可以找到小哥想要的答案呢。」

「還是拒絕她吧，泉哥……這樣感覺好奇怪——」

房間！？腰包暗自驚呼，這展開也未免太色情了吧。

「太好了！那就麻煩子虛太太帶路吧！」

「泉哥！？」一聽見高泉一口答應，腰包感到不可思議，他試圖與高泉溝通，但不管怎麼樣高泉都不理會他。或許是不想讓子虛難堪？腰包對於高泉的決定沒有半點頭緒。

還想說些什麼，高泉已經邁開步伐。霧氣讓周遭環境看起來模糊不清，猶如披了一層神祕構造的薄紗。高泉邊走邊左右打量環境，不知不覺就來到子虛房門前。

「一介寡婦的房間，希望小哥不要嫌棄。」

「不會不會！倒是完全看不出子虛太太結過婚呢！」

「唉呀唉呀——小哥這樣會不小心討了年長者歡心哦。」

眼見兩人有說有笑的，腰包心中的不安感就越發膨脹。難道泉哥是中了什麼魅惑魔法嗎？正想在他身上測試法術反應，高泉卻先拍了拍腰包，示意他稍安勿躁。

「泉……哥？」

「……」跟著子虛走入房間，高泉瞬間聞到一股濃濃的檀香味，整間房被裝扮得很有東方氣息，雖然沒有去過東國大丹，但這裡跟高泉想像中的大丹模樣很相似。

放眼於整面的落地書櫃，高泉不禁讚嘆出聲：「哇喔……這一大片書櫃，應該會很有幫助。」

「呵呵，還請自由查……嗚……」子虛面色鐵青地摀嘴，眼看又要吐血了，卻被她仰頭吞了回去。她似乎真的非常虛弱，字裡行間都充滿死亡氣息：「唔……讓小哥見笑了，妾身這就去泡茶，小哥您請自便吧。」

「那就謝謝啦。」

注視子虛走開的背影，高泉壓低音量：「腰包，即使在霧裡你也能感知嗎？」

「嗯？嗯……是啊，因為我的感知力，是藉由空氣流動來裁定唄，怎麼了？」

「喔，所以才連飛過來的箭都能察覺啊……」高泉喃喃說著，慢慢走到書架前。

仰望整面書櫃，高泉一本一本檢視書背，很快就找到一本有關於派克斯的厚重書籍，他吹掉灰塵讓封面的字清晰可見。

「守墓人群聚地——派克斯」

高泉默默翻了幾頁。書中提到派克斯成立於一百年前，那時聯邦與東國大丹仍處於戰爭狀態，而派克斯就是一處戰場。當年這裡死了數千人，就地掩埋成為一座葬坑。

隨著戰事越演越烈，死亡人數也就越來越多，漸漸地坑裡屍滿為患，再也容納不下新的死者。據說那時坑中的屍臭味，遠在數公里外都能聞到，於是聯邦不久後便將此地封鎖起來，不讓人們靠近。只是防不勝防，弔念死者的家屬實在太多了，他們在此聚集成為守墓人，而他們群聚以後，小鎮也自然而然地建立起來。

後來，他們為這座小鎮取了一個名字，即是派克斯。

派克斯——在古精靈的語言裡，有著食屍鬼的意思。

「……」高泉一言不發，手抵著下巴細細思考。

就在此時，泡好茶的子虛幽幽出現在高泉身旁，她端著托盤，親切地為高泉奉茶：「那個……茶來了，請慢用。」

高泉仍然沒說話，只微笑接過，並握於掌心中。

「有找到什麼需要的資訊嗎？」子虛偏頭笑問。

「很有趣的歷史呢，沒想到這裡原本是座戰場。」高泉闔上書本，轉身走到一張圓桌旁坐下，並將茶水置於桌上：「這麼說來，子虛小姐也是守墓人一族的嗎？」

「唉？不是，妾身是從大丹嫁過來的哦，之前有提過了。」

「啊、啊啊……對，是我記性變差了。」高泉尷尬地苦笑，見子虛也坐到圓桌的對面，便加緊詢問：「雖然很沒禮貌，但我可以問問『有去無回』一說的由來嗎？」

一陣沉默，子虛非但沒回應高泉，反而啞然地盯著他瞧。

高泉朝她揮揮手，她這才紅著臉轉移視線：「啊……那個……總覺得，妾身好像曾經體驗過一樣的事情呢。」

「呃？什麼事？」

「被一個眼神清澈……有著藍髮的青年如此問著，也是好多年前的事了。」

「嘿——」高泉茫然地眨了眨眼，對於她的話一時間也想不出個所以然。

子虛見狀趕忙回到話題：「唉呀，妾身自說自話了……小哥剛剛的問題，是因為很多人在此失蹤了。」

就跟外界流傳的一樣，派克斯在這一百年間吞噬了許多人，導致失蹤頻傳。高泉聽完後皺皺眉頭，神情間充滿不解：「沒有任何徵兆就失蹤了……那鎮民有試著搜索過嗎？」

「當然，就連妾身小時候也加入過搜索行列呢，想想第一個失蹤的人……」

講到這裡，子虛忽然停頓一下，便不再多說。

腰包感覺高泉冷冷地勾起嘴角，但沒給腰包細想時間，高泉接著續言：「哦？子虛太太小時候嗎？感覺是好久以前的事了，真想親眼見識看看呢。」

似乎也察覺了什麼，子虛森然一笑。

「是呢，第一個失蹤的人是好久好久以前的事，現在回想起來……令人懷念。」

叩、叩。高泉食指規律地敲在木桌上，就像某種壞習慣，又像在等待什麼。茶杯中的黃澄一波波漣漪，高泉只是靜靜看著：「冒昧問一下，子虛太太今年貴庚？」

「咳嗚！別戳年長者的傷心處嘛……」邊迴避問題，子虛邊牽起高泉的手：「還是你喜歡大姊姊我這類型的寡婦呢？」

「這個嘛……」高泉尷尬地搔搔臉頰：「其實人妻真的很有魅力呢，但是……」

鬆開子虛的手，高泉平靜地冷笑：「我不喜歡滿嘴謊言的女人。」

鏘！刀刃在轉瞬間出鞘，回神時已然刺在木桌上。

「我再問一次，子虛太太……請問妳今年貴庚？」

眼見鋼刀上的寒光，子虛面無表情地凝視著高泉：「……茶要涼了喔，小哥。」

「依我看妳最多不過四十歲，而妳自稱從大丹嫁過來，那你頂多來派克斯二十年左右。」高泉的話讓腰包也漸漸察覺矛盾之處，派克斯的失蹤事件可以追溯至百年前，那麼第一名失蹤者——

「不管如何，妳『嫁過來』就不可能『小時候』參與過搜救——子虛太太。」

空間裡瀰漫著沉默，腰包雖然理解子虛的謊言，卻不懂高泉是怎麼鎖定她的。

就好像高泉踏入這個房間以後，便為子虛量身打造了一系列套話。

「回答你的問題。」子虛微微笑著，目光停留在茶杯上。

「妾身今年，恰巧一百七十五歲。」

「……那妳還真敢自稱姊姊啊，嚇死人了。」

「你真沒禮貌呢，也不喝一口妾身泡的茶。」

聽她這麼說，高泉拾起茶杯，接著就往身旁地面一倒。剎那間木質地板上升起一縷青煙，看起來具有腐蝕性：「那種喝下去就會陪妳吐血的茶，我還真是敬謝不敏啊。」

「咦——妾身可不是因為喝了蛇毒才吐血的哦？」

「我知道，是因為大丹人的體質與妳不適合吧？」

聞言，子虛面色一沉，再也沒了笑容。

答。高泉聽到令人頭皮發麻的彈舌聲。

「你……到底知道了多少呢？真意外。」

「……有一種魔物。」高泉緩緩退開桌邊，同時拔刀指向子虛：「他們能完美利用人皮來偽裝自己，但就像衣服有所型號，人種對他們而言也有適合與不適合。」

「那還真是不方便呢，呵呵呵……」

「他們以人類為食，潛藏在各大城市中，與常人無異的生存著。」高泉邊說邊將雙刀迴轉上手，進入完全備戰狀態：「世人稱其為『人魔』，食屍鬼的上位種。」

與子虛四目相接，高泉冷聲做出宣判：

「子虛……不，竊用這身分的人魔，妳好啊。」

砰！冷風吹開窗戶，使外頭的霧氣湧入房內。在那水霧瀰漫的朦朧下，子虛輕輕抹了抹嘴角：

「呀……真服了你，為何會被拆穿呢？妾身應該很完美才對的呀。」

「哈，只能算你倒楣。」高泉摸了摸腰包咧齒而笑：「我有個朋友擅長感知周遭氣息，但是唯有一種情形他無法輕易識破……那就是敵人擁有遮蔽氣息的能力，甚至能消去自己的存在。」

「原、原來如此！難怪會這樣！」腰包恍然大悟，難怪心中一直有股違和感！

「進店門一次、下樓梯又一次，這可不是『自幼沒存在感』就能解釋的啊。」

「呵呵……」

子虛陰沉的笑聲迴盪於房間內，令高泉繃緊了神經。雖然沒有直接遇上過，但高泉認定人魔只是狡詐的食屍鬼，自己應該不會應付不來。可是此時此刻，被揭穿的她卻沒有慌張，反而有種游刃有餘的輕鬆感。

「妾身就覺得，這片段似曾相識。」

子虛抬起頭，原本烏黑的眼珠已化為血紅一片：「原來你是那傢伙的孩子啊。」

「什——」高泉正想追問是什麼意思，地板忽然陷落，將他整個人向下拖去！

「呃！」高泉完全沒料到房間裡有機關，感受又溼又滑的泥土沾染全身，他反射性向上投出刀刃，卻依然晚了半分。高泉就此滑入一條地道中，而地道的頂蓋轉眼間就要闔上！

「上去啊！」

噹！

刀刃撞擊頂蓋的響聲，說明高泉確實慢了一步。

「嗚！」摔落地道底部，高泉吃了滿口泥土。他掙扎著爬起身，才伸手就摸到銳利物體，使他痛得收手：「嘖！搞什麼……」

「泉哥……這裡是……」耳聞腰包的驚呼聲，高泉定睛細瞧，但比起視覺更迅速的是嗅覺，強烈的腐臭味撲鼻而來，令他忍不住嗆咳。

放眼望去，無數白骨與半腐爛的屍骸映入眼簾。而剛才刺傷高泉手指的，就是一根人類斷骨的碎片。

「哈哈……混蛋……難怪那傢伙房間裡的檀香味那麼重。」

冷汗浸溼高泉的衣襟，使他不住地發寒。派克斯之所以會被稱為「有去無回之地」的原因，高泉總算弄清楚了。因為來到此處的人，全被人魔當成食物吃掉了！

「糟透了……」從屍堆裡爬起身，高泉反胃地乾嘔。

他勉強振作，試圖要看清空間。此處是人工挖掘出來的地下通道，寬度倒不是特別狹窄，還有足以通行的程度。牆壁兩側放有火把，說明空氣也是流通的，然而此地道的長度，卻彷彿永無止境般向外蔓延。

「做為食物儲藏空間也太大了吧……子虛這傢伙是怎麼……」

高泉喃喃自語著，突然意識到一個可怕之處。他摀著嘴向前邁進，往地道其中一個方向走了約十五公尺左右，隨即抬頭上望。

「果然嗎……」高泉面色逐漸變得凝重。

「泉哥！這上面的蓋子，跟子虛把你丟下來的地方是一樣的耶！」

「是啊……可以想成這是另一個入口，那也就是說……」心中最壞的可能性已然成形，高泉驚覺自己實在太天真了。

他原本還想著——如果希莉卡的對手是子虛而已，那還算是小事，直到現在真相畢露……

「派克斯的所有鎮民……全都是人魔啊。」

錯綜複雜的地下世界，與鎮內所有民宅相連著。鎮民們表面上人畜無害，在地下卻是大啖人肉的怪物。一想到每天在暗處進行的血肉饗宴，高泉就不禁渾身發起抖來。

他明白，自己或許插手了一件不得了的事：「這裡少說也有上百人居住……」

也就是說，自己的敵人是數百隻人魔組成的大軍嗎？

「泉哥！如果真是這樣……那多瑪和小希莉卡不就……」

高泉為之一震，想起多瑪與希莉卡出門時的模樣，他不禁握緊了拳頭。

「必須……必須快點回地上才行。」與子虛對峙時的餘裕已然蒸發殆盡，高泉略顯慌亂地加快步伐。如果是平常，他應該不會犯下這種錯誤才對。

喀嚓！

踩斷骨頭的響聲，從高泉腳底下擴散至洞窟彼端。雖然只是一聲清脆，卻像小石頭被擲入湖面般激起了漣漪。

「嗚喔喔喔喔──」淒厲的嚎叫聲從四面八方響起，聲浪一波一波刺入高泉的耳膜，也讓他驚覺事態的嚴重性！食屍鬼！這裡是有食屍鬼在看守的！而且數量至少比平原上還要多！

「咕！」

一隻食屍鬼根本無法奈何高泉，但是十隻、二十隻，高泉就必須要逃。更何況現在位處狹窄的地道當中，只要一隻食屍鬼從暗處偷襲他，都有可能造成致命的結果。

「腰包……替我感知周遭……」

「明、明白。」腰包嗓音顯得抖顫：「前方拐角處有兩隻，後方走來另一隻。」

「哈哈……」高泉將兩把短刀抽出，貼在額前宛如祈禱：「有時候真慶幸自己不是什麼勇者，用得武器不是礙手礙腳的巨劍或長刀。」

一講完，高泉立即從暗處衝出，在後方食屍鬼都還沒來得及反應以前，高泉一刀割斷了牠的頸動脈！

「嗚哦哦──」食屍鬼掙扎扭動著，卻被高泉摀住嘴，又往牠眼窩刺了一刀！

嚓！血花噴散，食屍鬼躁動的身軀漸漸沒了動靜。

「呼……該死。」腥臭的血液沾滿高泉全身，他反胃地皺眉，但轉念一想卻又蹲下身子，將食屍鬼的髒血全擦到肌膚上。

「泉哥！前面那兩隻要過來了！快一點！」

沒給高泉多想的時間，他以迅雷不及掩耳的速度扛起食屍鬼屍體，直接鑽入身旁的白骨堆中。隱蔽於叢屍之間，高泉看見兩隻食屍鬼以四足併行而來。牠們在原地逗留一陣，仰頭嗅著氣味，不久後便繼續向前爬，沒有了蹤影。

「還真的有用。」

高泉爬出屍堆，渾身已找不到乾淨的部位。強烈的腐臭味佔據鼻腔，高泉在原地深吸口氣，讓心跳能平緩下來。他接著躡手躡腳前進，遠離食屍鬼離去的方向。

「……可惡，出口在哪裡？」藉由腰包的感知，高泉沿路迴避凶險，但是越走越遠，高泉的心也就越往下沉。

出口在哪裡？

出口在哪裡？

出口在哪裡？

每一個通往民宅的洞口，都是與旅館同樣的機關構造，它需要某種鑰匙才能打開，或許是為了防止「食物」逃跑才做的設計。

悶熱促使汗水不停流下，腥臭的血味也讓高泉頭暈目眩。每走一步，高泉就像拖著腳鐐般舉足難行。周遭可見全是屍體，有些還沒腐爛完的，仍然睜著恐懼的目光直視前方。高泉經過時，彷彿就能聽見它們的呼救聲。

於是，高泉漸漸停下了腳步。

視線模糊了，意識也不夠清晰。高泉搖搖擺擺靠到牆壁上，越來越多求救的幻聽佔據腦海，讓他咬牙切齒。

腰包見狀，擔心地提醒：「泉哥……還不能休息。」

「我知道……可惡……」啐了口唾沫，高泉以手臂抹抹嘴角，順勢就望向一旁。

在那裡放置著一張木桌，木桌上銳利的屠刀砍在桌緣。高泉再向上看去，赫然發現——多瑪的腦袋就擺在屠刀之間。

她嘴角湧著血絲，雙眼無神，自傲的金髮也已然黯淡無光。高泉渾身雞皮疙瘩暴起，一瞬間心跳近乎停止，直到腰包催促地呼喚。

「泉哥！該走了！有食屍鬼接近了！」

「多——」高泉差點喊出聲，但等他回神時，才發現桌上的人頭並非多瑪，甚至連女性都不是。高泉大口喘著粗氣，定下心來蹣跚地前進：「我……必須出去。」

感受到高泉的心神不寧，原本就在指路的腰包安慰道：「泉哥，我有個想法……」

「如果能救救我，就拜託告訴我吧。」

「哈哈，或許可以哦。」腰包刻意用輕鬆的口吻說話，想藉此激勵高泉：「周遭不是有火把嗎？我想……如果每個出口都密封了，缺氧的火焰是無法燒那麼旺的。」

「也就是說，還有可以出去的地方嗎？」

「嗯，而且應該是很大的出口……我能感受到空氣流動，自然也能知道風向。」

「你總是能帶給我驚喜啊。」彷彿看見黑夜裡的一線曙光，高泉遵照腰包指示加快腳步。通道越走越寬，也證明腰包所言無誤，就連高泉都能感受到微風徐徐而來。

「快點……快點……」高泉開始奔跑，遠遠地看見月光灑落，是個向上的坡道！

「泉哥！小心啊——」

「咿呀呀呀呀——」

當高泉專注於頂上月光時，一隻卓柏卡布拉從暗處撲來，雖然有腰包提醒，但高泉還是閃避不及，直接被牠壯碩的體積撞倒在地。

「渾——」卓柏卡布拉伸長吸血用的舌頭，不斷想刺入高泉的脖子。高泉奮力抵抗著，不同於以往的殺氣從眼中浮現。

唰！唰！

兩條繩子繞住卓柏卡布拉的喉嚨，高泉運用技巧借力使力，瞬間將牠的脖子硬生生扭斷。如此殘暴的殺法，高泉是很少使用的，也證明此刻的他被逼急了，不再是那個溫柔的青年。

「不對勁……」雖然擺脫了攻擊，腰包卻感到徬徨不安：「泉哥！這是陷阱！」

砰！卓柏卡布拉心跳停止的瞬間，身體應聲炸裂，大量的費洛蒙也飄向周遭。

咚咚咚咚咚——

大地撼動，高泉不用問腰包就明白大難臨頭了。他立即爬起身，將雙刀拿上手後再次朝著光源處狂奔！

「吼嗚嗚嗚！」身後與身旁湧現出無數的食屍鬼，牠們全部被卓柏卡布拉的氣味吸引而來。牠們瘋狂地朝高泉爬去，氣勢猶如蝗蟲過境般。高泉回首望著，並以畢生最快速度向前奔馳，終於！月光沐浴其身——

月光！出口在這！出……出口……？

「哈哈……原來、原來是這樣啊……」

高泉仰頭望著離自己幾十公尺高的坑道頂端，隨即頹喪地掩臉苦笑。果然正如腰包所言，此處是地獄裡的最後一道陷阱，唯一的出口竟然是座枯井，而高泉就立於深井的正下方。

腰包不住顫抖著，語帶哭腔地致歉：「怎、怎麼會……泉哥……抱歉，我……」

「……說啥呢？我原本都想放棄了。」高泉爽朗地笑笑，並拍了拍腰包安慰。眼望漸漸朝自己包圍而來的食屍鬼群，高泉勾起倔強的嘴角。他仍然緊握著雙刀不放，絲毫沒有喪失戰意：「拚死一搏吧腰包，殺光牠們，我們再想怎麼上去。」

「牠、牠們可是有不知道幾百隻喔……」

「是啊，但是我果然很不喜歡呢。」高泉咧開白森的利齒：「不喜歡放棄啊。」眼前是數以百計的兇惡視線，高泉屏息以待，但果然野獸就是野獸，牠們沒有忍耐多久，便全部一擁而上。高泉率先切開一隻食屍鬼的下顎，但下一隻、下下隻都接連撲了上來！高泉感覺自己被咬了，他只好隱忍疼痛，向後撞擊牆面試圖掙脫！

「吱吱吱——」

好不容易讓背後的食屍鬼摔落，但眼前又一張血盆大口撲面而來。高泉毫不畏懼地頭槌牠，將牠整張臉撞得扭曲變形。食屍鬼的鮮血沐浴頭頂，高泉在血水睜開雙眼：「再來啊！狗混蛋！」

強烈的氣勢一瞬間逼退食屍鬼群，但看著牠們蠢蠢欲動的模樣，情況並無好轉。

「已經……不行了……可是……」腰包不忍直視於眼前的慘況，但是、但是啊……

有個人類在旅途中不斷教會他——失敗，是從自己放棄的那一刻才開始的。

「不要放棄啊！泉哥——」腰包拾起最後的鬥志，盡己所能感知著一切！

「哈啊啊啊——」高泉也吶喊著，甩刀主動出擊——

「王冠（Kether）喝止。」

頭頂上傳來淡漠的嗓音，讓屍鬼群一下子全部停止了動作。高泉訝異地朝井口望去，赫然看見一道璀璨金光！額頭上閃耀法印的希莉卡靠在井邊，正與井底的高泉四目相接：「高泉哥哥。」

「高泉！」多瑪也出現在井口，慌張地望向井底地獄。

剎那間，高泉重新看見了希望，又驚又喜地喊出聲：「多瑪！希莉卡！」

「快點朝我丟刀，像在我家那樣！希莉卡的能力不能持續太久！快點！」

耳聞多瑪倉促的喊聲，高泉立即想起在席烏巴據點時，與她搭配的組合技。高泉二話不說往頭頂擲刀，繩刃雖然無法搆及井口，但是與多瑪甩出去的長鞭相互纏繞後，長度就剛好了！

「拉得起來嗎！？」高泉喊著，身後開始有令人不安的祟動聲。

「拉、拉不起來也得拉啊！笨蛋笨蛋笨蛋！一下子就變成食屍鬼飼料了！」

「我也不想啊！？對了！妳只要撐住我就好！我像攀岩那樣爬上去試試！」

「高泉哥哥……我先撐不住了，抱歉。」希莉卡面無表情地插嘴，讓高泉與多瑪同時望向她，他們還在消化希莉卡言下之意，就聽咆嘯聲再次響起！

「哇哇！」高泉驚叫著跳上井壁，藉由繩索一步一步向上攀登。與此同時食屍鬼抓住了他的腿，迫使他放開單手將之斬殺。也因此高泉突然重心不穩，差點沒踩好而跌落！

「哇！好險！」險些掉進食屍鬼嘴裡，高泉雙手握住繩子重新向上爬。

多瑪承受著高泉的重量，手腕逐漸發麻：「高泉——你好重啦！」

「正……在努力了！說來……快用妳的虎血之力啊！」

「沒有那種東西啦！本小姐很柔弱你又不是不知道！？」

鬼才知道。高泉無聲吐槽著，聽到底下數百隻食屍鬼咆嘯，他再也不敢下望。

月光越來越近，隨著攀爬的越高，食屍鬼的騷擾也逐漸碰不到高泉。高泉冷靜下來喘了口氣，並小小聲向腰包致謝：「腰包，沒有你和她們，我就真的死定了。」

「小事啦……如果泉哥死掉了，我也會一起死唄，所以別當我有認真救你喔。」

「這麼說也是，不過你剛剛的哭腔不像是裝的啊。」理解腰包的個性彆扭，高泉忍不住調侃：「明明是未知生物，怎麼比我還要膽小啊？」

說著，高泉爬出井口。

「天性使然唄……唉！別、別再取笑我了啦。」

當高泉站上地面時，清爽的冷風吹拂顏面，令他感覺如獲新生。他與拉鞭子的多瑪互望，兩人都氣喘吁吁、但兩人也都藏不住成功的喜悅。

高泉再望向一旁面無表情的希莉卡，虛弱地向她道謝：「妳們怎麼會知道我在井底下？這次真的得救了，謝啦。」

「是希莉卡……唔！好累。」多瑪雙手觸膝連連喘氣：「是希莉卡說……」

「這下面……有人在說話哦，而且好多好多。」希莉卡接著把話給說完。

「人在說話？」高泉感到疑惑，下面只有自己和大量的食屍鬼而已。他原以為是年幼的希莉卡選錯字詞，但她下一句話更令高泉震驚。

「我能聽見死者的聲音。」

「什……希莉卡，妳究竟……」

希莉卡沒有回應，反倒是多瑪驚呼出聲：「高泉！快看！」

順著多瑪手指方向望過去，高泉驚見迷霧中數百支火炬若隱若現——是派克斯的鎮民！他們全部朝這個位置聚集過來了！

答、答、答。人群的腳步聲聽起來極其安靜，卻讓人感到恐怖的心慌。高泉與多瑪站到一起，雙雙手持武器。

高泉輕聲提醒道：「多瑪……鎮民全是人魔，小心點。」

「咦……咦咦咦！？難怪那個賣面具的大叔有點厲害！」

高泉還沒來得及問什麼面具大叔，熟悉的咳嗽聲便從人群中傳來。

「至今，只有一個人成功從葬屍之坑裡逃離，而小哥你是第二個。」

子虛的身影完全是一片漆黑，幾乎無法看清她的容貌，但是她嘴角陰沉的笑容卻清晰可見。她緩緩走向高泉與多瑪，每走一步，曾經與藍髮青年對峙的畫面就湧上心頭：「這是……緣分啊。」

「……」

歷經十數年，沒想到會再次與「那個人」相會。子虛原以為只是湊巧相似，但竟然會諷刺地如此好笑：「是吧？『亡骸聖女』希莉卡・派克斯特……當年奪走妳的那個人，他的兒子竟然主動將妳奉還回來。」

越過高泉與多瑪錯愕的臉龐，子虛對沉默的希莉卡微笑。

「妾身可真是想死妳了——我族，至高的聖女大人呀？」

第九章「蒼藍之志」

很久很久以前，人魔曾是比血族還要強大的怪物，每當他們吃人時便能攝取那個人的記憶、技能與經驗，完全為己所用。然而也因為他們種種惡行，各國聯合對其進行掃討作戰，很快的人魔數量銳減，就連能力也被封印了一半。

曾經強極一時的種族，最後淪落至與食屍鬼共處。不甘心的他們銷聲匿跡，靜靜等待機會來臨。在那時，守墓人恰巧建立起派克斯，由於派克斯「食物」充足，人魔們便開始暗中侵襲那裡。他們一個接著一個殺害人類，並利用他們的皮膚來進行偽裝，不到兩年時間，派克斯的活人全數被取代……

可是——這對曾經強大的他們來說還不夠。

唯有奪回往日的榮光，才是人魔的最終目的。

「於是，希莉卡・派克斯特……這名由206塊異鄉人骨拼成的聖女誕生了。」

「亡骸聖女」希莉卡，擁有駕馭一切不死生物的力量。當希莉卡在聖者之柩中沉眠時，人魔就能獲得滋潤、獲得原有的魔力。希莉卡正是如同信仰般的能量體。

「她——也是我族最後的希望。」立於迷霧中，子虛的身影看起來飄忽不定。

聽到這裡，高泉與多瑪不可置信地望向希莉卡。

明明希莉卡說「自己長年被囚禁於寺院裡，並且要來派克斯消滅惡魔」為什麼事情會變成這樣？他們期盼從希莉卡眼中發現否定子虛的答案，然而希莉卡卻像做錯事的孩子般緩緩垂下腦袋。

「希莉卡……？」多瑪的聲音顯得抖顫，她按住希莉卡的肩膀輕輕搖晃：「那傢伙是騙人的吧？是騙人的沒錯吧！？因為……因為妳不是還要去外頭的世界嗎！？」

「……」希莉卡沒有回應，只是默默看著多瑪。

「妳……難道對我們說謊了嗎？希莉卡……？」

「……嗯。」希莉卡誠實地答覆，讓多瑪的心涼了半截。

她接著緩緩從高泉與多瑪身旁退開，並且向他們坦白一切：「十八年前，有個人帶我離開這裡，然後把我交給一間寺廟……寺廟裡的人清除了我的記憶，並且想利用我的能力反過來摧毀派克斯。」

什麼？高泉的心跳加速。他看著希莉卡緩緩將小手擱置胸前，也注意到周遭鎮民們口中噴吐的白煙。一瞬間希莉卡的聲音好遠好遠、遠得高泉差點無法回神。

「但是……我剛剛想起來了。」

咚咚、咚咚、咚咚、咚咚……

「我是『亡骸聖女』希莉卡・派克斯特……我的職責是在聖柩中領導派克斯。」

「希莉卡……！」眼見情勢不對，高泉箭步衝上前，想挾持希莉卡逼退周遭的人魔群。沒想到他才剛拔刀，一條黑色的鎖鏈便從人群中竄出，牢牢捆住他與多瑪！

「唔！」

高泉狼狽地跌倒在地，視線惡狠狠掃向迷霧中那渾身散發黑色魔力的女人。

看著他的模樣，子虛掩嘴輕笑：「呀，妾身『生前』可是東國的咒術師呢。」

「子虛！妳這黑色的混蛋——」

「過獎了。」子虛冷笑著走向高泉：「只要希莉卡乖乖待在聖柩裡，就能讓我等重拾榮譽，可是十八年前卻有個小偷偷走了希莉卡，還用法具將我們束縛於此……」

緩步來到高泉面前，子虛惡劣地扯起他的頭髮：「那個人叫高穹，很熟悉吧？」

「咕唔！」老爸有來過派克斯？從子虛先前的反應看來，高泉已經隱約意識到這點。但他不知父親的用意為何，只好逞強地回應：「他竟然沒把妳這混蛋幹掉。」

「是呀，咳咳……」子虛邊咳嗽邊輕笑著：「抱歉，妾身太興奮了呢，竟然能親手殺死他的兒子。」

說完後，子虛重重將高泉的頭壓入泥土中，最後優雅地站起身子。

「感謝你專程將我們的聖女送回派克斯，高穹之子。」

「子、子虛啊啊啊——」

嘲弄地看了兩人最後一眼，子虛向人群比劃手勢，高泉與多瑪便被派克斯的鎮民抓起來向後拖走，僅遺留希莉卡與無數人魔站在原地目送。

一直沒講話的多瑪抬起頭，望著希莉卡越來越遠的身影，忍不住放聲大叫：「希莉卡！妳跟我說的那些都是騙人的嗎！」

然而，她想聽到的回應，不管是好的、還是壞的，都沒有從希莉卡嘴中說出。

「希莉卡——」

砰！

「哈哈，好好期待兩天後的萬鬼節吧，你們一定會被調理的很美味。」

牢門緊閉，高泉與多瑪被丟入陰暗的牢房中。兩人的武器被沒收，就連腰包也被帶走了。他們兩個不發一語，都對這突如其來的訊息量感到疲累。眼見多瑪雙手抱膝縮在角落的模樣，高泉總覺得不太忍心。

「……怎麼了？希莉卡跟妳說了什麼嗎？」

「……」多瑪沒有回應，只是將臉埋入手臂中。

高泉靜靜等待著，同時也在思索逃脫的方法。但在百思不得其解的情況下，還是多瑪先一步回答了他：「希莉卡說……想見見外頭的世界……想跟我們一起旅行。」

「……這樣啊。」

「我原本以為……會是同樣的心情。」多瑪沮喪地埋首：「跟我一樣的心情。」

渡過十幾年隱姓埋名的日子，多瑪嚮往外頭的世界，她在希莉卡身上看到了自己的影子，然而此時此刻，希莉卡等於是背叛了她。因為這樣，多瑪酒紅色的眼眸微微泛起淚光。

高泉想了想，雙手抱胸靠向牆面：「我覺得，那不一定是謊話。」

邊說著，他邊側眼於身旁的多瑪：「如果希莉卡有意，她大可以放著我們被食屍鬼咬死，也可以對落入陷阱的我見死不救。」

見多瑪認真在聽，高泉最後咧齒一笑。

「她難道不是在猶豫嗎？」

「猶……豫？」

「是啊，照子虛的說法，希莉卡回來後就必須做為信仰被鎖在棺材中。」手撐著後腦杓，高泉嫌惡地皺起眉頭：「妳想想，誰會願意被困在狹窄的棺材裡啊？若是我早就發瘋了吧。」

「啊……」
多瑪姊姊，那個……我也可以一起去嗎？我也想，去看看外頭的世界。
回想起希莉卡憂傷的神情，多瑪一語不發。
數秒後，她忽然扯起高泉的衣襬擤鼻涕。
「妳幹嘛啦！？」
「好！決定了！」多瑪擦擦眼角，重新將頭髮束成雙馬尾。
「決定什麼……髒死了……」
「你才髒，衣服超臭的。」漂亮的雙馬尾隨笑容灑下，多瑪握緊拳頭，邊說著邊朝空氣連連揮拳：「本小姐覺得啊——我們要揍爆子虛！然後也揍爆希莉卡！」
如往常般無厘頭的多瑪，讓高泉忍不住笑出聲來：「哈……連希莉卡也揍嗎？」
「嗯！然後再帶她離開這裡！帶她去看看外頭的世界！」
注視著那女孩雙手握拳振奮的模樣，高泉覺得這才是她該有的樣子。一想到這裡，高泉也提起精神了。
「妳說的算囉，大小姐。」
「嘻嘻！算你識相！高泉！」
兩人相視而笑，然而現實卻是殘酷的，只要不從牢房裡離開，一切計畫都只是枉然。休息過後，高泉整合思緒：「不過嘛……當年竟然是我爸偷走了希莉卡啊。」
「對耶！？那是怎麼回事？剛剛太沮喪了都沒聽進去……你老爸是什麼人啊？」
記憶中僅有模糊的影像閃過，高泉始終記不起父親的長相：「我爸在我五歲時就死了，也就是

『神之棋盤』那件事。」

「真的？」就連多瑪也聽過這個故事，讓她略顯訝異。

在救贖之城淪陷的兩年前，發生了一場猶如神話般的戰爭。在當時，貪婪的魔族大軍進犯救贖之城，炫花魔女莉莉絲燃盡生命，寫出一個結界式來控制戰局。

那術式，被命名為「神之棋盤（Checkerboard Of God）」

在神之棋盤的約束力下，惡魔們被迫縮小戰爭範圍，僅能派出十六員來與聯邦的十六員決一死戰。雖然最後是由聯邦拿下勝利，但聯邦英雄「蒼藍奇蹟」卻與魔王同歸於盡——

「呃……也就是說，蒼藍奇蹟就是我爸啦。」高泉尷尬地指指自己。

「……」多瑪小嘴微張傻望著他，數秒後更張大了嘴。

「咦咦咦——騙人！？拯救世界的英雄！？」

「裡面的！不要吵！宰了你們喔！」

多瑪的驚呼聲立刻引起獄卒注意，高泉連忙摀住她的嘴，等待獄卒那兒沒有動靜後，高泉才小小聲反問：「多特叔沒跟妳說過嗎？」

「雖、雖然老爹常常高穹高穹的掛在嘴邊——啊！對耶！你就叫做高泉嘛！」

「……很高興妳終於知道我的名字了，好啦，那不是重點。」對於高泉來說，高穹是個怎樣的父親他早就不記得了，反倒是多特更有爸爸的感覺。

所以此時高泉誤入父親的恩怨中，他的心情其實非常複雜，他想多去了解父親的事，但又感到一絲抗拒。

畢竟，越是光明磊落的英雄，就越有陰暗的一面。究竟父親是懷抱著怎樣的心情才將希莉卡擄走、再把她交給寺廟裡的人利用呢？高泉對此不禁產生負面觀感。

「高泉？」

多瑪的呼喚令高泉回神，他這才擺擺手苦笑：「不是，只是在想怎麼才能離開這裡。」說著，高泉在陰暗的牢房中摸索，但除了稻草還真沒有什麼。

如果道具還在身上的話，開鎖對高泉來說是小菜一碟。但是在什麼都沒有的情況下，就算是高泉也束手無策了。察覺到這一點的多瑪，不禁沮喪地雙馬尾下垂。

「啊！說來——」沉默瀰漫之下，高泉忽然大喊出聲。

「咦咦！怎麼了怎麼了！想到逃跑的方法了嗎？」為此，多瑪興奮地雙馬尾豎起，她雙眼發亮直視著高泉，卻見高泉無奈地搔搔後腦杓，隨後朝自己伸出手來。

「是說，妳還欠我70瑪麗吧，還錢啊。」

又是一陣沉默，高泉在講完後立刻揮汗如雨。因為他清楚聽見了，聽見某人理智發出如筷子被折斷般的清脆聲響。

「呃，不然先還一半——」話還沒說完，少女嬌弱的一拳將高泉打入地板。

「喝啊啊啊——」怒吼與哀鳴混雜在一塊，兩人難得有了共同的頻率。

「哇靠！你們到底在吵什麼啦！？找死是不是！？」

爆炸般的打鬥聲，讓一直位處死角的獄卒跑了過來。他第一眼就看見倒地不起的高泉，與騎在他身上氣喘吁吁的多瑪。多瑪邊獸喘著邊轉動視線，看得獄卒心驚膽跳：「你、你們別自相殘殺好不好！還得把你們留到萬鬼節呢！」

「呃啊……差點就被提前殺掉了，我感到非常抱歉。」

「為什麼要道歉！？好啦你們給我安分點！尤其是小姑娘！」獄卒長的人模人樣，開口時卻有著人類所沒有的長舌頭。他的舌頭越過欄杆，險些舔到多瑪的臉。

「嗚──觸手！」似乎對這種又黏又滑的東西很沒輒，多瑪嫌惡地向後退去。

「聽好，再惹我不高興的話，就拆妳一條腿來吃。」獄卒邊吼著，邊勾起賊賊的笑容：「健康的腿，好吃。」

見獄卒正死盯著自己的腿不放，多瑪紅著臉向後退縮。

「高泉──」前刻還在暴打高泉的多瑪，此時卻像女孩般縮到高泉身後。高泉見狀只好苦笑，然而他還沒笑完，又聽到多瑪逞強地挑釁：「想吃本小姐也不去照照鏡子！你這長舌醜男！」

「哈啊啊？妳小姑娘倒是挺敢──」

「要用人皮偽裝自己，也不選好看一點的！你在食屍鬼裡也一定是醜男啦！」

「多瑪……」多瑪連珠炮般的人身攻擊，讓高泉無奈地想制止、卻又無從著手。

欄杆外的獄卒越聽越生氣，捏著欄杆都快要變形了：「包德！快過來！這小姑娘很難纏！」

聽見伙伴在呼喚自己，另一隻名為包德的人魔走了過來。他貼在欄杆前，朝牢房內窺視：「怎麼了？不就是小鬼和妮子嗎？喔──小鬼看來很結實，肉很硬！」

也不知道是在稱讚自己還是在貶低自己，高泉傻笑著搔搔頭：「多謝誇獎啊？」

「誇獎個屁，難吃！」包德朝旁吐口水，轉而望向多瑪：「女孩，軟，好吃。」

「妳比我還搶手耶，多瑪。」

「唔──超級雞皮疙瘩！」

多瑪抱住雙臂滿臉不舒服，然後就聽包德和另一隻人魔熱烈討論要怎麼吃掉高泉與多瑪。什麼刺身、清蒸三吃、火烤派克斯醬的字詞都出來了，講著講著，最開始那名人魔抹了抹口水：「啊，女孩雖然好吃，不過不要身體，沒有乳房，難吃。」

「……高泉，我可以出去殺掉他嗎？」

「呃，嗯……如果我們能出去的話。」

高泉反射性從身後架住多瑪，以免她惱怒衝上前被咬。

然而卻在此時，包德突然揍了伙伴一拳：「你懂什麼！胸是脂肪！脂肪難吃，人類吃肉也會略過脂肪塊！」

說著，包德雙手叉腰頭頭是道：「人稱我『少女博士』包德，我講得準沒錯！女孩就是胸口微微隆起就好！又軟又瘦——好吃！」

「我聽你他媽在屁啦——」一言不合，房外的兩人大打出手。

高泉與多瑪茫然地坐在牢籠裡，片刻後多瑪側臉看向高泉。

「雖然是敵人……但我可以幫包德加油嗎？」

「妳開心的話。」雖然說著幹話，但兩人其實都意識到，這是逃跑的好機會。

高泉悄悄靠近牢門，赫然發現牢房鑰匙就掛在包德腰帶上。他運用自己小偷的本領，無聲無息將手伸出欄杆。卻在此時，高泉直覺感受到寒意，立刻將手抽回！

咻——轟！大刀砸在地板上，瞬間讓石板地面迸出火花！

「嘖！」要不是高泉收手的快，手臂早已不翼而飛。兩人愣愣地望向包德，就見他氣勢與方才截然不同，散發出令人寒顫的殺意：「包德我『生前』可是刑吏。」

將屠刀俐落地在掌心上運轉，包德一拳揍趴自己的伙伴：「要想從包德眼皮底下逃走，不可能。」

說完，他舔舔嘴唇望向多瑪：「我可是很期待的哩……萬鬼節。」

就像嘲弄受困的家畜般，惡魔的譏笑聲響徹地牢，證實高泉與多瑪逃生無望。

「哎……怎麼辦啊？高泉。」雖然嘴上不饒人，但多瑪其實有些害怕，她不自覺拉拉高泉衣角，反倒是高泉一派輕鬆，慢慢地爬回牢籠深處，然後倒臥稻草堆裡。

「兩天後，也就是說我們至少有兩天不會被宰來吃。」

「所、所以呢？等等——不要閉上眼睛啦！笨蛋！」

「這幾天都沒好好睡一覺，妳也休息一下吧。」高泉慵懶地睜著單眼，並向多瑪小聲提示：「養足精神才能夠逃獄，快睡。」

言畢，高泉打著哈欠，蜷縮一團。

「唔，這種情況我怎麼可能睡得著嘛……」多瑪為難地食指點著食指，越說面頰越紅潤：「而、而且我幹嘛跟你一起睡覺啦……我畢竟是女孩子耶……」

她語調羞怯羞怯。回想起希莉卡那一句「妳是不是喜歡高泉哥哥？」多瑪這才意識到，自己跟高泉旅行難免會引起別人臆測，雖然有些後知後覺，但她也明白高泉先前的尷尬了。

什麼鬼。高泉在心中想著，但他也不好說出口：「好啦好啦，妳自己看著辦。」

說完，高泉不再理會多瑪躊躇的嗓音，逕自往更深的夢境中沉淪。在意識迷濛的須臾之間，高泉彷彿看見父親的背影。他蹲身與白髮少女平行，如同至親那般。

「希莉卡。」高穹的嗓音充滿了遺憾：「很抱歉，我沒能遵守約定。」

然後，高泉便再也聽不清了。他的意識消散，溶於深沉睡眠之海中。

說來也奇怪，那是高泉這幾天以來，睡得最安穩的一次。

當高泉再次睜開眼時，感覺身旁溫暖無比。他定睛望向搔癢臉頰的東西，赫然看見多瑪小巧可愛的睡臉近在咫尺。多瑪整個人靠在他身上，而兩束馬尾也正巧蓋在他臉上，令高泉焦躁地擺首。

「唔！頭髮……」毛茸茸的觸感，讓高泉完全清醒過來。

「呼哈啊！」掙脫頭髮的束縛，高泉坐起身喘氣，隨後無奈地朝多瑪苦笑。

「不是還說啥『這種情況誰睡得著』嗎？」終究多瑪也累了吧。高泉心想。

他接著環視周遭，沒任何奇蹟發生，兩人還是受困於陰暗潮溼的地牢中。不知不覺間，已經過了一天的時間，空腹感再次湧上來，高泉卻只能靜坐等待。耳聞吱吱鼠鳴聲，高泉本想殺隻老鼠來果腹，但當他摸向後腰時，才想到刀也被沒收了。

那麼，接下來該怎麼辦呢？眼看兩天的死線就要逼近，高泉心裡面還沒有一個答案。

「難道要在行刑前動手嗎？」思索著最大風險的路線，高泉煩惱地雙手抱胸。

咚咚。

正舉棋不定時，輕巧的腳步聲來到牢房前，高泉反射性抬頭上望，就見一道嬌小而潔白的身影正豎立著。再仔細一看，高泉驚訝地辨識出身分：「希莉卡……？」

希莉卡・派克斯特——害兩人坐牢的亡骸聖女，她就這麼平靜地現身於此。

「高泉哥哥。」希莉卡淡漠地回應。兩人一時間陷入沉默，直到希莉卡將紫羅蘭色的目光凝向多瑪：「多瑪姊姊還睡著，正好……希望高泉哥哥不要說我有來過。」

高泉還沒來得及問為什麼，就見希莉卡透過牢房縫隙遞來某些東西。高泉疑惑地接過，是兩張怪物面具，還有一朵藍色的小花。

「哈，我還以為是鑰匙呢。」

希莉卡搖了搖頭，神情落寞：「鑰匙……我不能給你。」

但她隨即又抬頭，一臉認真地說：「萬鬼節前夕，高泉哥哥請想辦法脫身，然後趁大家都戴面具時離開派克斯吧。」

講到此，希莉卡誠摯地頷首：「不要回頭，我會試著拖延子虛他們。」

「這樣……妳沒關係嗎？」

「沒關係，我……會回到聖者之柩中，這是我的宿命。」

高泉發呆凝視著面具，回想起多瑪對希莉卡的期許，他反問道：「妳……要不要跟我們一起離開？」

他笑著拍了拍面具：「我覺得妳多準備一張面具吧，如何呢？」

「不……我等的不是你，雖然很像，但不是。」令高泉感到意外的是，希莉卡用寂寞的表情婉拒自己：「那朵花，是那個人留給我唯一的東西，希望你能還給他。」

凝視著掌中的藍花，高泉隱約明白其中的道理：「可是……那個人已經死了。」

「我知道……所以他才沒有來找希莉卡。」希莉卡朝高泉微微勾起嘴角，此時此刻，希莉卡的內心獲得解放。然而，她所給出的笑容，卻是悲傷而充滿遺憾的。

「希莉卡……」

「再見，高泉哥哥。」希莉卡旋即轉身，卻在最後又猶豫地望向多瑪：「面具是多瑪姊姊搶來的，她打倒了賣面具的伯伯。」

說著說著，希莉卡看多瑪的眼神變得很哀傷。回想起她對自己說過的話，希莉卡總覺得自己有了人類的溫度，就像當初高穹給予她的一樣。但數秒後，希莉卡還是堅定地扭頭，逕自朝黑暗中離去：

「請幫我謝謝姊姊。」

「……」希莉卡的出現，無疑對高泉來說是種幫助。但高泉心中卻漫起了更多疑惑。他默默坐回多瑪身邊，將面具都放下來後，捏著那美麗的藍色花朵仔細端詳。

這是父親寄予希莉卡的東西……想到希莉卡落寞的神情，高泉總覺得很猶豫。

啪！

還在思索著，花朵忽然迸裂、化為四散的花瓣飄落。

「哇！什麼？」高泉驚呼著抬頭，就見一張羊皮紙隨花瓣緩緩落下。高泉反射性接過信紙，紙張還很溫熱。

「這是……什麼？」高泉的疑慮，直到他讀了羊皮紙上第一行字，才宣告終結。

「高泉，如果你能拿到這封信，多半代表我已經死了。」

信上以如此簡單的內容做為開場白。

取代疑惑，是滿心的震驚之情。高泉捏著羊皮紙的手瑟瑟顫抖，因為他已經意識到這封信出自於誰，又為何花朵到了自己手中，才激起特殊的魔術反應。

「老爸……」

「哈！別那麼驚訝嘛，就算是英雄也會有這麼一天，這是每個人必經的路程。」

上頭潦草的字跡，都是父親一筆一劃寫下的。一想到此，高泉難掩激動。這或許是他第一次與父親認真對話，然而，卻不是當面的，因為高穹早已不在人世了。

「老爸，事到如今……」高泉難過地嘆了口氣，隨即決定把信一次讀完。

能經歷生老病死，對一個人來說是幸福的，然而……希莉卡卻不是如此。

我第一次遇見她時，她瑟縮於狹小的棺材中，宛如胎兒。希莉卡被人魔供為信仰，提供人魔永恆的能量，這或許就是希莉卡被製造出來的意義，但我卻覺得……

這很悲傷。

希莉卡沒能感受過情感，她就像一具木偶般，甚至不知道陽光是什麼，更沒聽過蟲鳴鳥叫的聲音。她的一生都會在黑暗的棺材中渡過，直到自己的能量被人魔消耗殆盡。

我不能接受這樣的事情。

這個世界是美好的，即使也有殘酷的部分，但我一直都很慶幸自己能夠活著。

活著、前進、繼續走向下一個明天，我想讓希莉卡也體會這樣的喜悅，於是我冒險將希莉卡帶出派克斯。那是一段很艱難的路程，我犧牲了世上僅有的一個空間法具——「無際之旅」才將人魔全數困在派克斯。我向希莉卡約定好了，等我將聯邦的工作告一段落後，就會讓她與我們父子倆一同生活，為此我將她寄託於寺院。

然而很顯然的——我沒能遵守約定。甚至很有可能，我也無法看你長大成人。

你還記得那張畫像裡的女孩嗎？那時你年僅五歲，我給你看了一張肖像畫，那上頭的就是希莉卡。你曾告訴我她很漂亮，當時我感到欣慰，我覺得你們可以好好相處。

可事到如今，我卻不在了，我不會乞求你與希莉卡的原諒，我寫下這些只是希望你能明白自己的父親、並對自己的父親感到驕傲。

因為他曾經嘗試拯救過希莉卡。

如果你有餘力，我希望你也能幫助她；如果你沒辦法，我會要你繼續活下去。

畢竟總有一天你也會遇到，遇到一個需要你幫助的人，而你會承諾他「救贖」。很抱歉，高泉。希望我在你的心目中，仍然是一個可敬的父親——高穹上。

「……」放下信紙，高泉體內彷彿有什麼東西被填滿了。

他曾以為自己即使接觸父親的事，心中也不會有任何漣漪，直到現在，他捏著信紙的手正微微打顫。回憶起記憶中模糊的身影，高泉咬牙紅了眼眶：「別對我說什麼抱歉啊……混帳。」

此時此刻，高泉重新對陌生的父親改觀了，因為他明白、明白父親也做了和自己一模一樣的事——那就是允諾一位少女的救贖。

「好吧。」淚眼望向身旁熟睡的多瑪，高泉想起自己的承諾，於是他輕輕抹了抹眼角；他接著也想起希莉卡，所以——他重新燃起了鬥志。

「該給那些死怪物一個迎頭痛擊了。」

掙脫疑慮的泥沼，高泉金黃色的眼眸中閃爍決意，正如同當年的高穹那般。

他——不再感到猶豫了。

第十章「反擊之煙」

「嗯，看好囉希莉卡，我給妳變個魔術。」

在蒼空的盡頭，藍髮青年摘了朵紅花，並將它捏於掌心中。他接著故弄玄虛地做了幾個手勢，再次張開手時，花朵已化為鮮豔的青藍色：「來，送給妳。」

「……」

接過青年遞來的花朵，白髮少女滿面茫然，只是疑惑地歪著頭：「送給我嗎？」

「是啊。」見女孩一臉困惑的模樣，青年笑著向她解釋：「希莉卡，很多時候事情能換個角度去詮釋，就像妳一開始看到是紅花，但經由某人之手，它就變了一個顏色。」

「……不明白。」

「妳。」青年伸手指了指女孩，隨即又用拇指比比自己：「經由我高穹之手，就不再是什麼亡骸聖女啦。」

就好像在講什麼理所當然的事一樣，青年賦予了她新的身分。

「那……」女孩忽然著急起來：「我不是信仰、也不是聖女後，會變成什麼？」

「哈哈——從今以後，你就別當那些複雜的東西了，妳啊……就是希莉卡吧。」

「我就是……希莉卡。」迎向灑落的曙光，希莉卡將花朵擱置於唇邊。她望著青年的顏面微微一笑，那是她第一次感覺到自己活著，但那也是她最後一次見到那個人、見到她溫暖無比的太陽。

「聖女大人？」從此以後，鮮少有人再稱她為希莉卡。希莉卡默默抬起頭，看向朝自己走來的子虛，在黑夜裡子虛的笑容形同鬼魅般。

「您去哪了？妾身找您找得很辛苦呢。」

「去辦點事。」

「辦點事讓妾身代勞就好……可不能濫用聖女大人您的能力，來驅散警衛哦？」

「……」希莉卡一言不發地與子虛對望，眼神中充滿肅殺的氣氛，但在僵持數秒後子虛卻溫柔而笑：「呀，表情別那麼可怕嘛，希望聖女大人明白——若是派克斯的真相走漏出去，我等會很困擾。」

「……我知道。」

「那就別妄想讓他們離開了。」彷彿看穿希莉卡的心思，子虛的語氣瞬間變得冰冷無比。她向後退開，讓出一條道路給希莉卡：「您知道今天是萬鬼節吧？在儀式開始前請在鎮民們面前亮相。」

說完後，子虛微微躬身，示意希莉卡去往廣場。

「子虛，我……」想起還在牢籠裡的高泉與多瑪，希莉卡原本想替他們再安排些幫助，但子虛壓迫又銳利的目光，卻不容許她多說半句。

終究，希莉卡邁步向前。

「乖孩子，上去那裡。」

沒給希莉卡猶豫的時間，子虛逼著她走上木製高臺。每往上走一個台階，希莉卡的腳步就越來越沉重，當她行至頂端時，那種被眾人視為信仰的巨大壓迫感又回來了。

「聖女大人——」最初只是一個人的叫喚，隨即數百、數千種聲音齊聲高喊。

「聖女大人！」

「聖女大人！」

「聖女大人！」

放眼望去，派克斯全境被綠色火焰給點燃，在高台之下，數百隻人魔全都仰望著至高的希莉卡、仰望著他們的亡骸聖女。當希莉卡現身於人前時，如咆嘯般的歡呼聲乍現，令希莉卡驚嚇地扭過頭。

「不要逃避視線。」子虛按住希莉卡的肩膀。

感受纖細而冰冷的指尖滑過臉頰，希莉卡被迫轉動腦袋，回望那數以百計的熱切目光。子虛的聲音緊貼耳畔，述說著希莉卡的宿命：「也不要忘了大家的期待。」

沒錯，受子民期待而成為棺中信仰，這就是亡骸聖女的宿命。

即使高穹偷走了自己、即使寺廟裡的人洗腦了自己，也改變不了此刻站在這裡的事實。高穹的「無際之旅」總有一天會失效，到那時人魔就能離開名為派克斯的牢籠，而希莉卡也會被他們用盡能量。

或許這已經是命中註定的吧。

希莉卡慢慢接受了事實。

然而——只有一點。

側眼於身旁的子虛，希莉卡第一次起了小小的反抗心。不管結果如何，都必須讓高穹的孩子離開、都必須讓多瑪姊姊離開。這是她自主考慮後所做出的決定。

「我是希莉卡・派克斯特，你們的亡骸聖女。」向臣服的男女老少宣示著，希莉卡紫羅蘭色的眼眸，第一次有了自己的意志。

「現在我宣布——萬鬼節正式開始。」

＊＊＊

「時間到了！出來受死！」

耳聞外頭躁動的聲音，包德知道時辰已到，他大吼著走向牢房，想將裡面的人拖出來宰掉，卻在第一時間就愣在當場。

牢房的鐵門是打開的。那扇門吱嘎哀鳴著，述說關在其中的食物早已不翼而飛。

「查克！查克！這他媽的是怎麼回事！？」包德著急地喊著另一隻人魔。而名為查克、有著細長舌頭的人魔聞言，也朝牢房這裡跑了過來。

「這——怎麼可能！」

查克驚訝地滿頭霧水，他雖然沒有一直監視牢房，但他也肯定沒有人進出過地下監牢。而且大約一小時前他還確認過，牢裡的兩個人就像家畜一樣瑟瑟發抖，如今卻——

「可惡！不是應該把他們身上的東西都沒收了嗎？是怎麼打開牢門的！」包德摸摸腰帶，牢房的鑰匙還在，地下監牢的入口也有人把關，到底是怎麼逃出去的？

「別想了！包德！我們快去找他們，不然會挨罵的！」

「說、說的也是……呃啊啊啊——我的少女全餐啊！」

兩隻人魔嚎叫著，迅速消失在牢門前。一陣寂靜過後，高泉與多瑪從稻草堆中探出腦袋。

「成、成功了耶……」多瑪不可置信地驚呼，並攙扶高泉也爬出草堆，其實他們根本還在牢裡。

「因為一定會成功。」高泉拍拍衣服，將髒污與稻草都清乾淨後，把玩著手裡的藍花梗微微一笑：「只要給我一根又硬又長的東西，就沒有我打不開的鎖。」

「……這是什麼黃色笑話嗎？」

「才不是。」

高泉瞪了一眼臉紅的多瑪，然後躡手躡腳走到轉角處觀察：「接下來——還要取回我們的裝備。」他小聲提示著，神情間滿是認真的模樣。

「嗯……不過感覺你好厲害耶。」此刻的高泉散發出一股非比尋常的可靠感，多瑪疑惑地抿著嘴，她雖然有問過花梗與面具從何而來，但高泉只是含含糊糊帶過。

想了又想，多瑪還是想不通，反而開始頭疼起來了：「唔！相信專業小偷吧！」

跟上高泉，兩人在龐大的地牢中探索。比起飼養食屍鬼的坑道，這裡已經算是乾淨許多，然而還是有一股濃厚的血腥味揮之不去，也說明曾有無數的人類在此慘死。

「這邊。」

高泉憑藉自己與腰包淺淺的思緒連結，中途毫不猶豫地前進著。他推開一扇木門，藉由裡頭的火炬，兩人看見整間房間裡放滿了裝備，似乎都是遇難者留下的。

「哇哇哇……快、快看啦高泉！」強盜本性讓多瑪雙眼發亮，她圍繞著各式各樣稀奇寶物打轉。高泉也算有點興趣，但他知道沒有太多時間可以浪費，只好作罷。

「死人的東西就算了吧？會遭天譴的哦。」

「咦咦？才不會哩。」多瑪回應時，她的毛皮外衣已經鼓了起來，也不知道塞了多少東西。高泉二話不說抓著她肩膀前後搖動，就見各式各樣的道具咚咚落下。

「唔——好可惜耶！笨蛋笨蛋笨蛋！笨蛋高泉！」

「拿了卻無福消受就虧大啦！快找自己的東西！」

不再理會捶打自己的多瑪，高泉已經能聽見腰包的聲音：「泉哥！這裡啊！好暗啊啊啊——老鼠在咬我啊啊——」

高泉打開一個箱子，就見老鼠趴在腰包上猛咬。

「泉哥救命啊啊啊——」

徒手抓起老鼠，高泉向後一拋，險些丟到多瑪身上。耳聞多瑪驚叫，高泉捧起腰包，並愛惜地拍了拍：「抱歉，來晚了。」

「晚個鬼啦！老鼠泉！」多瑪毫不猶豫從後方重擊高泉的背。

「呼，得救了，泉哥和小多瑪也沒事，太好了……」

「也……也不算全然沒事。」高泉嘴角滲著血。

搜刮完房間以後，高泉將雙刀與腰包掛回身上。雖然還有很多行李在子虛的旅館裡拿不回來，但隨身物品都還在。多瑪的鞭子也在某個抽屜中找到，眼見自己的愛鞭沒事，方才還忿忿不平的多瑪瞬間開心起來。

「原來你在這裡——太好了！我們還要一起揍爆很多人魔對吧！龍龍！」

「為什麼妳就可以跟自己的鞭子說話，我就不能跟自己的腰包講話？」

「因為你自言自語的頻率太高了，有點噁心。」多瑪認真地回應。

「噁、噁心！？」

雖然只差了五歲，但高泉沒想過被一個妙齡少女說「噁心」傷害那麼大。他捧著隱隱作痛的胸口再度推開木門，放眼長廊上，沒看見兩隻人魔的身影，想必他們還沒發現自己其實是受騙了。裝備成功拿回，下一步只剩離開地牢。高泉向後比了個手勢，隨即步出房門。

咻——

卻在此時，一個半月狀的物體急飛而來！高泉剎那間退回房內，就見一把鐮刀延接鎖鍊，就這麼釘在牆上。而在鎖鏈彼方，是獄卒查克氣喘吁吁地吼聲：「找、找到了！」人魔激動的情緒，促使查克雙眼散放紅光，看上去不再充滿喜感了。

「我要宰了你們——」

「多瑪！跑！」

高泉催促地推了多瑪一把，兩人同時往長廊另一頭奔去。身後的查克再一次擲出鐮刀，但這次高泉迅速回身也將繩刃丟出——噹！鐮刀與繩刃相交擊，紛紛在響聲過後掉落在地。

「你——」查克著急地扯回鐮刀，並向著高泉咆嘯：「你這個玩繩子的——」

「玩鎖鏈的還敢說我！」

咻！高泉將第二把鋼刀擲出。相較於高泉，查克的武器只有一把，眼見鋼刀筆直地射向自己心臟，他只好躲入鄰近的房間。抓準這瞬間的機會，高泉將雙方距離越拉越遠！

「高泉！前面是戶外！」跑在前頭的多瑪喊著，轉眼間就奪門而出！

砰！破門瞬間，月光灑落。

「出、出來了！總算——」

「別停！多瑪！繼續跑！先離開這裡——」

時隔一天半，兩人重新呼吸到外頭的空氣，不免互望而開心地笑著。

然而多瑪的笑容卻在瞬間僵硬，她視線落於前方，滿臉疑惑：「咦。」

高泉順勢望過去，發現一道黑影蓋住月光直降而下。再定睛細瞧，竟然是一把巨大的屠刀，它挾帶暴風之勢朝自己迎面斬來！

「糟糕！」高泉反應不及，身旁的多瑪趕緊揮鞭擊墜刀刃。

砰！

屠刀因鞭打而錯砍地板，人影也隨之從霧氣裡現形。

「你們……別想從包德手中逃掉！」濃霧深處，包德的輪廓緩慢浮現。他獠牙長出嘴角，雙眼爆出血紅色的光芒，看起來跟查克一樣氣炸了。

「……」眼見魁梧的包德擋在面前、耳聞身後查克追出地牢的足音，高泉與多瑪明白這次逃不掉了，紛紛戒備地擺出戰鬥架式。

「多瑪，上一次一起打架是多久以前？」

「唔，我想想……大概是在黃石鎮痛揍那些酒鬼的時候吧？」

多瑪笑著回應，她原本預期會和高泉大鬧一場，然而高泉卻拍了拍她，並偷偷把一張面具塞入她懷裡。多瑪驚訝地望向高泉，只見高泉神色認真地繼續說：「那這次也要靠妳了。」

不用明言，多瑪也知道高泉在說反話，他是要自己趕快離開。

不要！多瑪咬牙搖搖頭，神情間滿是怒氣，她已經申明過自己不喜歡這樣。然而高泉卻也生氣地瞪她，兩人眉來眼去了老半天，多瑪這才搞懂高泉是要她去找希莉卡。

「你們他媽乾脆直接用講的好了！」包德看不下去了，咆嘯著朝兩人衝來！

「快去！」將雙刃交叉，高泉硬是扛下沉重的屠刀：「快點——去啊笨蛋！」

「嗚！好啦！」

雖然多瑪明白高泉小有實力，但這兩隻人魔也不是省油的燈。多瑪最後遲疑了一秒，這才轉身奔離，卻在此時查克的鐮刀從她身後飛襲而來！

噹！

鐮刀再次被擊落，高泉一手阻隔著包德的屠刀，另一手則擲刃擊墜飛鐮。眼見多瑪成功跑遠，高泉知道自己可以全力以赴了，便踹開包德拉遠距離。

「該死！你難道想一個人對付我們嗎？」查克細長的舌頭在嘴邊來回塗抹著。

「對付兩隻食屍鬼，可是連初階冒險者都能做到的事啊。」

「……混帳！」受高泉挑釁，包德與查克的人皮開始鼓動：「就讓你小子見識見識人魔與食屍鬼的不同吧。」

他們渾身散發暴戾殺氣，與先前的蠢樣截然不同了。

「拭目以待。」

高泉暗自慶幸，他們越受到自己挑釁，就代表越不會去干擾多瑪。只要自己能在這裡擊敗他們——如此想著，高泉穩住步伐：「腰包，拜託了。」

「嗯……交給我吧，泉哥。」

屏息、專注、專心——然後一次爆發！

對峙的三人在同時間有了動作！包德從正面朝高泉衝來，行至面前時屠刀已然揮出！高泉自知力量不及包德，便用閃避的方式躲過這擊，然而查克的鎖鐮卻從奇特角度飛旋而來——

「泉哥！左邊！」聽見腰包吶喊，高泉朝左側的風聲擲刀！

噹！鋼繩連接海賊刀，將半空中的鐮刀擊飛，高泉利用離心力旋轉身子，將牽繩的鋼刀再轉向包德！包德被這波突襲給殺得措手不及，刀鋒直接陷入側腹之中！

「嗚喔喔喔——」鮮血從包德的腹部奔流而出，在地上濺起血紅色的水墨畫。

得手了——還這麼想著，包德卻緊緊握住鋼刀的繩子，將高泉猛地牽向自己！

「去死吧！小鬼！」

一手拉住繩子，一手高舉屠刀，眼看屠刀就要往高泉腦門上直落——

「做夢去吧！」高泉揮動第二把刀，斬在包德握住繩子的那支手上！

噗哧！

鮮血再次噴濺，來自包德，也出自高泉。

鋼刀鋒利地斬斷包德右臂，然而他左手拿著的屠刀，也將高泉右半邊衣服全然削開。高泉右肩噴血，在吃疼的同時，也感覺鐮刀再次朝自己飛來。

這次打不掉了！

高泉緊急向後拉開距離，卻因為失血而動作慢了一些，導致大腿也被鐮刀割出血口子。

「咕嗚——」

「泉哥！沒、沒事吧！」

「該死……我的手……只能拿你小子來補了。」踩爛自己斷掉的右掌，包德以單刀指向面前的高泉。而不遠處的查克也在半空中迴轉著鎖鏈飛鐮，兩人已蓄勢待發。

「哈……哈……」高泉粗喘著，同時警戒前方與後方。機會只有一次，如果不同時收拾掉他們，自己就有可能被其中一人殺掉。高泉暗自盤算著，氣息漸漸平穩。

包德力氣很大、而查克速度很快，這兩人同時進攻必然是個大危機，但是……

「哈。」想到此，高泉忍不住勾起嘴角，被包德給注意到了。他原本想問高泉在笑些什麼，但是查克卻朝他點點頭，於是包德猛然衝出步伐——

「但是，你們沒有多特叔強、也沒有獨眼烏鴉快。」

時間彷彿靜止了，包德的屠刀朝高泉顏面砍下、而查克的鎖鏈飛鐮也朝高泉後腦勺襲來。

高泉在第一時間反手接住鐮刀，並將後頭連接的鎖鏈拉至臉前。包德的屠刀就此斬在鎖鏈上，強大的衝擊力讓鎖鏈應聲而斷！

包德錯愕地看著這一幕，還沒有回過神，高泉已將斷掉的鐮刀砍入他眼窩中！

「包——」查克驚呼出聲，就見高泉凶狠的目光轉向自己。他原本想做出防禦動作，卻發現高泉的刀不知何時已刺在胸口上，原來高泉在那瞬間也進行了投刃！

「咕啊！？」查克與包德表情裡寫滿了不可置信，瘦弱的查克率先倒下，但重傷的包德卻還沒有！

「喔喔喔喔——」包德怒吼著朝高泉熊抱而來，可高泉空出來的另一把刀卻將他喉頭猛力切開！

「你的少女理論蠻有趣的，不過我覺得女孩子還是要有點胸比較好。」

視線逐漸模糊，包德最後看見高泉勾起一抹微笑。

咚！包德倒地，濺起遍地的沙塵。高泉跟著坐了下來，連連喘著粗氣。

「該死，又受傷了……」捂著滲血的胳膊，高泉簡單為自己止血。他苦笑著仰望月光，原本想做得更帥氣、更俐落的，但顯然自己還是不及父親。

「走吧。」拍了拍腰包，高泉爬起身，他最後回望兩隻人魔的屍體，便追尋多瑪離開的方向而去。

萬鬼節已經開始了。

回到鎮上時，高泉深刻意識到這一點。派克斯全鎮充斥著人潮，人魔們紛紛戴上千奇百怪的面具，使原本寧靜的派克斯充滿人聲。高泉將自己的面具也戴上，跟著混入上百隻人魔當中。

他忐忑不安，每當他越過某人時，都覺得對方正在看自己。

不知道多瑪怎麼樣了……找到希莉卡沒有？

高泉暗想著，朝城鎮中心前進。

「終於來了……」

「等了十八年……」

「我等復出的時刻來臨了……」

越是往廣場處行，高泉就越能聽到一些零星低語。人魔們全都仰望著廣場中央的高台，高泉順勢看過去，沒有希莉卡也沒有多瑪，高台上只有一道人影，是個從未見過的老者。那老者雙手背在身後，獨眼中流露著淡淡紅光，顯然也是人魔。

「看吶！聖女大人回歸聖柩的時刻終於來了！」

周遭躁動不止，高泉的心跳也就越來越快。他不禁想像——自己在人群中被揭穿身分、隨即所有人把自己四分五裂的畫面。一想到這裡，高泉趕緊撫平心跳。

「沒事的，泉哥……我、我們要加油啊。」腰包的嗓音無比動搖，毫無說服力可言。而高泉也冷汗直冒，但不忘繼續逞強：「是啊……沒理由老爸做得到但我不行。」

「肅——靜——」

談話間，嘶啞的吼叫聲從上方傳來，使廣場立刻陷入寂靜。所有人的視線都匯聚於發聲的老者臉上，他豎立於高台正中央，氣勢凌人。

「一年一度的萬鬼節來了，但今年與去年不同，與前年也不同！」老者說話同時，嘴角的利齒逐漸尖銳、逐漸瘋狂：「今年——是我族重獲新生的日子！我等將再次成為……這片大陸上的強權！」

轟！群眾整齊地跺地，讓地面為之撼動。老者的嗓音化為怪物嚎叫，緊接著他的外皮也隨之崩落。隱藏於其中的，是一隻形似食屍鬼卻扭曲無比的怪物，這或許就是人魔本來的面目吧。

高泉兒時曾聽過許多故事，但人魔都不存在於那些故事中。

「我等將重拾榮譽，以聖女之力，將低下人種視為家畜啃噬！」

畢竟——以他們的模樣，實在不適合被寫入任何童話故事裡啊。

狂亂的歡呼聲四起，高泉緊緊按住自己的面具，不讓自己露餡的同時，也提醒自己從瘋狂的饗宴中維持理智。

「好可怕……他們……」腰包怯怯地感受著情感奔流。

以腰包的感知角度來看，高泉彷彿站在漩渦正中心。只要稍微不注意就會被強烈的情感吞入渦流內，永遠無法翻身：「他們是真的想把人類殺光啊……」

「那麼！請現身吧！我等的聖女啊！」

耳聞老者的吶喊，高泉重新將視線移回高台。在高台另一側，希莉卡與兩名隨侍緩緩出現。看到希莉卡的瞬間，高泉甚至以為自己認錯了人，因為她雖然原本就面無表情，但此刻更冰冷地宛如牽線人偶般。

「希莉卡……」

高泉喃喃自語著。沒錯，希莉卡此刻就像是人偶，沒有任何情緒可言。回想起高穹在信中盼望她獲得幸福的語氣，高泉默默握緊拳頭。他知道，自己必須去做。

曾幾何時，高泉有了如此強烈的情感。

或許是為了父親的遺願、也或許是父親的理念與自己重疊，他非常想要拯救希莉卡，而不是讓她被這些可惡的怪物玩弄。但是高泉也明白——此刻的她就如同困在高塔上的公主般，離自己好遠好遠。

說實話，高泉一點把握都沒有，甚至有可能會在此賠上性命。

但是……

「嘻嘻……就去吧！我們就帶希莉卡去看看外頭的世界吧！」

多瑪純真的笑容在高泉腦內迴盪著，讓高泉沉默地發愣。

周遭的聲音逐漸靜止，高泉彷彿看見父親站在自己面前。

「總有一天，你也會遇上一個需要你幫助的人，而你，則會向他承諾救贖。」

高穹的話語，在高泉心中激起漣漪。從遇上多瑪的那刻起，就是如此了吧。

「是啊，我已經遇上那個人了，老爸。」

向心中的父親微笑，那飄渺的身影也淺笑著回應：「那麼，不要後悔的上吧。」

「說得也是。」高泉咧開利齒，撥開人群向前邁出步伐。一步，他拔出後腰的刀刃；兩步，他斬倒察覺異狀的其中一隻人魔；而第三步！在眾人都還沒回過神以前，高泉估算平台的高度，舉起手就準備投出繩刃，想藉此攀登上去劫走希莉卡！

然而，在高泉剛揮下手的瞬間，冰冷的觸感緊抓住他手腕，使他心頭一顫。

「咳咳……唉呀，好鮮豔的藍髮啊，我們是不是在哪見過面呢？小帥哥？」

那熟悉又陰狠的嗓音，令高泉背脊發涼地猛顫著。

「子虛——」高泉立即回身，想斬掉子虛的手臂，可是一股衝擊力先撞上他後腰，將他擊飛好一段距離！

「唔啊——」

人群因衝擊而散開，卻依然緊密地包圍高泉，僅製造出能活動的小圈。高泉撫摸著肺部，狼狽地連聲咳著。圈中有道人影與高泉對立，果然——是那妖異的、狡詐的、略顯輕薄的女人——子虛。

「嗯……還想著佳餚沒上桌，原來是逃跑了呢。」

最壞的情況發生了，高泉感受到周遭所有視線都緊盯著自己的身體瞧。對人魔來說，高泉就只是美味的食物，想當然他們都用看食物的眼光來看待他。但是這種感覺對一般人類而言，是極其難受而恐怖的。

「可惡……妳怎麼老是來妨礙我啊？」

「這話該由妾身來說才對喔。」子虛瞇起眼睛，喜孜孜地環顧周遭：「那麼各位嘉賓，妾身今晚準備的料理，還請享用。」

言畢，躁動的歡呼聲圍繞著高泉四起。

人魔們一擁而上，高泉雖然奮力抵抗一二，但依然寡不敵眾，整個腦袋被按在地上。眼見無數的血盆大口開合，耳聽腰包慌亂地叫喚聲，高泉沉痛地勾起嘴角。

「嗚……可惡……」

透過無數雙人魔的指縫，高泉望向台上的希莉卡，心裡滿是遺憾與不甘之情。

而他的視線，也不偏不倚地與希莉卡對上了。

「高泉哥哥……！」希莉卡驚訝地喊出聲，她絲毫沒料到高泉會出現在這，明明說好了，要他馬上離開派克斯的啊！

怎麼辦……怎麼辦……希莉卡著急地手足無措，她絕對不想讓高泉死在這裡。然而以她的能力，要讓高泉從這種情況下脫身，顯然是不太可能的：「怎麼辦——」

「希莉卡。」

希莉卡的記憶中，那可靠的面容再次浮現。想起那個人的模樣，淚水緩緩湧出希莉卡的眼眶。長年以來，希莉卡臉上都只有淡漠之情，然而在此時此刻，希莉卡終於有了深刻的情緒——

「誰、誰快來幫幫我們吧——」

那是期望他人拯救自己的感情。

唰——

「希莉卡……」溫柔的嗓音從耳畔響起，還伴隨某人從高台上摔落的巨大聲響。

數百隻人魔都錯愕地注視高台，只見希莉卡身邊一名侍衛卸下面具，露出那精緻而傲氣的五官：

「我們都會幫妳的啦……笨蛋。」

那女孩微微笑著，俐落地收鞭入手。

「妳這混帳！是什麼時候——」

喬裝成侍衛的多瑪・席烏巴出現在高台上。她一現身就將發話的老者擊落，而另一名侍衛見狀趕忙上前，卻被高熱的炎龍火噴飛！上百道視線都愣愣地目睹事情發生，卻誰也沒有辦法制止她、制止緩緩走向聖女的多瑪・席烏巴！

「聖女大人！」

在人群的躁動聲中，多瑪用長鞭纏繞住希莉卡頸子，並對下頭放聲高喊：「情況改變了！快給我放開高泉！你們這些醜食屍鬼！」

邊吼著，多瑪邊壞笑威脅：「不然你們聖女大人呀——」

炎龍鞭微微泛紅，說明溫度正逐漸上升。多瑪掛上惡人般的面容，簡直就像壞透了的綁架犯：「就會在稚嫩的脖子上，多一道漂亮的火焰項圈哦，哼哈哈——」

「畜生！」周遭暴起嘩然的吼叫聲，人魔被多瑪的突襲弄得手足無措。高泉眼見機會來臨，立刻揮舞刀刃，趁機從人魔手中脫身：「哈，這傢伙真是大壞蛋啊。」

「聖女……大人……」子虛緊皺眉頭，惡狠狠地瞪向眼前的高泉。他們的立場再次對調了，就如同希莉卡的心境，也再次有了些許改變。

「多瑪姊姊……我……」

希莉卡想向多瑪道歉，卻被多瑪輕輕敲了下腦袋。

「……我原諒妳了，希莉卡，然後……一起走吧？」

多瑪微瞇的雙眼中，充滿了誠摯的喜悅：「一起去看外頭的世界吧！希莉卡！」

「啊啊……」看著那張只為自己綻放的笑容，希莉卡一直含在眼角的淚珠不自覺地滾落下來。她曾以為「棺中信仰」就是她唯一的宿命，但是這兩個人卻不斷告訴她——所謂命運是可以改變的。

許多年前，高穹曾經允諾她救贖，最後卻沒有回來。

在那時，希莉的心死去了。她知道高穹沒有來找自己，一定是遭遇了不測。於是她不想再寄予希望，便讓寺廟裡的人洗腦自己，淪為失憶的傀儡。

直到這一次——

「嗯……一起去。」

這一次，她決定了，要鼓起勇氣，不再錯過任何一個人。

想見識在天上飛翔的船、想見識在水底奔馳的車、甚至想再見到照耀他的光。

希莉卡・派克斯特——於此時此刻，尋回了自己原初的夢。

第十一章「聖骸之女」

此起彼落的咆嘯聲迴盪於廣場上。有人在叫罵、有人在哀鳴、有人在詛咒著高泉與多瑪。人魔們各個神情扭曲，恨不得將攪局的兩人給碎屍萬段。畢竟，十八年以來他們都在盼望聖女的回歸，然而此時此刻，聖女卻再次落入可惡的人類手中。

「聖女大人——」

「聖女大人！請殺死那名女孩吧！」

「不要忘了我等的榮耀！聖女大人呀——」

是氣憤、是失望、是不甘心，各式各樣的情緒交織在一起，讓場面變得恐怖異常。怪物們的哀歌四起，就像在反映萬鬼節之名，製造出地獄重現於人間的景象。

立足此等騷亂中，希莉卡靜默凝視著來自下頭的數百道視線。他們祈求、他們渴望、他們將夢想投注於己身。然而卻只有兩個人，眼神中帶有對自己的關懷，那是身後的多瑪，與台下仰望的高泉。

順應著他們的目光，希莉卡緩緩勾起了嘴角。

「法具——亡骸聖女（Etz haChayim）啟動。」

只是一句輕語的呢喃，一股強烈的風暴便以希莉卡為中心擴散。不只是高泉與多瑪，所有人魔都錯愕地望著希莉卡，她額前的法印散放出金光，雪白的髮絲也跟著飄揚，如同點綴黑夜的一朵白花。

注視著神聖高潔的她，萬般視線皆就此凝結。

「平衡大樹的泰珮瑞斯（Tiphareth）——傾聽我的召喚。」

隨著希莉卡的咒詞，一道巨大的、身披斗篷的人影憑空浮現。他宛如被陳舊布料給束縛著，顯得高大卻枯槁。

黑影豎立於希莉卡身後，令旁邊的多瑪驚訝地退避：「唔哇——什麼鬼？」

卻在動作之前，希莉卡牽起了多瑪的手，並向她微笑。

「希、希莉卡？」多瑪半信半疑地咧嘴，同時就見希莉卡朝台下的高泉也伸出手。高泉見狀，沒給自己猶豫的時間，一個擲刀就順著繩索機關衝上高台。

子虛在此時終於反應過來，她指著上升的高泉放聲大喊：「別——別讓他們帶走聖女！」

一切發生在短短數秒內，人魔們齊聲大喊，朝半空中的高泉放箭。高泉飛速向上攀登，第一秒避箭、第二秒奮力伸手、而第三秒——高泉感覺到掌心上的溫暖。

「高——穹——」子虛的吼叫聲，在高泉耳中聽起來好慢好慢。

在剎那的恍惚間，高泉看見希莉卡身後的人影緩緩伸出雙臂，長而纖細、漸漸籠罩住整座廣場。

「失衡吧、失衡吧泰珮瑞斯，美麗的落難者亡魂——為世界帶來迷惘之途。」

咻——強烈的幽綠光芒刺入所有人腦部，就像蜘蛛絲那樣糾結著大腦。子虛眼睜睜看著希莉卡逐漸模糊，高泉與多瑪也在一瞬間失去意識，一切回歸於虛無中。

滴答……滴答……

時間彷彿停滯了許久，但那都只是錯覺而已。當高泉回過神來時，才發現自己已經離開了廣場，他身處派克斯某條巷弄中，周遭寂靜猶如死城。

「什……唔！」高泉吃疼地摸著腦袋，思緒變得有些混亂不清。他試圖釐清自己的思維，就聽身旁的多瑪連聲嬌喊。

「啊……痛痛痛痛……」

顯然她也是同樣的狀況。

「泉哥，這個術式……」腰包的嗓音顯得驚訝無比。早在希莉卡喝止食屍鬼的時候他就隱約察覺過，他知道這個術式，只是這跟他記憶中是完全相反過來的：「這是卡巴拉生命樹……不過好奇怪……」

「卡巴拉……？」

「啊，是的。」等高泉注意到時，希莉卡已然乖巧地坐在他面前。她一手摸著多瑪的頭、一手摸著高泉的頭，神情間顯得有些愧疚：「對不起……粗暴了些……」

「希莉卡……唔哇！頭超痛的啦……」多瑪吃疼地環顧周遭，才發現周遭沒有吼叫的人魔、沒有突兀的高台、也沒有燃滿整座廣場的綠光，取而代之的只有寧靜。

「亡骸聖女，是為了褻瀆卡巴拉生命樹而製造出來的反物。」希莉卡平靜地解釋著，並將小手按在胸口上：「身為亡骸聖女的我……能夠一定程度地使喚亡者。」

「一定程度？」

「嗯，本來我可以完全發揮『泰珮瑞斯』的力量打亂平衡，將所有人送往聯邦境內任何一處，但……」希莉卡遺憾地垂下腦袋，「我沒有在聖者之柩中，就只能讓他稍微擾亂大家的空間感，所以沒辦法直接將你們帶出派克斯，真的非常抱歉……」

聽著希莉卡的這番話，高泉與多瑪總算明白她有多強大了。卡巴拉生命樹應該有十層術式，希莉卡只使用其中之一，就能做到如此大範圍的場地變動，如果她待在聖者之柩中發揮全力，是不是幾天內就能毀滅一個國家呢？兩人根本不敢想像。

「……」高泉輕撫額頭。仔細想想如果利用希莉卡，要消滅人魔離開派克斯也不成問題。他與多瑪一起看著希莉卡，數秒後卻摸了摸她的頭。

「謝謝妳，希莉卡。」

「咦？」

「妳又一次救了我們，所以才向妳道謝啊。」高泉如此笑著，神情卻漸漸嚴肅起來。人魔利用希莉卡來振興種族、光明神寺則想用她的力量來消滅人魔，但這都是不對的。

「希莉卡，妳不必一直使用能力，我和多瑪也會帶妳離開派克斯的。」

「是呀是呀。」多瑪跟著用手戳戳希莉卡的臉頰，「為了使用強大的能力，還得回到那小小的棺材裡，那不就虧大了！」

說罷，多瑪牽起希莉卡的手微微一笑。

「對我們來說……妳不是強大的亡骸聖女，而是我們的小伙伴希莉卡而已哦。」

聽到多瑪這麼說，希莉卡滿面茫然：「我……我無法發揮全力……你們難道不生氣嗎？」

一直以來，希莉卡被當作道具來使用，所以她很害怕自己派不上用場。然而此刻她卻覺得——因為他們這番話，能力變得不太重要了。

「好奇怪的感覺。」

輕撫著胸口，希莉卡勾起足以襯托她精緻臉蛋的甜美笑容：「不過，很高興。」

注視著不太一樣的希莉卡，高泉與多瑪相視而笑。高泉不再多言地起身，觀望無人的街道。

「既然那個亡靈的能力是錯亂位置，就代表也有人被丟到附近了吧？」
「嗯……因為，我沒辦法精準掌控所有人的座標。」
「也就是說……離我們竊取小聖女的任務完成，還有一小段距離呢。」偷竊目標並全身而退，這才是頂尖小偷應盡的義務。
高泉咧齒笑了笑，隨性地將雙刀旋轉上手。人魔能隱蔽氣息，高泉之前已經體會過這一點，就不能再倚仗腰包的能力了。
「我們必須離開這裡，趁被他們發現以前。」探頭於陰氣森森的派克斯，高泉向兩位女孩比了個手勢，隨後逕自走出街道。
濃霧依舊，卻多了幾分壓抑感。
「我們的馬……唔，該不會被吃掉了吧？」
聽見身後多瑪如此問，高泉回想起食屍鬼地道中的情形，還真說不準。不過眼下確實需要代步工具，不然怎麼跑都一定會被人魔追上。想到這裡高泉好奇地問希莉卡：「希莉卡妳們會吃馬嗎？」
「嗯？嗯……偶爾，不過人肉比較好吃一些……」
「…………」
高泉與多瑪沉默地加快腳步，三人行走於街道中央，無時無刻都感覺身旁還有其他人在。
子虛的旅店「墓穴」似乎就在前方，遵照實際走過的多瑪指示，高泉漸漸覺得街景熟悉起來。他們越過小教堂、越過賣面具的攤位，直到多瑪驚呼出聲。
「啊！子虛的店在那裡！我們的馬也還在！」
誠如多瑪所言，墓穴外頭與他們來時無異。馬兒依舊被栓在店門口，甚至還多了另一匹。就不知在高泉與多瑪被關的兩天，是不是又有旅客羊入虎口被吃掉了。

見到主人回來，馬兒開心地嘶鳴。

「乖、乖。」高泉邊撫摸馬匹鬃毛，邊卸下栓馬的繩子。

眼看自由近在眼前，多瑪開心地摸了摸希莉卡的頭，「嘿！希莉卡！」

「是的？」希莉卡疑惑地仰首。

「從今以後——請多多指教囉！」

「啊……」在希莉卡的視線中，多瑪開懷地朝自己伸手，猶如曾經高掛的太陽。

希莉卡欣慰地出手回應，霧裡一道寒光卻劃過多瑪脖子，使鮮血從她麥色的肌膚上噴湧而出。

噗哧！事發突然，腰包無從感知，高泉也根本措手不及。只見多瑪茫然地摀著傷口，血液卻不斷滲透掌心。她淚眼想說些什麼，聲音卻無法通過她的咽喉。

「多瑪……姊姊……？」被多瑪的血濺了一身，希利卡呆滯地看著她緩緩倒下。

「多瑪——！！」

高泉暴吼出聲，三步併作兩步狂奔過來。他慌亂地抱起多瑪，卻見她缺氧地喘著氣，身子也隨血液流失而逐漸冰冷，「撐住啊！」緊壓住傷口，高泉一時間束手無策，只能看著多瑪邁向死亡。

該死！該死！高泉心裡著急，顧不得周遭漸近的腳步聲。

「哈哈……幹掉查克和包德的就是你小子？不怎麼樣嘛。」

隨著傲慢的話語，身披斗篷的高瘦男子從霧氣中走來。他頭頂大禮帽，嘴巴上蓄著八字鬍，而最明顯的特徵，就是他血紅卻僅存左眼的目光。男子手上提著一把彎刀，刀尖仍滴著多瑪的血。

「哼……不過還真像啊，讓我想起了失去右眼的時候。」

「你……」盯著多瑪緩慢發白的臉色，高泉目光中泛起殺意，「做了什麼啊？」

「哈，我還沒自我介紹呢，我叫做拉夫海爾，如你所見，是人魔。」拉夫海爾取下大禮帽，做出一個標準的紳士禮節，緊接著他將刀刃迴轉上手，猛地指向了高泉，「十八年前，你父親跟你一樣被關時我就是獄卒，而他竟然弄瞎我一支眼後遠走高飛。」

說到這裡，拉夫海爾勾起冷笑：「感謝聖女大人，賜我一個復仇的機會。」

「……」希莉卡緊皺眉頭瞪著拉夫海爾，蒼白的小手則按在多瑪額頭上。

「高泉哥哥……我或許能救姊姊，但是需要時間……」希莉卡小聲耳語。

幾乎沒有猶豫，高泉立刻站起身：「明白了。」他眼中充滿冰寒的怒火，卻在即將拔刀之際，他感覺有人拉了拉自己衣襬。回頭一看，是正虛弱喘著氣的多瑪。

「不……要……」多瑪嘴角淌血艱難地說著，示意高泉趕快帶希莉卡離開。

然而高泉卻只是回以一笑：「哈，妳不是也說過討厭這樣嗎？」

言畢，高泉大步向前，迎接即將到來的戰鬥。

「別擔心啊，我去去就回。」

以背影向身後的兩名女孩揮了揮手，高泉再次睜眼時，臉上的笑容已然消失殆盡。他此刻的神情，令拉夫海爾欣然大笑：「眼神不錯！你父親也有這樣的眼神！」

「關我屁事啊。」吱吱吱——轟隆！高泉刀鞘內的齒輪激轉，隨即排出縷縷熱煙，說明繩索運行的速度已達到最大。高泉惡狠狠地注視對手，利齒就如同獠牙般。

「別在那我爸怎樣怎樣的，我馬上在你左眼上也開一個洞。」

「……有趣！」

拉夫海爾雙手一擺，藏在暗處的四、五隻人魔同時現形。他們一路上就已經在尾隨高泉等人，卻因為無法掌握伙伴的位置，直至此時才敢跟著拉夫海爾出手。

拉夫海爾見狀，昂首向同伴們號令：「這小子我來應付，你們去請調皮的聖女大人回座吧。」

「好！明白——」

「有那麼容易嗎？」

砰轟！

高泉將雙刀同時擲出，刀刃就像氣旋般朝答話的人魔衝去。那人魔還來不及反應，就已被刃尖刺飛好一段距離。

高泉猛力一扯鋼繩，刀刃又迅速回到手中，過程竟然用不到兩秒！血水順著刀的軌跡四散而開，殘存的人魔與拉夫海爾愣在當場，就連對速度頗有自信的拉夫海爾，都沒能看清剛才的那一擊。

好快！拉夫海爾驚訝地想著，只見高泉的刀鞘不斷排出蒸氣，再仔細一看，他見到了要塞都市「薩爾巴德」的工藝標誌。

「十二工房的武器！？你小子可真是……」

十二工房。那是存在於南方薩爾巴德最頂尖的技工集團，其代表作是號稱世上僅有十二把的工藝兵器，世人稱其為機具、取代法具的新興武器。

高泉在因緣際會下得到其中之一，也就是他手中的「雙魚座」渦流雙刃，以蒸氣與磁力運行的刀！

砰！

雙刀再次噴射而出，釘在其中一隻人魔臉上。那人魔尖叫不止，卻在高泉朝兩側扯刀時整張臉掉了下來。刀刃迅速被收回，從繩索上傳來高熱的流竄聲。

聽到這聲音，腰包小聲提醒：「泉哥，這樣用雙魚座，裡面的齒輪很容易壞掉……」

「……」高泉沒有回應這句話，只是默默地皺著眉頭。腰包說的沒錯，加速繩索運轉……這個殺手鐧存在著弱點。

雙魚座平時的運轉力就已經足夠應付戰鬥了，而全速運轉最多只能用來當成必殺技，在成功製造心理壓力後，高泉勢必得收斂這樣的猛攻。

見到伙伴一一被擊斃，其餘人魔躊躇著不敢上前。高泉那兇神惡煞的模樣，彷彿只要接近其攻擊範圍，腦袋就會應聲落地。在這其中只有拉夫海爾有自信迎敵。

「真沒辦法。」

拉夫海爾一甩斗篷，蹬步朝高泉猛衝。高泉回望身後的希莉卡與多瑪，咬牙也顧不得了！

「混蛋！」他跟著奔向對手——噹！兩刃第一次交擊，竟然是高泉趨於下風！

「好重！」

以精瘦外表做偽裝，拉夫海爾體內蘊藏著人魔的力量。敵人已然現身，腰包得以維持感知，讓高泉迎擊的同時，也能鎖定其餘人魔的動向：「泉哥！左邊偷襲！」

吱——

高泉以單刀抵禦一名人魔的爪擊，卻見拉夫海爾賊笑著朝自己揮砍。高泉仗著他靈敏的身手踢腿，足尖精準踹在拉夫海爾的手腕上，令他這一刀再也無從下手。

該死！這傢伙比查克和包德還強！高泉暗自叫苦，但是一想到多瑪方才受傷的模樣，一股怒火又再次湧上。

「滾開！」他狂暴地朝偷襲者劈砍，單刀立即見效！

「嗚哇──」該名人魔驚叫出聲，手臂瞬間被斬落。高泉接住他附有尖爪的手掌，狠狠地朝拉夫海爾刺去。然而拉夫海爾一個回身，便用肘擊將這波攻勢化解。

「哈哈！小偷的三腳貓功夫！」

「是不是三腳貓現在才知道。」

聽到高泉這麼說，拉夫海爾一度以為只是喪家犬的哀鳴。直到他發現時，高泉甩出去的刀刃已然迴旋至他身旁！

繩刃的攻擊可近可遠，最致命就是兩邊不同調的時間間隔，而現在──

「唔──」手臂伴攻成功吸引了拉夫海爾的注意，讓他被繩刃砍個正著！

噗咻！

刀刃深陷肩膀，血柱從拉夫海爾肩頭噴湧。他額冒青筋，用彎刀朝高泉的腹部突刺，但因為肩膀負傷，拉夫海爾這次攻擊顯得軟弱無力，被高泉輕輕鬆鬆檔了下來。

「現在誰才是三腳貓？」

看高泉冷冽的眼神，拉夫海爾瞬間因為他的氣勢而退縮，但隨即又勾起狠笑！

「哈！蠢蛋──」一擊沒有得手，拉夫海爾還有備用方案。藉由腰包感知，高泉馬上明白他為何而笑，殘存的人魔正悄悄襲向希莉卡，但高泉根本沒空去阻止！

「多瑪！希莉卡！」高泉眼睜睜看著人魔們越跑越遠──

轟──但是下一秒，炎龍的烈焰便突破天際，將兩名人魔吹飛成一團焦炭。高泉與拉夫海爾茫然注視著這一幕，只見濃霧中走出一道金色的影子，伴隨炸裂聲響不絕於耳。

「多、多瑪？」

高泉訝異地看著前來助陣的多瑪，她脖子上的傷口已停止流血，但依然是深紅一片，看上去怵目驚心。多瑪面無表情地歪了歪腦袋，又是一個甩鞭，直直砸向拉夫海爾——

「混——帳！」拉夫海爾硬是用手臂擋下攻擊，整件斗篷卻因此而燒了起來！

「妳！」拉夫海爾憤怒地扯下斗篷：「是怎麼——」

不只是他驚訝，就連高泉也感到奇怪。他疑惑地注視多瑪，卻覺得有些不一樣的地方。

注意到他的目光，多瑪僵硬地轉過頭，動作詭異：「高泉哥哥……是我喔……」

聽多瑪說出「高泉哥哥」一詞，高泉瞬間雞皮疙瘩猛起：「希……希莉卡嗎？」

「嗯。」多瑪眨眨眼，神情空洞：「亡骸聖女能治癒自己，所以我附在姐姐體內……很快就能把傷口治好了。」

講到這裡，多瑪踉蹌地前進著，宛如殭屍那般。

「就是……有點不習慣這具身體，那樣。」

眼見多瑪走一走就快要跌倒的模樣，高泉認真地點了點頭：「嗯，看得出來。」

「開什麼玩笑！」怒吼聲從旁傳來，拉夫海爾手指多瑪，神情間滿是驚恐：「聖女大人！您的身體是由206塊人骨拼成的亡骸，擅自靈魂脫離，肉體會腐爛的！」

高泉聞言，立刻回望多瑪來時的方向，他第一眼就看到希莉卡倒在地上，而且眼神看來空洞無比，顯然靈魂不在體內，整個人像是屍體般。

「真的嗎？希莉卡？」

「一下子的話……沒問題，但是要快點離開派克斯。」

「……看來雙方時間都很緊迫呢，就用『三秒遊戲』來定勝負吧，拉夫海爾。」

高泉咧齒迴轉刀刃，與身旁的多瑪並肩而立。拉夫海爾見自己要以一敵二，不免惱火地皺眉：

「沒關係……聖女大人，我這就確實宰掉他們，妳就得乖乖回家！」

「你做得到的話就試試吧，拉夫海爾。」

「嘖……三秒遊戲是吧？我就奉陪吧。」

三人各自擺開架式，雙眼直勾勾盯著對手。

所謂的三秒遊戲，是數百年前就流傳在聯邦的對決守則。在心中默數三秒，隨後正面交鋒，這是騎士間最直接、最能迅速決勝的方式，但卑劣如拉夫海爾卻在心中冷笑……因為，他才不會乖乖等三秒。

砰！

一秒，拉夫海爾已邁開步伐。

兩秒！拉夫海爾已衝到高泉面前。

三——當拉夫海爾揮刀時，一股阻力從腳踝傳來。他愣眼看著埋藏在泥地中的繩索，再順著繩子上望，就見高泉壞笑的嘴臉。高泉猛力扯刀，繩子立刻收緊，使拉夫海爾向前撲倒！

「你這——」拉夫海爾吼叫出聲，又見多瑪冷若冰霜的顏面。

「……拉夫海爾，再見了。」多瑪無神地眨眨眼，炎龍鞭一圈一圈宛如龍捲般。

轟——

「唔喔喔喔喔——」沸騰火花狂湧而上，拉夫海爾痛苦地慘叫。他試圖甩脫身上的龍火，身子卻逐漸焦灼：「聖、聖女大人——」

拉夫海爾求助地伸手，多瑪卻不理會。他眼中所見只有多瑪冷酷的面容，而那副表情，就像他曾看待希莉卡的那樣。

「聖女……大人……我們……的……」不久後，名為拉夫海爾的人魔就沒了動靜。

夜風下，人魔的夙願被烈火給吞噬，讓旁觀的高泉嘆了口氣。從一開始他就知道拉夫海爾不會遵守規則，便先放長繩索守株待兔。其結果拉夫海爾為了在三秒遊戲中取勝，進而疏忽了腳下的陷阱。

高泉將雙刀旋轉入鞘，對戰果感到滿意。

「弄巧反拙啊混帳。」或許，這就是經驗值上的差距吧。這些年來高泉遇過各式各樣的對手，而拉夫海爾受困於派克斯長達十八年，自然在經歷上已輸給高泉。

「啊，希莉卡。」

確認危機已然化解，高泉連忙上前。他輕輕撫摸多瑪的臉頰，並檢查她脖子的傷勢，確實如希莉卡所言，傷口有在緩慢癒合的跡象。

看到這裡，高泉心頭的大石終於落定：「呃，對了……那多瑪的靈魂還好嗎？會不會最後妳們變不回去？」

「沒問題……剛才我使鞭子那麼順手，就是借用了一些多瑪姊姊的靈魂記憶。」

「那就好……不過妳的身體……」高泉懷抱起希莉卡的身軀，冰冷地猶如一具死屍。雖然希莉卡從一開始就很冰冷，但回想起拉夫海爾所言，高泉還是感到擔心。

「高泉哥哥？」

「……我們快點離開派克斯吧。」

「嗯。」多瑪點點頭，手指墓穴對面的農田：「那兒有輛馬車，我們也有馬。」

「再好不過。」高泉欣喜地拔腿向前，就算明白腰包的感知能力受阻，他還是請腰包將警戒範圍擴到最大。替兩匹馬都繫上轡繩後，高泉又把希莉卡的身軀放到車內，最後再攙扶手腳不太協調的多瑪上車。

一切準備周全，只欠脫離這塊是非之地。

「走！」

揮動轡繩，馬車筆直地朝「守墓人群聚地」派克斯的拱門前進。霧氣籠罩了半片天，周遭也傳來細語的呢喃，那些聲音逐漸擴大，讓高泉明白人魔再次聚集了！

「他們在那裡——」

人魔的吼叫聲從霧裡傳來，隨後高泉又聽見許多食屍鬼的尖嚎，接二連三的怪物咆嘯讓馬匹受到驚嚇，速度也跟著遲緩起來。高泉意識到狀況有些糟糕，要是全鎮的人魔都追來，這次就再也無法脫身了！

「該死！喝——」

好不容易走到這一步了，哪能就這麼放棄！高泉邊想著，邊盡全力加快車速！

咻！

一支箭矢率先突破迷霧而來，冷冷地釘在車廂上，緊接著更多箭矢從四面八方射進車體！高泉迂迴地駕馭著馬車，甚至還揮刀斬落差點射中馬匹的箭，可是這嚴酷的狀況卻讓高泉逐漸無法一心多用！

「腰包！我受點傷沒關係！但馬不能倒！」

「明、明白！」腰包聞言，將殘餘的感知力全集中來保護馬匹，可這樣就——

「小子！給我下來——」

毫無預警地，一隻人魔從霧氣中撲向高泉。他牢牢抓住車體，並用手中長槍試圖刺穿駕駛座。高泉咬著牙連連閃避，一個順手就拿起車上的馬鞭，並朝人魔身上胡亂鞭打，卻一下子都沒打中！

「我靠！？」高泉又試了幾次，根本沒半點鳥用。

「多、多瑪老師！我發現我沒有用鞭子的才能！」

明明鞭子感覺跟繩刃差不多啊！？高泉心裡暗自叫苦，可就是打不到對方。由於距離實在太尷尬，擲刀沒殺傷力、砍人又不夠長，高泉只好和持矛的人魔僵持。

「我來。」

馬車內的多瑪探出頭，依然是希莉卡有氣無力的神情。她猛力朝人魔揮鞭，竟然也跟高泉一樣打空！

多瑪茫然地歪著腦袋，與高泉互望：「……好難喔，這個。」

「……就是說啊！」把韁繩丟給多瑪，高泉飛身踹向人魔！

「唔！？」沒料到高泉還有這手，本就賣力保持平衡的人魔立刻被踹翻下馬。

聽見車輪輾壓他的聲音，高泉趕緊抓住多瑪的手來穩定車體。果不其然，車身一個劇烈顛簸，要不是有他幫忙可就控制不住！

「哇！希莉卡！」

眼看希莉卡的身軀差點被甩出車外，高泉擲刀綑住了她的小腿，像拔河般把希莉卡拉回車內：

「嚇死我了！妳多注意一下，別讓自己飛走啦！」

「嗯。」多瑪乖巧地點頭回應，隨即慢悠悠爬回車內，並抱住希莉卡沒有靈魂的身軀端坐著。一大一小兩個漂亮女孩在此時神情一致，看得高泉滿心複雜，但耳聞騷動聲越來越接近，高泉只好轉回注意力。

這次，他必須做到跟父親一樣的事。

「他們在那裡！別讓他們逃了！」逐漸增多的叫喚聲傳來，綠色火炬也再次佔據派克斯的黑夜。人魔們試圖攔阻高泉，卻因為不及馬速，紛紛被高泉駕馬甩開。

「拱門！」混亂當中，高泉驚見派克斯的入口就在不遠處，連忙加緊車速——能離開！能離開這地方了！不只是高泉這麼想著，就連希莉卡都感覺到希望！

噹、噹、噹——

卻在這瞬間，高泉聽見一連串突兀的鐘聲，然後拱門與自己的距離瞬間就被拉遠了。

「什——」高泉訝異地驅車向前，卻發現不管怎麼前進，拱門還是一樣遙遠！

幻術嗎！？

高泉立刻想到這樣的名詞，但那刺耳的鐘聲又再次傳來，令他無暇細想。明知事有蹊蹺，高泉卻無奈地不能勒馬，畢竟人魔還是從大街小巷中襲來，要是在此時停下勢必會被追上。

看著狂湧而至的人影，高泉已分不清他們究竟是幻術的一環，還是實際存在的敵人，但是——被抓到就等同於完蛋，高泉還是篤信這樣一個簡單的道理。

「腰包，你知道是怎麼回事嗎？」忙碌之餘，高泉求助於瞭解魔法的腰包。

「嗯……我不知道！但是不像幻術……比較像空間……啊！結界！是結界！」

「結界？」

「無際之旅。」多瑪再次探出腦袋，望向紛擾的派克斯：「是高穹的法具，當年他就是靠這個將我帶離派克斯，我也是聽到鐘聲後才恢復記憶的。」

多瑪停頓片刻，彷彿在思索：「這樣看來……有人在十八年的受困期間，學會了如何使用它。」

「……子虛。」

高泉先一步講出答案。他抬頭上望，就見圓月照耀的小教堂頂，坐著一抹纖細而輕薄的影子。馬車不管怎麼行駛，似乎都圍繞著教堂打轉，嚴然那兒便是中心。

儘管不知該如何破除，但她學會了「無際之旅」的使用方式。那人在十八年間用此法具，殺害了多少受困於派克斯的人、製造了多少「有去無回之地」的傳說。

她已經不記得了。她唯一知道的是——

「此仇已報。」人影輕聲咳嗽，血絲從嘴角流下。她黑色髮簾下的雙眼，閃爍出妖異的紅光，看上去不再像是個「人」了。

「那麼……是時候該了斷了，高穹。」

子虛掩嘴冷笑著，赤紅的眼眸微微瞇起，猶如盤踞在教堂之頂的惡魔。

十八年前，她沒能做到的事情，這次……一定要全數奉還。

「高泉哥哥……請小心，因為……子虛就是創造我的人。」

終章「下一個明天」

「子虛是……創造亡骸聖女的人？」

喀咚！喀咚！車輪疾馳的聲響，中斷了兩人的談話。高泉茫然地回望車棚，就見月光反映下，多瑪眨著微微發亮的紅瞳，目光裡充斥著希莉卡的氣息。

多瑪與之相望許久，才遲疑地繼續說：「子虛原本是大丹的巫女，但在戰爭中被敵軍俘虜。」

回憶起與子虛相處的時光，多瑪體內的希莉卡心情複雜。那是距今約一百多年前的事情，那時聯邦與大丹正逢戰亂，子虛做為地方的祭祀巫女，被人民當作和平的象徵來看待。

然而子虛嚮往的和平卻始終沒有到來，在一次逃難的過程中，子虛被聯邦抓為人質，她一度以為大丹會來替自己交涉，直到她在獄中待了足足三年。

那是一段令子虛永世難忘的痛苦記憶。

聯邦藉由淩辱巫女來削弱大丹士氣，大丹卻反過來利用這點，一點一滴煽動人民的怒火，沒有任何一方願意對子虛伸出援手。

在陰暗的地牢深處，子虛見證死囚一個個進駐又離去。她的丈夫被殺，女兒也不知被帶往何方，對她來說每一天都形同地獄。更殘酷的是，直到子虛被送上絞刑台的那天，戰爭也還沒有結束。

子虛在眾目睽睽下走入刑場，她的目光黯淡，身軀也早已殘破不堪，但她只平靜地說了一句話。

「妾身希望——這個世界陷入黑暗，因為你們都有一雙看不見未來的眼睛。」

在群眾的叫罵聲當中，子虛的頸子被繩索扭斷，血水也從嘴角潺潺湧出。

她死了。

——但牠也活了過來。

彷彿命中注定般，子虛由聯邦草草埋葬的屍體，恰巧就被路過的人魔啃食。人魔本來想竊取子虛的樣貌與身分，然而貴為黑蛇的巫女，子虛竟然用強大的意念反過來吞噬對方。

於是，子虛再次睜開雙眼。

儘管她已不再是人類，她卻保有生前的記憶與性格。以人魔的姿態，她聚集伙伴侵占派克斯，將原本萎靡的人魔大軍振興起來。

「然後，她用自己的靈魂與206個人的骨頭，創造了我。」霧氣朦朧，使多瑪的面容看起來模糊不清。

「子虛她，可以說是我的母親也說不定。」

講到這裡，多瑪不再說了，僅遺留風聲讓高泉細細體會，子虛她崎嶇的一生。

「……」高泉陷入沉默。周遭喧嘩聲加劇，讓他只得將心思放回眼前的窘境上。

他回望帶有多瑪樣貌的希莉卡，最後又問了句：「她——是真的想振興人魔嗎？」

「不。」多瑪搖搖頭：「子虛與我的靈魂連結，所以我能讀懂她的想法，她創造我其實是為了復仇，人魔與派克斯……還有我，都只是復仇的工具。」

「亡骸聖女」希莉卡·派克斯特，正是毀滅世界的兵器。

「……我爸是知道這一點，才來到派克斯的，是這樣嗎？」

「是。」聽見這句肯定，高泉的心情非常複雜。高穹之所以來到派克斯，果然不是巧合而已。最終死於神之棋盤的他，一定知道子虛即將行動，才主動維護聯邦的和平，即使——那或許是虛假的和平也說不定。

所以，受盡迫害的子虛，會對自己與父親恨之入骨，也是無可厚非的事情吧。

「雖然很可悲，但那不是囚禁妳的理由。」高泉篤定地做出結論。他現在終於認知到，自己的對手是一個被怨恨纏身、擁有強大力量的魔女，絕對不是泛泛之輩。

雖然還有很多疑問，但高泉沒有時間耽擱。他回望車後的綠色燈火，暫時還不會被人魔追上，可是馬兒卻漸漸發出喘息聲，高泉明白，再跑下去絕非長遠之計。

咻——

還這麼想著，飛箭般的聲音由遠而近。高泉轉頭一瞧，發現一支鎖鍊突兀地朝這裡飛來。黑色的鎖鏈尖端猶如長矛，在高泉發愣之際猛然貫穿車體！

砰！

「咕喔！？」

劇烈的聲響迴盪，馬車差點因此而翻覆，更多鎖鏈從四面八方襲來，讓高泉只能勉強穩住車廂：「唔啊！好重——」

「泉哥！還有啊——」腰包慌亂的嗓音如雷貫耳，正費盡心力控制車身的高泉聽到這句話，也用眼角餘光看向一旁。不看還好，一看高泉便被那股黑暗給震懾。

漫天的鎖鏈呼嘯而過，它們從高空迂迴落下，紛紛刺在馬車附近。隨即，落地的鎖鏈就像有生命般，開始激烈地扭轉，並且往車廂上爬。

「我靠！這是什麼鬼！？」

「『祈蛇』……原本是黑蛇巫女的操蛇術，但在子虛死後，就進化成鎖鏈了。」

「還真是糟糕透頂的進化啊！」

馬車因鎖鏈糾纏而煞停，受擠壓的車廂也發出木板崩裂的吱嘎聲。高泉見狀立即放開轠繩，他抱起輕飄飄的多瑪與希莉卡，將兩人都安置上馬後，自己也跳上另一匹馬。

「放！」高泉割斷馬車轠繩，捨棄了車廂！

砰！

也就在那一瞬間，車廂因鎖鏈擠壓而爆裂。木屑四處噴飛，高泉壓低腦袋擔憂地望向多瑪：「妳會騎馬嗎！？希莉卡！」

多瑪聞言後搖搖頭，但是卻駕馭地很流暢。

「……妳這不是會嗎！？」

「會的是多瑪姊姊，不是我。」

高泉還想說些什麼，黑色的鎖鏈卻開始集結追來。它們蛇行著，在經過路邊的人魔之際，便將人魔一個個吞入其中。

「搞什麼……」高泉茫然傻望著這一幕，人魔們驚恐地不斷掙扎，直到被裹成黑影般的人型體後，他們突然動力大增地狂奔而來！

「嗚啊啊啊啊——」

大量的人魔尖嚎出聲，速度竟然逼近快馬！眼見如此，多瑪皺眉回過頭，額上的法印閃耀金光：

「王冠（Kether）予以毀——」

但她話還沒說完，就面露疼痛模樣，法印也隨之消散。

「不行……用泰珮瑞斯打亂平衡，又治療多瑪姊姊……我的魔力已經見底了……」

「那就別逞強。」高泉邊說著邊放慢速度，讓多瑪與希莉卡超前自己。他扭頭望向被鎖鏈控制的人魔，手起時已然拔刀，「多瑪不是說了嗎？多依賴我們一些。」

向著前進的兩名女孩，高泉咧出一個壞笑，接著猛然回身擲出刀刃！

——我，必須帶著希莉卡離開這裡。

「呀啊啊——」受到鎖鍊控制的人魔一躍而起，正中飛射的刀尖。越來越多人影狂奔而來，甚至從每間房舍中，都竄出了地下圈養的食屍鬼。

瘋狂的咆哮聲讓夜晚形同地獄，高泉金色的瞳孔中浮現憤怒，滿心的絕望感也漸漸被鬥志給覆蓋：「別妨礙——我們啊——！！」

這不只是為了希莉卡，也是為了多瑪與自己。

炙熱的鮮血灑上高泉雙眼，他咋舌抹去血花後，再度振臂揮刀！從高泉下定決心尋回光明的那刻起，他就預見這是一條艱辛的道路，然而人們若是止步不前，心中的願望就永遠不會實現。

所以……高泉知道自己必須前進、必須不斷地前進！

因為這就是人類重拾光明的唯一途徑了！

「哈啊啊啊啊——」

腰包的警示音如同密集的蜂鳴，高泉不斷擊退追上來的人魔，他奪走了某名人魔的長刀，在疾馳中振臂揮砍。血水浸溼了他全身的衣物，空氣也逐漸混濁不清。

穿透血霧、穿越一個又一個的死亡。高泉與馬兒都已經上氣不接下氣，然而宛若浪潮般的敵人卻還是緊跟在後。高泉粗喘著回望，卻因為這個分神，被路邊的樹枝勾了一下！

「嗚！？」馬匹上的高泉難以保持平衡，疲勞感也讓他鬆脫韁繩。

咚！咚咚咚——

於是，高泉墜馬了。他抱著腦袋在地上翻滾，劇烈的疼痛感令他窒息。他掙扎著望向馬匹，就見食屍鬼蜂擁而上，將失去主人的馬匹殘忍地撕碎。

遠遠的多瑪目睹了這一切，驚訝地煞止馬兒，然而由希莉卡控制的多瑪，卻沒有立刻調轉馬頭。

「高泉哥哥……」沒有魔力的自己，回頭又能做些什麼呢？對於百年受困於棺材中的希莉卡來說，她是真心想獲得自由。那份渴望、羨慕、恐懼促使她停滯不前。

要是在這時候回頭了，自己又會回到那狹小的黑暗裡吧。

不要。不想要這樣……已經被賦予了希望，不想再……

……

但是啊。

緊握住韁繩，當多瑪再次睜開眼睛時，瞳孔中又恢復那赤紅的傲氣。

希莉卡訝異地發現——自己回到了原本的身體中。她仰頭注視著多瑪，就見多瑪也笑臉回望向她。

「嘿嘿……謝謝小希莉卡先前的照顧，不過——接下來就交給本小姐吧！」

「多瑪姊姊……？」

希莉卡愣愣地被放下馬，她凝視多瑪的面容，神情間滿是困惑：「妳……要回去嗎？」

好不容易走到這裡，不會猶豫嗎？不會害怕嗎？為什麼能瞬間做出決定呢？

諸多疑問在希莉卡心中浮動。原本她是冰冷的人偶，但是物件一旦被賦予了情感，就再也難以割捨。所以——有了感情的希莉卡，終於能像人類那樣感到猶豫。
「唔唔唔——」對於希莉卡的問題，多瑪食指抵著下唇，細細思索了片刻——
「哈啊……或許是被那耍帥的笨蛋給影響了吧。」但是最後，多瑪卻只是苦笑著聳聳肩，將答案給輕描淡寫。
馬匹隨喝令而拔足，多瑪朝呆然的希莉卡放聲高喊。
「走吧！不要變成像我們這樣的笨蛋大人哦！」
「多、多瑪姊姊！等——」
到了此時，希莉卡才發現自己想要的或許不是自由。遙望多瑪離去的背影，希莉卡第一次有了如此深刻的情感。
她真正想要的——是與他人的牽絆、足以為某人犧牲的強烈牽絆。希莉卡默然站在原地，她揚首一望，就見派克斯大門近在眼前。
高穹的「無際之旅」是針對種族來使用的。
他曾控制住人魔，卻不能制止食屍鬼離開。而子虛拘束著人類，離開人類身旁的希莉卡，自然就走到了旅途的終點。
仰望著高聳的鎮門，希莉卡久久沒移開視線。
她……已經明白了人類的情感。所以她也必須像個人類一樣，肩起抉擇的責任。
「高穹，我……」
「該死……」彷彿聽到某人的呼喚，高泉狼狽地爬起身，這次他並沒有逞能，卻因為一點意外而陷入困境。眼望節節進逼的怪物們，高泉啐了口唾沫，隨即擺開架式。

「穩住啊……」腰包輕聲提醒。

「哈啊……哈啊……」高泉每一次喘息，都感覺敵人離自己近了幾分。要是他沉不住氣，一定會在動作同時被怪物們撕成碎片。

他在等待，等待一個逃生的時機。

「笨蛋高泉！」

卻在時機到來以前，幸運女神先一步朝自己伸出援手。

「多瑪！？」耳聞責罵的叫喚，高泉訝異地望向馬蹄奔騰處，只見多瑪從遠處飛馳而來，手中燃火的皮鞭為她臉蛋增添了幾抹紅潤。

「先擔心自己啦！笨蛋笨蛋！」

「妳、妳的傷口癒合了嗎！？」

高泉壓根兒不用確認，就能明白這是多瑪本人無誤。火光將食屍鬼恐懼的面容照耀澈底，牠們眼睜睜看著長鞭掃蕩，卻只能任由那無法摸清的炎鞭將隊伍打散。

「咿咿咿——」

尖叫聲貫徹雲霄，前排的食屍鬼被衝開，後排的人魔則靈巧地躲避。直到衝出一條直線距離後，多瑪才仗著氣勢凌人之際朝高泉伸手：「抓住我！」

機會絕無僅有，高泉二話不說奔上前，路途中他斬倒兩名阻礙的人魔，感受更多手臂抓向自己，高泉猛然脫身，眼看就要與多瑪會合——

轟！

卻在此時，路被遮蔽了。

「咕！？」一大團黑影如砲彈般降落在兩人之間，逼得高泉只能後退。那團黑影以爛泥的模樣朝周遭噴濺，下一秒緩慢塑形，漸漸有了人的形狀。

「到此為止囉……妾身可不希望有什麼歡樂大結局呢？」

嘻嘻……嘻嘻嘻……陰冷的譏笑聲不斷從淤泥中滲出，令高泉與多瑪毛骨悚然。

伴隨人魔歡呼的嚎叫，子虛緩緩從泥巴裡現形。她的出現讓高泉感到頭痛。子虛很強，絕對不是這種情況下該面對的對手！

一想到這裡，高泉迂迴地想躲避——

「泉哥！下面！」

只可惜，黑色鎖鍊藉由遍地汙泥誕生，它們黏稠滑溜，一下子就纏住了高泉的小腿。高泉試圖切斷鎖鍊，卻發現自己的刀怎樣也割不開這些東西，顯然它們是魔力構成的，區區物理攻擊根本無效！

「妳別礙事！」明明只差一點了！多瑪憤而朝子虛揮鞭，然而子虛僅僅是彈了個響指，籠罩鞭身的火焰便立即消失於眾人眼前。

「沙羅曼達，這裡並非你們戲耍的地方。」

「咦！？」

失去火焰的加持，鞭擊顯得軟弱無比，輕輕鬆鬆就被子虛接住。多瑪見狀想要收手，但子虛的握力卻比想像中還要強。

回望束手無策的多瑪，子虛慘白的嘴角微微勾起笑意。

「魔術（Magic）汰換（Elimination）。」

這聲咒詞過後，多瑪的魔力四分五裂。

「呀啊啊啊！」耳鳴佔據多瑪的聽覺，她訝異地感受到，自己無法再掌控炎龍鞭的能力了！而且不只如此，當多瑪分心之際，黑色鎖鏈從地上躍起，直直衝向她的顏面！

吱——是多優秀的反射神經，才讓多瑪只有臉頰被劃傷？子虛本想對遭受攻擊而失衡的她再補一發，卻因為突然咳血而停頓，等她皺眉抬起頭時，身後的高泉先有了動作——

「子虛！看這裡！」雙刀交織斬向子虛，猶如電光石火！

噗咻！

搶在刀刃接觸以前，子虛再次崩解成泥。泥巴緩慢滑動，漸漸就與高泉與多瑪拉開距離。子虛在人魔大軍前重新塑形，面色變得蒼白而更加病氣，她摀著嘴連連咳嗽，鮮血沾染掌心。

「唉呀……禁不起折騰呢……」

看著她的模樣，高泉明白她的身體已經到了極限。他與多瑪互望一眼，隨即沉聲發問：「正常來說如果身體與自己不適合，人魔都會馬上再換一個身分才對吧？」

「嗯？嗯……但妾身就喜歡這長相呀，捨不得換嘛。」

「……妳是該捨不得，因為妳就是『子虛』本人啊。」

子虛聞言，沉默地收起笑容，眼神變得冷酷莫名。

聽過希莉卡對子虛的描述，高泉已經明白她的來歷。雖然子虛想偽裝成自己是人魔種族的一份子，然而她就是子虛本人，心裡想的也只有復仇，「我已經聽過妳的故事了，也知道妳想做什麼，子虛。」

「哦？」子虛歪了歪腦袋，神情看起來陰狠無比：「聖女大人也真是大嘴巴。」

邊說著，子虛邊四處張望，卻發現要找的希莉卡不在附近。高泉也同時意識到這點，他與多瑪交換了眼神，看多瑪胸有成竹的模樣，他明白希莉卡很安全。
於是，高泉放下心來與子虛周旋：「可別怪希莉卡，誰叫妳要把她關起來呢。」
「呵呵……那麼……你提了這些，是想勸妾身放下仇恨？還是來求饒的呢？」
「哈哈，雖然那樣也不錯啦。」高泉笑著搔搔臉頰，下一秒拉開步伐，擺出戰鬥的架式，「但如果勸說就能讓妳放下仇恨，我也不用把妳這傢伙痛揍一頓了不是嗎？」
「嗯──果然你跟你父親一樣討厭呢。」只一瞬間，子虛的眼眸由黑轉紅，乍閃出恐怖的光芒。
「一副偽善者的嘴臉。」
強大的魔力隨話語擴散而開，將高泉與多瑪的髮絲都給掀起，也令周遭人魔嚇得後退。
「妳錯了。」可是，在如此氣壓當中，卻有人勇於回應她。子虛略顯訝異地望向多瑪，她毫不畏懼直視子虛，小嘴吐露自己的想法：「才不是偽善呢，我們做這些也是為了自己。」
「為了自己？」
「我和高泉，想找回這世界的光芒。」將手掌按在胸口上，多瑪說出了那天與高泉的約定：「我和他都失去了歸宿，所以才需要建立新的歸宿……大家都一樣。」
面向子虛恍然的面容，多瑪傲氣地微微一笑：「妳，只是還沒找到歸宿罷了。」
咚咚。子虛感覺自己的心跳加快了幾拍。
「……妾身的歸宿？呵呵，那些東西早就沒有了。」
做為夾雜在兩國之間的犧牲品，子虛喪失了親情的依靠，而她也不打算另尋歸宿。對她而言，僅有復仇直至死亡才是最好的終點，「妾身唯一感到遺憾的，是在受困期間，世界就先沒了光芒。」
最開始，子虛創造出希莉卡，是想利用她強大的力量扶植人魔，並且有朝一日摧毀聯邦與大丹，奪走人們的希望。但她沒想到，在這之前高穹出面攪局，世界也恰巧黯淡無光。

子虛閉上眼睛，呼出一口冰寒：「沒能親手扼殺希望，實在是——非常可惜。」

千萬條鎖鏈發出刺耳的音色，隨子虛揚手而升起。她望著眼前的少男少女，從他們眼中尋獲希望的光采。那耀眼的光芒，令子虛深感不悅——但同時，她也羨慕不已。

畢竟她也曾經有過這樣的眼神，那是好久好久以前、足以讓子虛懷念的過往。

啊啊……真可惡呢。

在子虛面前，出現了曾經的湛藍青空。自己的夫君、自己與希莉卡長得一模一樣的女兒都站在不遠處。感受徐徐微風吹過顏面，子虛嘆口氣，終於與幻想訣別。

「再跟你們大眼瞪小眼下去，妾身都要感到為難了呢——」子虛皺眉苦笑，隨即面容變得猙獰無比，猶如不可名狀的怪物。

「那麼——就阻止妾身試試吧！？」

砰轟！

遍地鎖鏈激烈地扭轉，伴隨一聲爆裂巨響，紛紛衝向與子虛對峙的兩人——

那是猶如千軍萬馬般的攻勢，完全的實力差讓高泉與多瑪無從抵抗。雖然多瑪閉上了眼睛、雖然腰包發出絕望的慘叫，可高泉卻連眼都沒眨，一直凝視著即將到來的毀滅。

「這樣做是不對的。」

高泉平靜地踏出第一步，直至攻勢將自己完全吞沒。

「這樣做是不對的！逃避過去是不對的——子虛！」

***

希莉卡・派克斯特曾經做過一個夢。

大約是剛去光明神寺的時候，那時希莉卡仍然相信高穹會回來，甚至她還奢侈地希望，長大後自己能成為高穹的伴侶。

儘管那些都只是幻想罷了，希莉卡也明白自己的身體不會長大、而她同時更意識到——沒有回來的高穹，多半已經不在人世了。

所以，她默默接受光明神寺的洗腦。她選擇遺忘一切，當個虛假的人偶活著。

但是……這樣做是不對的。

過去是無法割捨的，只能選擇背負並繼續前進。儘管過程一定很艱難，但停下腳步就意味著結束。希莉卡明白這樣的道理，她踏著堅定的步伐，一步一步向前邁進，終於是來到了這裡。

「好久不見。」

仰望眼前碩大的石棺，希莉卡微微勾起嘴角。石棺直直聳立著，看起來既冰冷而寂寞。觸摸它的外殼，希莉卡感受到魔力鏈依然健在。

於是，希莉卡透過它，眺望整座派克斯之景。

上百條黑色鎖鏈，猶如亂箭般朝高泉與多瑪直落，然而最前端的數十條卻在觸及高泉以前，忽然向旁邊偏開了！子虛訝異地皺緊眉頭，她不明所以，只好咋舌加強火力！

砰砰砰砰砰！

更多鎖鏈接踵而至，但高泉還是不躲也不閃。爆擊轟鳴、沙塵漫天噴濺，都說明地形已然崩解，可是——

「子虛——」

高泉的聲音卻沒有因此而被淹沒。

「泉哥！」腰包著急地大喊：「你的『運氣』絕不是無窮無盡的！別逞強了！」

高泉沒有回答他，仍然面向如雨點般灑下的攻勢。

神有神能，能控制世界；魔有魔力、能抑制天神；而最弱小的人類，就只能依靠超凡的意志力，去喚醒連神魔都害怕的奇蹟。

咻！鎖鏈貫穿高泉肩膀，可他仍然沒移動半分，甚至連眼睛都沒有眨個一下！

「你想……光憑意志力讓妾身上千條鎖鏈全部落空嗎！？別開玩笑了——」

「在開玩笑的——是被仇恨纏身，而一直停滯不前的妳吧！子虛！」

「高泉……」

高泉的吼聲迴盪，又是一大排鎖鏈彎折，直接從空氣中蒸發消散。

沒有放棄……高泉還沒有放棄呢！注視著高泉的背影，多瑪也鼓起精神，向暴風雨後的子虛怒喝：「……我們或許沒辦法阻止妳！或許！或許最後還會死在這裡！但是——」

長鞭飛舞半空，即使沒了炎龍加持，多瑪也依然勇往直前：「我們還是會戰鬥到最後一刻！和高泉一起——」

咻咻咻——

三支鎖鏈朝高泉腦門衝去，多瑪捨身上前用鞭子打掉它們。越來越密集的炮火從天而降，然而——然而！眼看所有攻擊落地，周遭僅遺留轟炸後的塵埃，數百隻人魔都忘了歡呼，只是呆滯地凝望塵霧。

在裡頭，兩道人影縱使狼狽，卻還是昂首挺立。

「……跟著你真是有九條命都不夠用耶。」

「哈，妳後悔了嗎？」

「不……挺刺激的。」

高泉與多瑪遍體鱗傷，高泉甚至肩頭上仍插著鎖鏈，但他僅是咬著牙，單手就將它扯下。魔力構成的鎖鏈隨即揮散，高泉笑著摸了摸多瑪的頭，「多特叔會以妳為榮。」

「不可能！」子虛放聲大吼，從肺部湧上來的血氣，令她嘴角不自覺滲血。在數千條鎖鏈的轟炸下存活？這種事情有可能發生嗎？

難道……難道人類真的只要意志堅定——

就有喚醒奇蹟的可能性嗎！？

開什麼玩笑？開什麼玩笑！

回憶起自己所經歷的一切，為何奇蹟沒有發生？為什麼自己會淪落於此？不公平！不公平不公平！這個世界——為什麼在失去光明後，仍然有人不放棄希望啊！

絞刑台的輪廓浮現腦海，子虛抱住腦袋，表情猙獰無比。三名惡魔竊走了煌之刻，導致世界失去光明，子虛原本以為這樣就足夠了，那些迫害她的人，應該都會在絕望下灰飛煙滅。

可如今事實卻證明——即使失去光芒，人類還是會倔強地向前邁進。

人類也會不停地——用他們脆弱的身軀，去喚醒堅強意念的奇蹟！

「妾身……」難道放棄前進的人，是自己嗎？子虛錯愕地思索著。

確實，在被送上絞刑台的那一刻，她就已經放棄了。她不再相信希望，也不相信奇蹟會為自己發生，這或許就是她與高泉的不同。她茫然地看著高泉與多瑪，久久沒能從他們眼神中找回自我。

「收手吧，現在還來得及，還給希莉卡一個自由。」高泉的話語令子虛驚醒。

「別過來！」

惡狠狠瞪著朝自己走來的高泉，子虛的面色慘白。她抬起手，鎖鏈再次憑空浮現於兩人之間。第一發鎖鏈銳利地降下，將高泉的大腿給刺穿！

噗哧！鮮血奔流而出，高泉顫抖著在原地停滯片刻，下一秒卻又再次向前，雙眼中燃著希望的燈火。

「別過來……快放棄吧……」更多鎖鏈從子虛身後湧出，一道、兩道、五道的黑色光芒飛射不止，卻在觸及高泉之前就被多瑪擊落！

「放棄吧！希望這種東西——」

「是存在的。」

噹——刀刃銳利地出鞘，當子虛回神時，高泉已來到她的面前。青色的鋼刀被高泉握於手中，散發出代表著「人類意念」的堅毅光芒。

「所以我——不能放棄！」

子虛很強。

事實上，情勢也依然倒向她這一邊，只是不知從何時開始，自己一直以來相信的東西，都被這兩個年輕人給否定了。

她睜著呆滯的紅瞳，眼睜睜看著刀刃落下。

她不甘心。

即使，子虛知道自己是錯誤的；即使，高泉的話語打動了她，子虛依然搶在刀刃斬下以前，朝高泉刺出最後一條鎖鏈。

黑色的鎖鏈筆直貫穿高泉胸膛，令周遭的時間彷彿凝滯了。

被刺穿的高泉也錯愕下望，出手的鋼刀靜靜地向下墜落。

「……魔術（Magic）汰換（Elimination）。」

其實直到現在，希莉卡也懷有當初的夢想。

她知道自己不會成長，也知道高穹已經不在了，但她仍舊寄望著奇蹟。

她曾好奇自己怎麼會那麼傻，如今她明白了——或許就跟高泉所說得一樣，只要繼續向前邁進、只要堅持地等待下去，終有一天會有奇蹟發生，會與高穹再相遇也說不定。

縱使——那只是0.000000000000001％的微小可能，但它也並不是「0」。

啪嚓！鎖鏈龜裂，高泉的傷口因此而癒合。

事到如今，領悟一切的希莉卡，終於來到了這一天。子虛茫然地看著鎖鏈因咒語而崩解，所有人的目光也都順勢上望。

在黑夜裡，一道顯然的白光懸浮於半空，那道光芒有著無比高潔的色彩。就像完全的卡巴拉生命樹般，希莉卡全身赤裸地被白骨包覆，她終於……變回了原本的姿態。

亡骸聖女。

由206塊骨頭拼成的人造法具，在半空中審視著造物者們。

「希莉……卡？」多瑪一度認不出來她是誰，因為完全的希莉卡實在太美麗了。

希莉卡眨著紫羅蘭色的眼眸，靜靜將視線轉向高泉與多瑪：「……我思考了很久很久。」

她小手一揮，左半邊的人魔全數跪地；她輕輕一望，右半邊的食屍鬼頓時炸成血肉模糊的碎塊。就連子虛也因體內流動的魔血而緩緩屈身，臣服於希莉卡面前。

「我想要的究竟是什麼，我終於明白了。」

希莉卡微微一笑，笑容間夾雜著悲傷：「我想要的，是能夠一起前進的朋友。」

轟！巨大的骨刺從兩層樓高的房舍中刺出，隨即更多骨骸佔據了派克斯所能見著的任何一處。

「希莉卡！妳……」在地震當中，子虛啞然凝視著聖女，「妳難道……」

希莉卡也與子虛對望，接著緩緩歌頌起一首幽美的曲調。

「向白百合祈求黎明（Disappeared in the Malkuth）」

高穹的「無際之旅」擁有對種族的拘束力，最久長達二十年，甚至不能被施術者以外的人給解除。希莉卡思索了許久，最後她終於想出了一個辦法，能夠放高泉與多瑪自由。

那就是——讓派克斯、讓這個拘束人魔也拘束人類的城鎮，永遠地消失於世。

數萬根骸骨突出地面，就像白百合綻放的花叢般。人魔們不是被貫穿，就是被白骨包覆融為一體。高泉與多瑪在震盪中站穩，雙雙望向空中的希莉卡。

「這麼高等的法術怎麼可能……」高泉表情錯愕，腦中忽然靈光一閃，頓時明白其中的道理。

「……難道，希莉卡用了聖者之柩的力量嗎？那身白骨會不會就是她的牢籠？」

聽見高泉擔憂地推測，多瑪也呆然喊出聲：「真的嗎！？」

然而，兩人的聲音並沒有傳達到希莉卡耳中。希莉卡就像沉浸於旋律中的指揮家般，優雅地揮舞著小手。她指尖所到之處，紛紛綻放出骸骨白花。

只是須臾之間，派克斯已化為一片花海。

糾結吧、糾結吧，結為純白的花莖。

纏繞吧、纏繞吧，就像盛放的百合。

我以血肉、以骨髓、以魂魄、以亡骸聖女之威名——

「向白百合祈求黎明。」

「呀啊啊啊啊——」

人魔的慘叫聲迴盪不止，牠們想逃出派克斯，卻礙於無際之旅的約束，在逃跑途中便被骨刺給吞沒。房舍一棟棟在希莉卡眼前倒下，情感的激流也不斷湧入她思緒中，讓希莉卡默默地流下眼淚。

很悲傷。不只是因為派克斯的毀滅，也是因為——

她知道自己即將與派克斯一起長眠於此。

「真是拿……聖女大人沒有辦法呢。」

已經喪失戰意的子虛默默觀望著一切。她一手振興起來的城鎮、她一手締造下來的種族與仇恨，都在轉瞬間毀滅殆盡。她已經感到滿足了。眼見高泉與多瑪愣在原地，子虛平靜地笑了笑：「你們說的沒有錯。」

「……子虛？」

「妾身確實一直在逃避……復仇不能讓妾身向前，只是另一個終點罷了。」子虛輕撫胸口，原本就虛弱的她此刻更氣若游絲。

「妾身將希莉卡做成小女的模樣，只是期望獲得慰藉……但希莉卡並不是她，察覺到這一點後，妾身對她也漸漸產生了恨。」

回憶起自己對希莉卡所做的一切，包括監禁並蠶食她的魔力、包括總是對她冷言冷語，子虛悲傷地苦笑：「呀……作為反派，妾身就別說那麼多肉麻的話好了。」

抬眼望向高泉與多瑪，子虛嫣然一笑，隨即一根骨刺從地面突起，直接將她吞沒其中。歷經一百年的仇恨，在此時終於獲得解放。子虛在最後看見的不是高泉與多瑪，而是自己曾居住的小山村。

在那裡、在白百合盛開的花海中，家人等待著她。

「有去無回之地」的傳說製造者——於此時此刻，宣告了自身的一去不復返。

目睹子虛消失於白骨花叢中，兩人有股說不出來的感受。並不是出於同情，也不是虛假的憐憫心，但高泉總覺得……子虛能在最後一刻找回自我，這樣或許就已經足夠了。

高泉與多瑪互望一眼，雙雙點了點頭，他們拋下魔女的墳墓，向終點處邁進。

「希莉卡——」

奔波於潔白的廢墟中，兩人不斷尋找那女孩的身影。名為「派克斯」的城鎮已經不在了，他們越過一片又一片的白骨花海，終於多瑪先看到了那個東西。

一座雪白的棺材，立於派克斯曾經的廣場中心。縱使高泉與多瑪此刻已經傷痕累累，跑起步來每一秒都疼痛至極，但他們還是直直地奔向那口石棺。

「呼……呼……希莉卡！妳在裡面嗎？」

高泉粗喘著敲打棺蓋，方才與子虛對話途中，希莉卡就已經不見蹤影。此刻再見到這口巨棺，顯然包覆希莉卡的白骨已變回了棺材。棺蓋沉重無比，高泉始終無法像父親一樣掀開它。

或許——也是裡面的她不願意吧。

「高泉哥哥……多瑪姊姊……」

希莉卡的聲音隱隱約約從「聖者之柩」中傳出。

「希莉卡！事情已經結束了！快點出來嘛！」多瑪著急地喊著，然而石棺卻再無回應，於是她含淚往棺蓋上不斷捶打，「不要嚇本小姐啦——不是說好要一起旅行嗎？」

「……嗯，跟多瑪姊姊約好了喔。」

「那妳——」

「可是，不是現在。」希莉卡淡然地回應，下一秒數根骨棘從左右竄出，將石棺與高泉、多瑪隔開：「我……希莉卡・派克斯特，就是派克斯的中心，所以……」

希莉卡沒有再說下去，但多瑪與高泉已經察覺了答案。既然困住兩人的是派克斯，那以它為概念而誕生的希莉卡也必須消失才行，這就是破解「無際之旅」的唯一辦法。

多瑪倒吸一口涼氣，高泉也啞然呆立著。鮮血不斷從兩人傷口中流淌，但他們都像感覺不到疼痛般，依然緊盯著石棺。

「希莉卡……」說話的人是高泉，他越過荊棘，將額頭緊貼著棺蓋：「不要這樣啊，如果妳無法離開，我們做那麼多……不就都白費了嗎？」

不只是高泉與多瑪，甚至是高穹、希莉卡本人也好，都已經努力過了。

但是，沒有辦法。希莉卡就像被詛咒了那般，永遠錯過離開派克斯的機會。對於高泉來說，這就是努力被白費了，他非常希望希莉卡重獲自由，所以格外懊悔。

「不會白費的哦。」

「……怎麼可能不會。」

「沒有什麼事是不可能的，高泉哥哥。」

瑟縮於黑暗中的希莉卡，能清楚看見外頭兩人的表情。她伸出手，試圖撫摸高泉的臉頰，卻只摸到一片冰冷。於是，希莉卡勾起苦澀的笑意，默默將小手收回。

不久前，希莉卡豎立於象徵自由的派克斯前門，然而她躊躇了許久，最後還是選擇走向另一條路。這就是希莉卡的答案——作為一個人類，所選擇的最終解答。

「只要繼續走下去，就會有奇蹟發生，不是嗎？」

希莉卡將高泉所說的話，原封不動地返還給他。

高泉睜大眼凝視著石棺，就聽希莉卡笑著繼續說：「那個人找到了我、而他的孩子也找到了我……我覺得，這就是奇蹟。即使我兩次都沒能自由，但一定還會有第三次、第四次……我只需靜靜等待。」

「希莉卡……」

「所以……未來的某一天，希望你們再一次找到我。」以最後一句期許來做對兩人的告別。希莉卡在黑暗中懷抱自己，就像漂浮於羊水中的胎兒般，等待著黎明的到來。

轟！

地面開始搖晃，迫使高泉退回多瑪身旁。石棺周遭越來越多骸骨荊棘，將冰冷的棺材給包裹住，多瑪見著這一幕，一直隱忍不放的淚水終於潰堤了。

「希莉卡！」

遙想數日前，多瑪還是一位受人寵愛的大小姐。可是一次又一次的離別，或許已讓任性的她有所成長。她緊咬下唇，漸漸地將淚水給收回，最後，她微微一笑。

那是一張滿是苦澀、卻看向明天的笑容：「約好了！找回光明後一起旅行吧！」

「……嗯，約好了。」

受多瑪的笑容鼓舞，希莉卡也認真期盼起下一個明天。

很久以前，高穹將希莉卡帶出棺材時，她第一眼所見到的就是陽光。或許，陽光就是一個信號、代表救贖的信號。縱使人類失去了光明，但只要不放棄希望，那道光芒就會永遠長存於人們心中。

因為——「希望」即是人人心中都有的一座「救贖之城」啊。

大地隨著兩人的視線逐漸升高，派克斯低聲吟唱著自我的終結。當高泉與多瑪抬起頭時，他們看見了希莉卡心中的信念。

那是朵巨大的、美麗的、有著純潔花瓣的白百合花。

高聳的百合花直入雲端，就像為派克斯所建立的紀念碑。希莉卡的石棺就被埋在花梗中，已經沒了回應。

多瑪輕聲啜泣著，高泉默默伸手摸了摸她的腦袋。那是很溫暖的觸感，一切就如同夢境般，唯有身旁的多瑪是真實的。意識到這點的同時，淚水從高泉眼中滑落。

「啊……怎麼……」高泉訝異地摀住嘴巴，他完全沒料到自己竟然會哭。或許是不甘心、或許是為希莉卡感到悲傷、也或許——

哭泣是為了走向下一個明天。

希莉卡她，也一定在期盼明天的到來吧。

累積的疲勞感一次爆發，高泉扶著啜泣的多瑪坐到殘垣邊。微風徐徐吹過他的面頰，令他感覺到活著的真實。他發呆望著自己傷痕累累的身體，忽然感受到腰包在身上微微顫動。

「泉哥……希莉卡她，在最後好像變成人類了。」

挾帶著不確定的語氣，腰包提起自己感受到的。

「真的嗎？」腰包的話語令高泉吃驚，因為不管怎麼說，希莉卡都無法擺脫自己是「人造法具」的這個事實。然而腰包所言，卻讓高泉深深感到自己獲得了救贖。

「那真是……太好了啊。」

仰望在月光下散發光澤的巨大百合花，高泉勾起釋懷的笑容。他輕輕拭去多瑪的淚珠，兩人相視片刻，從眼神中確認彼此的意念。最後他們站起身，走向殘破的鎮門。

「守墓人群聚地——派克斯」拱門上依然用斑駁的字體這麼寫著，然而門後的一切卻都已改變。走出鎮門，兩人回望美麗的花海最後一眼，隨即再次踏上旅途。

即使「尋光之旅」這次撲了個空，但還是會有下一個明天、下下個明天到來。

高泉與多瑪對此深信不疑。

後記

黃石鎮的酒館一直都很熱鬧，以往那些想避開派克斯的商隊，都會選擇在這裡駐足，而如今派克斯化為一片潔白花海後，黃石鎮的過客就變得越來越多了。

在沸沸揚揚的喧鬧聲中，身披斗篷的狼人咬咬走進酒館。他剛從水晶自治州來到這，看上去頗為疲累。他推開人群，試圖要趕快找到一個空桌休息，直到他看見那名女孩。

昏黃燈火照耀下，女孩的身影顯得格格不入。

那是一個極其可愛的小女孩，年約十歲左右，她赤紅的雙眼如同漩渦般，看得咬咬頭暈目眩。咬咬發愣地與她對視許久，才正想移開視線，女孩卻勾起一個調皮的笑容。注視著那張笑臉，咬咬一瞬間恐懼地動彈不得。

「嗚！」他驚訝地僵直身子，複數的細語聲潺潺流入耳內，讓他腦袋一片混亂。

「當世界——」「被水晶光芒籠罩……」

「吞噬世界的龍……」「折斷巨樹……」

「然後一切便凝結成霜。」

「來找我玩吧？泉兒。」

「嗚哇！」咬咬掙扎著扭動腦袋，但等周遭恢復吵鬧時，女孩早已不見蹤影。

「汪嗚……汪嗚……」是夢嗎？咬咬渾身大汗地喘著粗氣，在水晶自治洲遇到的不愉快回憶也跟著湧入腦海。他覺得自己是真的累了，才會看到小女孩的幻覺吧。

左顧右盼一陣，咬咬最後總算找到店裡唯一的空位。他邁步向前，這才發現空位前還坐著一名藍髮青年。

「嘿，兄弟。」

「怎麼啦？兄弟。」

咬咬向空位前的青年打了聲招呼，對方也客氣地回應。這讓咬咬感到愉快，畢竟身為獸人的自己，多少還是跟人類有點隔閡：「呃——就是那個，方便獸人跟你坐一塊？」

「哈。」見咬咬如此謙恭，青年微微勾起笑容，接著伸手做了個「請」的手勢。

咬咬見狀欣然就座，他伸手招攬送酒的服務生，卻在叫到人以前，青年先幫他盛滿了酒。

「喔喔……謝啦。」咬咬抖了抖狼耳朵，開心地將酒水一飲而盡。在喝完時他也隱約察覺，對方只有一人，酒杯卻有兩個的這件事：「兄弟你……難道在等人嗎？」

「嗯？喔……對啊，不過沒關係啦，她沒那麼快回來。」

「是喔？那就打擾啦，咱剛從自治州回來，累得都快走不動了。」咬咬邊說邊嘆口氣：「說來……你知道派克斯發生什麼事了嗎？從前鬼氣森森，現在卻什麼也不剩了。」

在咬咬回程途中，曾經遠遠眺望過派克斯。那裡與他印象中截然不同，沒有了城鎮，卻多了一大片花海，還有一朵高聳入雲的白百合花。

有人說派克斯的詛咒就此而消退，也有人說有去無回之地遭遇神罰，才變成如此淒美的景色，但誰知道呢？

誰知道那座曾經令人害怕的鬼鎮，究竟埋藏著多少悲傷的過去？

青年笑著喝了口酒，沒有給予正面的回應：「……誰知道呢？但是那朵百合花很漂亮不是嗎？」

「這倒是真的，回來路上咱遠遠看過去——嘿！還真有股『重生』的感覺。」

「重生的感覺？」

「能在那麼惹人嫌的地方，立著那樣漂亮的白花……不是重生還能是什麼呢？」

「……原來、原來還可以這樣解釋嗎。」

忽然間，咬咬發現青年的笑容有些奇怪，甚至略帶一絲悲傷的氣息。青年仰頭將酒一飲而盡，當他再次睜眼時，又多了幾分精神：「不……只是很認同你的話，派克斯正重獲新生，我想……那裡一定會變得更好吧。」

「哈哈哈哈——真是這樣就好囉！」對於青年如此正面的展望，咬咬笑著咧開嘴角，又對他增添了幾分好感。但他隨即發現，那抹黑暗依然盤據在自己內心中。

「但是……水晶自治州那邊可就糟糕了。」

「嗯？為什麼這麼說？」

「你靠過來一點。」

見青年疑惑地湊近，咬咬故弄玄虛地左顧右盼，還刻意壓低音量：「雖然這麼說不太好，但聯邦國王根本是瘋子，他重新挑起與大丹的戰爭，現在正想重啟水晶自治州的礦場，準備拿資源來增添軍備。」

講到這裡，咬咬明顯面露不悅：「那裡氣氛很糟，聯邦國王不該搞出這種事。」

聽完咬咬的話，青年頓了許久才勉強擠出一句附和：「他……到底想幹嘛呢。」

「……兄弟，還有些話我只對你說。」

「嗯？」

咬咬先是喝了口酒，似乎在沉澱自己的情緒，片刻後他嚴肅地開口：「水晶自治州的礦脈裡……住著惡魔。」

講出這話的同時，咬咬用爪子托住額頭，身子也不住顫抖著。他原本想將這段記憶永遠封存，但不知怎麼的，當他回神時已然脫口而出。

這些日子以來，身為冒險者的咬咬去了水晶自治州艾星翠。那是一座盛產晶礦的大城，離黃石鎮大約兩個禮拜的路途。他最初是跟著商隊一同前往，但到了那裡後便獨自接下官方的委託。

「那個委託的內容，是護衛學者調查礦坑的安全性。」

黑暗的礦洞在咬咬腦中緩慢浮現，窒息的閉塞感彷彿又再次找上門來。咬咬忍不住深吸口氣，眼神也逐漸渙散。在那片壓抑的深淵之底——咬咬看見了惡魔。

那是一個巨大的、無法言喻的恐怖生物。牠全身閃爍著刺眼的光，瞬間就奪走了大半護衛的視力。咬咬僥倖躲過一劫，卻見伙伴一個個被惡魔給撕裂，他伸手搭救一名女孩，並不斷地逃跑。可當他回神時，卻發現自己掌中只握著女孩的半截手臂。

凝視著顫抖的掌心，咬咬緩慢地握拳：「……艾星翠的人們，稱牠為吞噬光明的水晶龍。」

即使咬咬還算小有實力，但從那一刻開始，他就明白自己有多麼渺小。

畢竟……那種無以名狀的東西，絕對不是常人該去挑戰的呀。

「吞噬光明的……水晶龍。」聽完咬咬的話，青年若有所思，沉默地許久未言。

「是啊，兄弟……如果你要去艾星翠，勸你不要吧。」咬咬站起身來，朝青年掛上苦笑：「不只會面臨聯邦的高壓統治，地底下還有那種鬼東西藏著——是不祥之地啊。」

看青年那副從容的神情，咬咬也不多說什麼。他默默頷首，向青年答謝幾杯黃湯的恩情後，便朝著酒店櫃台離去，顯然他需要好好休息。

「哈哈……我會多小心的。」

咬咬一邊走著，一邊整理混亂的思緒。在深淵之底遇到的往事歷歷在目，他原本打算將這些事情都帶入墳墓裡，但卻像著了魔般說個不停。

或許——只是或許吧，有某些事即將要發生了。

想起一進酒館看到的女孩，咬咬搖了搖頭。

這些異變，不是他可以插手的事。

所以——他選擇躲回黑暗中。

「……」目送名為咬咬的狼人走上通往客房的階梯，青年又再次為自己與另一個酒杯添酒。他小口小口啜飲著，片刻後感嘆出聲：「唉呀……冒險者也不好過啊。」

「像個老頭感嘆什麼啦，你又不是冒險者。」

傲氣的嗓音傳來，令青年聳了聳肩。從桌邊的柱子後頭，走出一道苗條而秀麗的身影。那金髮雙馬尾的女孩一直都偷聽著，他與青年同樣聽到了某個關鍵字，即是「吞噬光明」的水晶龍。

她輕輕扯了扯自己的斗篷，接著也將青年的兜帽給扶正：「是時候上路了嗎？小偷先生？」

長達兩週，青年都沉浸於希莉卡離去的傷感中。他將那股遺憾化為動力，持續追蹤竊光惡魔的線索，直到現在，他彷彿看到了一線希望：「……也該是時候了。」

咚！

將自己的酒杯一飲而盡，青年拍了拍腰際鼓動的小包。兜帽下他璀璨的藍髮散發光澤，而那份光澤，正與他自信的嘴角融為一體：「就們去水晶自治州看看吧，多瑪。」

放下酒杯，小偷與強盜邁向著尋光之旅的下個目標——水晶約束之城——「艾星翠」。

【本集完，《救贖之城：水晶約束之城「艾星翠」》待續】

釀奇幻51　PG2486

救贖之城：有去無回之地「派克斯」

作　　者　曹飛鳥
插　　畫　貓　瞳
責任編輯　石書豪
圖文排版　周妤靜
封面完稿　蔡瑋筠

出版策劃　釀出版
製作發行　秀威資訊科技股份有限公司
114 台北市內湖區瑞光路76巷65號1樓
電話：+886-2-2796-3638　傳真：+886-2-2796-1377
服務信箱：service@showwe.com.tw
http://www.showwe.com.tw
郵政劃撥　19563868　戶名：秀威資訊科技股份有限公司
展售門市　國家書店【松江門市】
104 台北市中山區松江路209號1樓
電話：+886-2-2518-0207　傳真：+886-2-2518-0778
網路訂購　秀威網路書店：https://store.showwe.tw
國家網路書店：https://www.govbooks.com.tw
法律顧問　毛國樑　律師
總 經 銷　聯合發行股份有限公司
231新北市新店區寶橋路235巷6弄6號4F
電話：+886-2-2917-8022　傳真：+886-2-2915-6275

出版日期　2021年1月　BOD一版
定　　價　320元

Printed in Taiwan

國家圖書館出版品預行編目

救贖之城：有去無回之地「派克斯」 / 曹飛
鳥著. -- 一版. -- 臺北市：釀出版, 2021.01
面； 公分. -- (釀奇幻 ; 51)
BOD版
ISBN 978-986-445-436-5(平裝)

863.57 109020400

讀者回函卡

感謝您購買本書，為提升服務品質，請填妥以下資料，將讀者回函卡直接寄回或傳真本公司，收到您的寶貴意見後，我們會收藏記錄及檢討，謝謝！如您需要了解本公司最新出版書目、購書優惠或企劃活動，歡迎您上網查詢或下載相關資料：http:// www.showwe.com.tw

您購買的書名：______________________________

出生日期：________年________月________日

學歷：□高中（含）以下　□大專　□研究所（含）以上

職業：□製造業　□金融業　□資訊業　□軍警　□傳播業　□自由業

□服務業　□公務員　□教職　□學生　□家管　□其它_____

購書地點：□網路書店　□實體書店　□書展　□郵購　□贈閱　□其他

您從何得知本書的消息？

□網路書店　□實體書店　□網路搜尋　□電子報　□書訊　□雜誌

□傳播媒體　□親友推薦　□網站推薦　□部落格　□其他__________

您對本書的評價：（請填代號　1.非常滿意　2.滿意　3.尚可　4.再改進）

封面設計____　版面編排____　內容____　文／譯筆____　價格____

讀完書後您覺得：

□很有收穫　□有收穫　□收穫不多　□沒收穫

對我們的建議：______________________________

____

____

____

請貼
郵票

11466
台北市內湖區瑞光路 76 巷 65 號 1 樓
秀威資訊科技股份有限公司 收
BOD 數位出版事業部

....

（請沿線對折寄回，謝謝！）

姓　　名：＿＿＿＿＿＿＿＿　年齡：＿＿＿＿　性別：□女　□男

郵遞區號：□□□□□

地　　址：＿＿＿＿＿＿＿＿＿＿＿＿＿＿＿＿

聯絡電話：(日)＿＿＿＿＿＿＿＿(夜)＿＿＿＿＿＿＿＿

E-mail：＿＿＿＿＿＿＿＿＿＿＿＿＿＿＿＿